大雅叢刊

新聞客觀性原理

彭
家
發
著／三民書局印行

國立中央圖書館出版品預行編目資料

新聞客觀性原理／彭家發著.--初版.--
臺北市：三民，民83
面；　　公分.--（大雅刊叢）
參考書目：面
ISBN 957-14-2071-9 (精裝)
ISBN 957-14-2072-7 (平裝)

1.新聞

890.　　　　　　　　　83005692

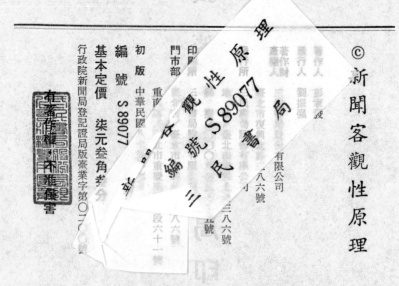

ⓒ 新聞客觀性原理

著作人　彭家發
發行人　劉振強
著作財產權人

印刷所

門市部

初版　中華民國

基本定價　柒元叁角

編　號　S 89077

行政院新聞局登記證局版臺業字第○二○○號

ISBN 957-14-2072-7 (平裝)

自　序

　　本人因爲歷經新聞工作和教學關係，對於新聞報導客觀性問題
——不管是理論上的探討，可行性的爭論，甚至技術上的做法——一
向興趣殊深；所蒐集得的資料，也頗爲可觀。但因糊口營生，無暇作
徹底整理。

　　民國82年夏，國立政治大學新聞研究所新聞發展暨研究中心，分
別在臺北及高雄南北兩地，舉辦「新聞的學與術——新聞學若干觀念
的再省思研討會」，承中心主任臧國仁博士之邀，參加研討，並以「新
聞記者『客觀』包袱之利弊得失」爲題，發表萬餘字之研討論文。積
存於胸中若干想法，始得一吐爲快。此研討論文，雖與其他鴻文彙冊
出版，然終因研討性質，較重實務面向，且又因篇幅所限，未能顧及
太多理論層面，故亟思能有所補充。

　　既於心有戚戚焉，遂下定決心，摒除雜念，翻箱倒箧尋得資料。
教學之餘，夜以繼日，伏案埋首，塗鴉紙滿，乃得此冊！追溯新聞報
導客觀性主張，在新聞業界中幾近「教條」，故歐美學者從事此方面研
究，多如過江之鯽，而成果著述則罄竹難書。反觀我人之研究興趣，
似未若歐美之濃。故除若干散論、意見及一、二研究生論文之外，未
見有徹底研究，以專書面世者。故甚望本人之研究成冊出版後，續有
更多大作面世，誠所至願。

　　本研究得成冊出書，實在非常感謝師長好友，及先進同儕「共襄
盛舉」，不但經常提供意見，更不厭其煩地把自家珍藏之資料，借予參
閱，致令本書引據及參考書目，更臻完善。國立政治大學新聞所研究

生郭晏銓，則在工讀時數內，協助整理書目、查證資料，必須説句多謝。

另外，我必須特別感謝李振興與林賢聖這兩位國立政治大學新聞系的學生。他們兩人，一個忙著為我跑電腦，一個則終日把自己「縛」在PC前，滴滴搭搭的為我打字。如果不是他們「哥倆好」，本研究的出版，可能還得等上一陣子。

當然，我還得「真心」的感謝那位二十年來，被我熬夜熬得無名火起三千丈的「老」伴。不是她在為我失意時的支持，為我分擔勞累，我實在無法專心研究及寫作。我倆搪瓷婚剛過，期以四年待銀婚第一大典之時，希望又能有「鉅著」誌慶。

我在帶《柵美報導》系上實習刊物時，強迫她一同上編輯課，令很多哥哥、阿姨心痛的小女肇華，已經長得比我還高了。「小家伙」今年遠赴重洋，尋求一個更適合她的學習環境，父女自是離情依依。禱告上蒼：希望遠走他鄉闖一闖的她，數年之後，不負天下父母心的期盼。姑誌於此，以待後覽。

是書之成，本人已盡最大棉力。倘有疏漏，尤望先進不惜賜教為感。

彭家發　民83年元旦
書於木柵綠漪山房

新聞客觀性原理
目次

自序

第一章　客觀性原則：新聞學上的迷思

在資訊時代，新聞事業被視爲一種專業，「客觀報導」則是新聞事業最重要的概念之一。事實上，客觀報導一直備受新聞媒介重視。在美國，客觀報導是新聞媒介遵行的重要信條之一，它不僅是新聞工作的一種專業規範（Lichtenberg, 1991; Schiller, 1981），也是主要的新聞專業（journalism professionalism）理念之一（Donsbach and Klett, 1993）。

部分學者把客觀報導視爲「美國新聞界的表徵（emblem）」或「樞石」（key stone）（Doll and Bradley, 1974; Schudson, 1978）。早在1973年，美國的「專業記者協會（Sigma Delta Chi）」就正式把客觀報導列入其道德規範中，並強調客觀報導是新聞報導的目標，也是衡量記者表現的標準。該協會強調：「我們贊揚那些達成這個目標的人（Glasser, 1992: 179）。」❶

由於客觀原則強調公正、平衡地處理新聞，並把事實和意見嚴格區分，客觀性原則因此成爲報導新聞時處理與呈現資料的標準（McQuail, 1992）。丹尼斯（Everette Dennis）就認爲：

> 「客觀性這種觀念，可以解釋在目前新聞寫作的方式中，爲甚麼某類事實會以特別的先後秩序呈現出來；爲甚麼某種消息卻在新聞中被刪除，難以出現。總之，客觀性解釋了記者如何報導新聞，以及新聞爲甚麼會以目前這種方式出現的原因之一」（Dennis, 1978: 84）。

　　由於新聞無法完全客觀，因此，學者們把客觀性報導原則視爲是新聞界的理想目標(Schiller, 1981)。多年來，客觀報導原則一直是新聞哲學的基礎，影響新聞界極爲深遠 (Dennis and Merril, 1991)。

　　由於自由世界的新聞文化 (journalistic culture) 多以美國爲師，因此多數自由民主國家也很自然地採納客觀性原則，作爲新聞界的一種新聞價值觀 (journalistic values)。在我國，民國63年通過的「中華民國報業道德規範」中有關「新聞報導」第一條就開宗明義地指出，「新聞報導應以正確、客觀、公正爲第一要義」。在未查明眞相前，應暫緩報導。記者報導新聞時，應不要誇大渲染或扣壓新聞；此外，新聞中亦不應加入個人意見 (彭家發，民75)。而「中華民國電視道德規範」也明載：「電視新聞除以新、速、實、簡爲編播原則外，更須注意就客觀立場作公正報導」。同樣的，「中華民國無線電廣播道德規範」也指出，廣播新聞遇有爭議與正反不同之意見，應作完整與平衡之陳述(李月華，民75)。此三規範雖於民國81年8月27日修定，並於同年11月1日實施，內容仍然強調新聞報導應力求確實、客觀與平衡(《新聞評議》214期，頁12；217期，頁1)。

　　由上述媒介規範來看，臺灣地區的新聞工作者，早已使用客觀性一詞，來彰顯他們的事業承諾(professional commitment)，並反映客觀原則所強調之公正無私 (impartiality)、不偏頗、不扭曲等條件 (Stephens, 1988) ❷。所以，伽里 (James W. Carey, 1969) 力言，客觀性與專業主義 (professionalism) 向來糾纏在一起，甚至乎相互引義(mutually defined)。事實上，客觀性的確已在新聞工作者心目中，成爲考核專業能力的準則。所以美國社會學家涂爾文(Gaye Tuchman) 認爲，客觀性原則已與社會大衆意念及專業新聞蒐集工作連結在一起，有如一張「人造的網」(web of facticity)，使新聞工作者把客觀性看成「策略性儀式」(strategic ritual)，其目的在避免誹謗、

訴訟及外界的批評（Tuchman, 1972; 1978a）。

客觀性雖然被視為一種專業理念，但把這個理念落實到新聞的寫作與呈現時，卻廣受各界的批評與指責。有人認為新聞界「不客觀」（journalism isn't objective），有人認為新聞界「不可能客觀」（it cannot be objective），另外一些人則認為新聞界「不必客觀」（shouldn't be objective）（Lichtenberg, 1991）。以下，試就這些說法進一步解說。

一、新聞不客觀

過去十數年間，大眾傳播媒介快速成長，影響力雖然相對增加，卻也招致批評；其中，不少質疑新聞報導客觀性的內涵意義。

例如，布希（George Bush）於1988年競選美國總統時，便與哥倫比亞電視網（CBS）的主播拉瑟（Dan Rather）有過一次激烈的言詞衝突。其間，布希指責拉瑟報導偏頗：在論及他的政績時，只提伊朗軍售案的醜聞（*USA Today,* January 27-28, 1988, p. 1）。這件風波使得拉瑟在日後布希執政的四年當中，都無法受邀參加白宮的記者會。此外，福特（Gerald Ford）卸任後，也曾批評越戰時期偏頗的電視新聞報導削弱了美國人民對政府的支持（Ford, 1981）。尼克森時代曾任職副總統的安格紐（Spiral Agnew），更毫不留情的指責電視新聞為「喋喋不休的否定主義土霸王」（nattering nabobs of negativism）（Hackett, 1984）。

這些指控使得美國新聞界在自省之餘，也不得不承認否定主義氣氛的確存在（Henry III, 1983）。自從尼克森總統因水門案下臺之後，新聞記者無不以揭發醜聞為己任，結果不但造成一般人對政府缺乏信心、選舉時投票率低落，也連帶地使新聞界的信譽受到波及。

除了「否定主義」氣氛外，另一派人士則批評媒介偏袒「既有勢

力」，包括政府、企業以及其他強勢社會團體。根據國際機械師協會
（International Association of Machinists）的一項研究指出，美
國電視網的新聞報導，幾乎完全倒向大企業、而非代表弱勢族群的工
會。

韋佛（Paul Weaver）曾經說，傳統客觀新聞報導偏好明確可觀
察的事件與及時的衝突，而非在新聞中呈現觀點；即使呈現觀點，也
僅止於事件中的兩造（Weaver, 1974）。其他的批評家則進一步指出，
新聞報導的形式強化了既有的權力結構，因為有權力的人最有能力製
造或掌控事件與權力機構。尤其是政府單位，常能輕易掌握記者喜歡
事件的特性，進而得以操縱媒體。社會運動者其實也深知新聞界這種
習性，只不過他們常被忽略，直到社會運動者取得足夠主導或參與事
件的權力時，方可智珠在握（Molotch and Lester, 1974; Tuchman,
1978a）。

這方面的深入研究雖然不多，但卻與一些對客觀性原則持批評態
度的學者說法一致。這些學者認為，新聞媒體本身也是一種社會勢力；
它透過新聞報導的方式，不但強化了既有政治勢力所架設出來的觀點，
也強化了既有政治結構本身（何穎怡，1993）。因此，就社會改革而言，
新聞媒介經常採取對立的立場、並不支持社會改革。

這類批評和前述布希、福特以及安格紐等人對媒介報導的批評相
同之處，是認定新聞報導不客觀。但是雙方對於新聞報導偏頗的方向，
卻產生南轅北轍的結論。事實上，不管是美國的右翼或左翼人士，都
曾批評新聞媒介有高度的黨派觀點。有的人（J. Aronson, 1972; ·R.
Cirino, 1971）指責媒介偏向右派；而有的人（E. Efron, 1972; J.
Keeley, 1971）則對安格紐（Agnew）將電視新聞稱之為「意識形態
賄賂」（ideological plugola）的指責，不以為然。這種「左右開弓」
的狀況，使得有識之士引以為慮。菲律斯（Phillips）等人就認為，如

果將客觀性狹義地界定爲兩黨政治的問題，又將偏見視作黨派徇私，則這樣的定義會攪亂整個局面，使人以爲新聞媒介可能眞是偏頗不公❸。

不論客觀性是否曾被政客利用，客觀性飽受抨擊的原因之一，在於對客觀的判斷準則始終渾沌不明。就好比兩個人同時看見一條繩子，兩人都認爲繩子長度不適中，但是一人認爲它太長，另一人認爲它太短，這其中可能的解釋，是兩人所持的標準不同。換言之，一般人（包括學者）在衡量新聞報導的客觀性時，並沒有一套可以廣爲各方一致接受的標準。因此，新聞報導是否客觀，反而成爲個人主觀的判斷。

在國內，雖然對於新聞媒體報導客觀性的爭議不似美國熱烈，問題卻同樣存在。民國70年代後期、80年代初期的臺灣，因爲政治鬥爭，使新聞客觀性原則備受考驗。例如，有些報紙在處理新聞時，經常採用「疑問式標題」，把一個聳動傳言，登在一版頭條上，標題加上一個大問號「？」；第二條新聞則報導新聞人物的否認（薛心鎔，民78）。旅美史學家余英時教授也指出，臺北一些記者的報導不夠客觀，在向他提問題時，顯然已「預存」了答案的腹稿，並非眞的要聽取他的意見（《國語日報》，民77.6.8，第4版）。難怪一位資深新聞工作者感嘆報紙無法客觀反映眞實世界，他說：「報紙所呈現的世界，往往只是編採人員的『拙劣主觀』採集的『客觀切片』。所以只談客觀，不能保證新聞的品質與風格；必須要以健全的主觀條件來準確掌握客觀」（黃年，民82）。

在民國77年元旦，報禁開放與解除戒嚴之後，國內的言論尺度較以往更爲寬鬆，媒介間的競爭也更爲激烈，使客觀性報導原則受到更嚴厲的挑戰。主觀報導、參與性報導，甚至主導新聞或事件日漸普遍，這些均違背新聞的客觀原則（彭家發，民81a）。政治大學新聞系資深教授賴光臨就曾感慨報禁解除後，新聞傳播界生態丕變，以致專業理

念淡薄。夙昔講求莊重、正確、客觀、責任的新聞信條被輕忽失落(賴光臨, 民82)。

如果分析近十餘年來, 中華民國新聞評議會對各種申訴案件的裁決記錄, 上述新聞工作人員與學界對媒介在客觀報導的批評, 並非空穴來風。從民國71年12月1日至82年1月10日, 由中華民國新聞評議委員會出版的《新聞評議》月刊共120期。就前五年的六十期來看(民71年12月1日～76年12月1日, 第96期～156期), 報刊因為報導不客觀、失實, 而被該會明白裁決違反「中華民國報業道德規範」的共有七件(見附錄一A) ❹; 而報禁解除後五年間的六十期(民77年1月1日～82年1月10日, 第157期～217期), 同樣的裁決, 竟達二十八件(見附錄一B), 恰為前五年的四倍。

美國與臺灣的情況如此, 與美國為鄰的加拿大也相去不遠。根據加拿大魁北克新聞評議會(The Quebec Press Council)對1973年至1987年間陳訴案的統計結果, 這十四年間, 共有陳訴案七百四十件, 而與不客觀報導相關的陳訴, 包括濫用編輯權、侵犯表達自由、報導不平衡、消息不確實及新聞誇大等, 則有三百七十四條, 占50.54%, 數量亦相當可觀❺。至於歐洲國家, 如英國, 固然有《倫敦泰晤士報》(*The Times*)如此著名報紙, 但也有通俗報紙如《太陽報》(*The Sun*)、《每日鏡報》(*Daily Mirror*)及《每日星報》(*Daily Star*)等, 經常故意揭人隱私, 歪曲偏頗, 製造聳動新聞。這些現象是造成一般人批評新聞界不客觀的主要原因。

二、新聞不可能客觀

客觀報導強調記者在敍述事件時, 應不受任何價值判斷的干擾。然而, 也有學者認為, 新聞和任何文學或文化形式一樣, 是依附「常規」(convention)而呈現, 因此不可能客觀(Schiller, 1981) ❻。

　　不過，在新聞室的門裡門外，客觀性已被新聞媒體視為專業的基本文化，這種文化強調記者應中立(neutral)或「不偏頗」(unbiased)地報導新聞。客觀性原則是一種概念、一個形式，它方便了新聞的選擇、處理及呈現資訊，使新聞能成為解釋公眾事件的階基 (Gerbner, 1973)。但是，一旦將客觀性變成了口頭禪，它就成了一個「無形的框架」(an invisible frame)，給既定形式的新聞結構戴上面具，反而在表面上妨礙了客觀的真正面貌 (Schiller, 1981)。

　　學者們對客觀性的意義，始終意見紛紜。除了意義上的爭議外，學者們對客觀性是否可能實現、或者這個概念本身是否客觀，也有不同的看法。新聞學者紐菲德(Newfield, 1974)在論及新聞報導是否客觀時，有以下一段說法：

　　　「控制媒體機器的男男女女，並不是中立、無偏的電腦。他們有自己的思想傾向，在『客觀』的表象下，他們有自己的生活方式與價值。這些價值是經過《紐約時報》、美聯社、哥倫比亞電視網長期洗禮，……我想不出有哪個白宮記者或電視評論員，沒有這些價值觀，而同時他又宣稱自己是客觀的」(引自何穎怡，1993: 186)。

　　紐菲德並不是唯一提出這種看法的人，他的論點充分反映許多新聞學者及新聞工作人員的想法。綜合言之，這些學者及新聞工作者認為完全客觀是不可能的，因為我們或多或少受到自己生長背景與經驗的影響。正如新聞學者徐佳士教授指出，「事實」本身也沒有一套邏輯，可以令所有的人對它做相同的認識與理解；所以，不偏不倚的「事實」基本上不存在 (徐佳士，民76b)。基於同樣的理由，客觀性本身就不客觀，因為這種信念同樣脫離不了價值觀與意識形態的束縛，主張客

觀這種觀點本身就代表了一種價值取向。

三、新聞不必客觀

從客觀性原則的發展來看，此一專業意理有其頗爲獨特的存在原因。史郤佛斯（Streckfuss, 1990）認爲，客觀性立論基礎，不在於人可以客觀，而是因爲知曉到人不能夠客觀，爲了補救這一天生弱點，1920年代擁護客觀性的人才提出一種新聞制度，以客觀報導來限制記者的主觀。

新聞客觀性原始意義是從科學自然主義出發，將社會科學技巧應用在新聞學上，等於科學家以嚴謹的方法，尋找眞相（truth）。在此種文化理念下，對一種「客觀新聞學」（objective journalism）的期望，可歸納爲下面數點（Streckfuss, 1990）：

(1)對人性不信任，也不認爲人會等到知道事實之後，才下判斷〔這類疑惑源於心理學者，諸如華生（John B. Watson）及佛洛伊德（Sigmund Freud）的研究成果。〕

(2)認知到縱然人是事實的蒐集者與使用者，但由於宣傳者操縱事實，使由報紙傳遞的「事實」，成了「瑕疵品」。

(3)認知到如果人無法在作決定時，以事實爲依據，或是得不到可以信任的事實，則傳統上所定義的民主，就大有缺陷：因爲這樣，眞相就難以大白，而所謂公民全權統治（omnicompetent citizen-ruler）的理念，就成爲迷思。

(4)相信將科學的方法應用在包括新聞學的人文事務上，加上當時所流行的社會學、心理學、政治學及經濟學等新興社會科學，會開啓人類幸福之門。

上述幾點，可以說已爲客觀性原則的發展，作了完整的說明。而無論由宏觀或微觀的角度來看，客觀性也有其正面的功能（詳見第三

章)。但是，過去在實踐的過程中，客觀性卻往往被視爲是輕率、膚淺報導的肇因。尤其是在美國的「水門案件」發生後，解釋性與調查報導大行其道，使得這種輕視客觀性原則的看法尤爲風行。一時之間，客觀性原則似乎成爲不再被需要的過時教條，新聞報導也不再必須客觀。

時至今日，在缺乏衡量客觀性的標準，以及客觀性本身就不客觀、或不值得追求的三重吊詭觀念影響之下，新聞報導客觀的原則雖然在表面上維持了「新聞事業信條」的地位，實際上它已經成爲現代新聞學上的一種迷思。例如美國當代知名記者湯普森（Hunter Thompson）、摩爾斯（Bill Moyers）及布林里（David Brinkly）等人都認爲，客觀性是不可能的迷思。

新聞工作人員是否應該將客觀報導視爲一項重要的理念，還是拋棄這個「過時的大包袱」？如果絕對客觀不可能實現，是否有可以替代的原則？本書主要的目的，就是嘗試回答這些問題。

此外，本書也將嘗試分析客觀報導到底始自何時？爲何會興起這個概念？客觀報導的意涵究竟是什麼？這種將新聞和價值觀嚴格區分的新聞專業承諾如何成爲社會信念？新聞媒介如何締造與樹立客觀報導的形式？有沒有評判客觀性的方法？釐清這些問題將能幫助社會各界對新聞事業及新聞的本質有更深入的瞭解。

注釋

❶美國「專業記者協會」(Society of Professional Journalists, 又稱Sigma Delta Chi) 所定之「道德規範」中 (1973年通過, 83年修訂), 有「正確與客觀」條文指出:「忠於公衆, 是所有受敬重的新聞業界的基礎」。其中第一、二項更明言:「眞相是我們最終目標。新聞報導中的客觀性是另一個目標——一個足以標示富於專業經驗標記的目標。客觀性是我們追求的一個表現標準, 我們讚揚那些達成這個目標的人」。

「美國報紙編輯協會」則在「守則」(American Society of Newspaper Editors: A Statement of Principles) 第四項——「眞實與正確」中 (1975年通過)指明:「要盡一切努力, 去確保新聞內容的正確, 免於偏見, 道出前因後果, 公正地表達各方想法。社論、分析稿與評論, 亦得有正確性的相同標準, 如新聞記者一樣的尊重事實。」

美聯社主編所定之道德規範 (Associated Press Managing Editors Association Code of Ethics for Newspapers and Their Staffs), 在正確性項目中有(1975通過):「報紙應預防因爲強調或省略而來的失誤、大意、偏見或扭曲。」見:

Goodwin, H. Eagene

1987, Groping for Ethics in Journalism, 2nd ed. Ames: Iowa State University Press. pp. 367~74.

❷歐洲新聞工作者高舉客觀性大旗較晚, 也較慢。史提分斯認爲原因可能因爲歐洲報紙多數集中在首府之所在地, 故一向呈現多元性。歐洲人對意識形態, 又更爲執著、公開, 而毫不掩飾。另外, 歐洲報紙的廣告收入, 也還未能讓它們脫離黨派而獨立生存。例如, 在十九世紀後期的英國報刊, 經皇家長期的緊密管制之後, 漸次走商業型態(Commercialization); 以寬鬆所受的管制, 而在某一程度上, 漸次與政黨牽扯關係。法國情形也一樣。根據葛本納 (George Gerbner) 對《阿廟紀事報》(*L'affair Muiel*) 的研究 (1964), 發現法國日益發達的商業報刊, 還是具有相當程度的政治性, 它們的意識形態, 令報紙分成左派 (Left Press) 與右派 (Right Press), 而以右派較占優勢。不過, 就整體而言, 歐洲報紙對政黨之依賴, 已日漸減少, 見:

Gerbner, George

1964 "Ideological Perspectives and Political Tendencies in News Reporting," *Journalism Quarterly*, Vol. 41, No. 3 (Autumn). pp. 495-508, 516.

Harris, M. & A. Lee

1986　*The Press in English Society form the Seventeenth to Nineteenth Centuries.* Rutherford: Fairleigh Dickinson University Press.

Hoyen, Svennik et al.

1975　*The Politics and Economics of the Press: A Developmental Perspective.* Beverly HIlls: Sage Publications, Inc. pp.　29～30.

Weiner, J. H. (eds.)

1988　*Papers for the Millions: The News Journalism in Britian, 1850s to 1914.* (Contribution to the study of Mass Media and Communications, No. 13.) Westport: Greenwood Press.

日本在二次大戰後，報業趨向民主化，如《朝日》、《每日》、《讀賣》及《產經》等大報，原則上也訂立其客觀性編輯原則，標榜追求新聞客觀性。1985年9月21、22兩日，《讀賣新聞》曾在全日本兩百五十個地方，選取三千個對象，進行報紙民意調查，作答率達75%。結果發現，在受訪民眾中，有四分之三以上，認爲報紙新聞報導「客觀」。不過，根據《國際新聞學會月刊》（*IPI Report Monthly*）1985年9月的報導指出，日本媒介在報導外國新聞時，常常加以歪曲和省略，對政情分析也只作片面報導，限制大眾知權與需要。

1993年10月間，日本發生一連串媒介問題，值得對日本媒介客觀性的考量，再予推敲：其一是極右派的一位代表，因爲《朝日新聞》周刊在報導他時，使用了冷嘲熱諷字眼，就在與朝日社長談判時，舉槍自殺；其二是新生黨的代表幹事小澤一郎，因爲認爲《產經新聞》及《日本經濟新聞》報紙對他報導偏頗，而禁止他們出席其記者發表會。見：

朱鑫（民46）：〈新聞的客觀性〉，《報學》，第2卷第2期（12號）。頁36。

張茂森（民82）：〈日本三件事　撼動新聞自由〉，《新聞鏡》，第262期（11月15～21日）。臺北：新聞鏡雜誌社。

《新聞評議》，第132期（民74. 12. 1.），頁1。

臺北《聯合報》，民82. 11. 7，第9版。

IPT Report, Sept, 1985.

❸英國加斯高大學媒介研究小組（Glasgow University Media Group）在1976年所作的一項研究，支持了菲律斯等人的論點。該一研究指出，英國報導勞工的電視新聞，包括以可信與客觀著稱的BBC在內，都是偏見的報導。比如在報導時說：嗜好示威的工人，雖然薪水高，卻並不滿意（Phillips, 1977）。

❹在民81年8月27日，新評會第七屆第十二次會議所修正通過之「中華民國報業道德規範」，是將原屬第二節「新聞報導」之第㈠條，列於「壹、通則」第㈣條內：

「新聞採訪應謹守公正立場，不介入新聞事件。新聞報導應力求確實、客觀與平衡。」(同年11月1日起實施)。

❺見：*The Quebec Press Council Annual Report*, 1987-88. p. 74.〔轉引自《新聞評議》，第176期（民78. 8. 1., 頁9。）〕

❻滿思（Leon Mann, 1974）在研究1976年10月，華盛頓反越戰示威大遊行的新聞報導時，就發現反越戰的報紙，在報導示威人數時，會傾向於較大的估計數字，而支持越戰的報紙，則傾向於較小的估計數字。見：

Leon Mann

1974　"Counting the Crowd: Effects of Editorial Poliey on Estimates." Journalism Quarterly, Vol. 51, No. 2 (Summer). pp. 278～285.

參考書目

(1)中文書目

李月華(民75)：《我國報社編採工作者新聞客觀性認知之研究》。臺北：
　　國立政治大學新聞所碩士論文。

何穎怡譯(1993)：《探索新聞：美國報業社會史》。臺北：遠流出版公
　　司。(原著：Michael Schudson, 1978)．

林照眞(民76)：《從新聞報導實例探討新聞客觀性之體現》。臺北：國
　　立政治大學新聞所碩士論文。

徐佳士 (民76b)：〈近代新聞思潮的演變〉，《新聞評議》，第146期 (2
　　月號)。臺北：中華民國新聞評議委員會。頁5～7。

徐佳士(民80)：〈傳統報業的失落〉，《新聞評議》。臺北：新評會。(摘
　　自《天下雜誌》，120期)

徐佳士 (1992)：〈該讓「客觀」死亡嗎?〉(媒體觀察專欄)，《天下雜
　　誌》，第136期 (9月號)。臺北：天下雜誌社。頁88。

《國語日報》民77. 1. 6, 8, 第四版。

黃年(民82)：〈一把扇子─談新聞記者的內在世界〉，《聯合報系月刊》，
　　第127 期 (7月號)。臺北：聯合報社。頁72～105。

彭家發 (民75)：《小型報刊實務》。臺北：三民書局。

彭家發 (民81a)：《新聞論》。臺北：三民書局。

《新聞評議》，第96期～227期, 民71. 12. 1～82. 11. 10。臺北：新聞評
　　議月刊社。

賴光臨 (民82)：〈新聞評議會將面對更嚴峻形勢〉，《中華民國新聞評
　　議委員會卅週年特刊》。臺北：中華民國新聞評議委員會。頁82。

《聯合報》民82. 10. 28, 第八版 (國際動脈)；民82. 11. 19，第四十一
　　版 (萬象)。

薛心鎔(民78)：〈新聞「正確」從何談起〉，《新聞鏡周刊》，第61期(12月25～31日)。臺北：新聞鏡雜誌社。頁7～12。

(2)英文書目

Aroneson, J.

1972　*Deadline for the Media: Today's Challenges to Press, TV, and Radio.* Indianapolis: Bobbs-Merrill.

Carey, James W.

1969　"The Communications Revolution and the Professional Communication," in Paul Halmos ed., *Sociology of Mass Media Communications, The Sociologycal Review Monograph* No. 13, pp. 23～28.

Cirino, R.

1971　*Don't Blame the People.* N. Y.: Vintage Books.

Dennis, Everette E. & John C. Merril.

1991　*Media Debates: Issues in Mass Communication.* N. Y.: Longman.

Dennis, Everette. E.

1978　*The Media Society.* Iowa: Wm C. Brown Co. & Publisher. p. 84.

Doll, H. D. , & B. E. Bradley.

1974　"A Study of the Objectivity of Television News Reporting of the 1972 Presidential Campaign," *Central States Speech Journal*, No. 25. pp. 254～263.

Donsbach, Wolfgang & Bettina Klett.

1993　"Subjective Objectivity. How Journalists in Four Countries Define a Key Term of Their Profession," *Gazette*,

Vol. 51.　No. 1.

Efron, Edith

1972　*The News Twisters*. Los Angeles: Nash.

Ford, G.

1981　"With a Bow to the Medium's Power," *TV Guide*, Sept.,
　　　9. pp. 5～7.

Gallup, George H.

1975　"The Public Appraises the Newspaper," in Galer Rarick
　　　ed., *News Research for Better Newspaper*, Vol. 7. Wa-
　　　shington: American Newspaper Publishers Association
　　　Foundation. pp. 197～210.

Gerbner, George

1973　"Teacher Image in Mass Culture: Symbolic Functions of
　　　the 'Hidden Curriculum'." in George Gerbner et al.,
　　　Communications Technology and Social Policy. N. Y.:
　　　John Wiley and Sons. pp. 267～86.

Glasser, Theodore L.

1986　"Objectivity Precludes Responsibility." In Warren K.
　　　Agee et al., *Maincurrents in Mass Communication*. N.
　　　Y.: Harpen & Row Publishers, Inc. p. 179.

Glasser, T. L.

1992　"Objectivity and News Reporting." In Elliot & D.
　　　Cohen, ed., *Philosophiscal Issues in Journalism*. N. Y.:
　　　Oxford University Press.

Hackett, Robert A.

1984　"Decline of a Paradigm? Bias & Objectivity in News

Media Studies," *Critical Studies in Mass Communica-tion*, Vol. 1, No. 3 (Sept.). pp. 229~59.

Henry III, William et al.

1983 "Journalism Under Fire." *Time*, Dec. 12. pp. 46~55.

Keeley, J.

1971 *The Left-Leaning Antenna: Political Bias in Television*. N. Y.: Arlington House.

Lichtenberg, Judith

1991 "In Defense of Objectivty," in James Curran & Michael Garevitch, Mass *Media & Society*. N. Y.: Edward Arnold. p. 216.

McQuail, Denis

1992 *Media Performance*. London: Sage Publications, Inc.

Molotch, Harvey & Mailyn Lester

1974 "Accidents, Scandals, and Routines: Resources for Insurgent Methodology," in Gaye Tuchman ed., *The TV Establishment*. N. J.: Prentice-Hall. pp. 53~65.

Newfield, Jack

1974 "Journalism: Old, New and Corporate," in Ronald Weber ed., *The Reporter as Artist: A Look at the New Journalism*. N. Y.: Hastings House. p. 56.

Phillips, E. Barbara

1977 "Approaches to Objectivity: Journalistic Versus Social Science Perspectives," in Paul M. Hirch, Peter V. Miller, & F. Gerald Kline, eds., *Strategies for Communication Research*. Calif.: Sage Publications, Inc. (Sage Annual

Reviews of Communication Research, Vol.6).

Schiller, Dan

1981 *Objectivity And The News: The Public and the Rise of Communication Journalism*. Philadelphia: University of Pennsylvania Press.

Schudson, M.

1978 *Discovering the News: A Social History of American Newspapers*. N. Y.: Basic Books.

Severin, Werner J. & James W. Tankard Jr.

1984 *Communication Theories: Origins, Methods*, Uses. N. Y.: Longman, Inc.

〔羅世宏譯 (民81):《傳播理論: 起源、方法與應用》。臺北: 時英出版社。〕

Stephens, M.

1988 *A History of News: From the Drum to the Satelite*. N. Y.: Viking Penguin Inc.

Streckfuss, Richard

1990 "Objectivity in Journalism: A Search and a Reassessment." *Journalism Quarterly*, Vol. 67, No. 4 (Winter).

Tuchman, Gaye

1972 "Objectivity as Strategic Ritual: An Examination of Newspaper's Nations of Objectivity," *American Journal of Sociology* Vol. 77, No. 4. pp. 660~679.

1978a *Making News: A Study in the Construction of Reality*. N. Y.: The Free Press.

1978b "Professionalism as an Agent of Legitimation." *Journal of Communication*, Vol. 28, No. 2. pp. 106~12.

1978c "The Exception Proves the Rule: The Study of Routine News Prectices," in Paul Hirsch et al., ed., *Methodological Strategies for Communications Research*, Vol. 6. Beverly Hills: Sage Publications.

USA Today, January 27~28, 1988, p. 1.

Weaver, Paul

1974 "The Politics of a News Story." in M. Clor Harry, ed., *The Mass Media and Modern Democracy*. Chicago: Rand McNalley. pp. 85~112.

第二章 客觀報導觀念的發展及其意涵

一、概念的根源與演變

客觀報導這個名詞雖然在二十世紀初期才出現，然而「客觀性」（objectivity）這個概念不但由來已久，並且在哲學的領域裡，占據相當重要的地位。客觀性究竟是否可能，不但關乎唯心（spiritualism）與唯物（materialism）之爭，也是客觀知識究竟有無可能存在與獲得的關鍵。

哲學上對客觀的討論雖然與新聞工作沒有直接的關聯，但哲學家對客觀究竟是否可能的討論，可以幫助我們澄清一些對客觀報導的疑惑。因此，在分析客觀報導這個觀念在新聞領域中的衍變之前，也有必要對客觀性在哲學上所引發的論辯先作簡單的說明。

1.哲學上的論辯

在西方哲學史上，客觀與主觀知識的存在不但是知識論（epistemology）裡一個頗具爭議性的課題，也是影響日後社會科學方法發展的一個關鍵性因素。

早在西元前五世紀，希臘懷疑運動的主要人物普羅泰戈拉（Protagoras）就曾經主張「人是萬物的尺度，是存在事物的尺度，也是不存在的事物不存在的尺度。」(林照眞，民76；羅素原著，民77)。原則上，普羅泰戈拉並不相信有任何客觀眞理的存在。與他同時期的果加斯（Gorgias）更徹底懷疑知識的可能性，他認爲：

(1)沒有東西存在；

(2)即使有東西存在，也無法得知；

(3)縱然可知，也無法傳達（林照眞，民76；W. T. Stance 原著）。

就傳播的觀點來看，果加斯的第三個觀點根本否定了新聞報導的可能性，因爲每個人的認知都是局部的，並不能把握多面向事實的眞相；再者，立場與觀點也是屬於個人的，無法藉傳播告知別人。

懷疑學派的貢獻，在於肯定了主體的地位。然而一切以感官經驗爲憑，不但忽略了現實的共通性、也忽略了人的理性。這個明顯的缺失，使得日後希臘哲學家開始注意客觀知識的可能性。例如柏拉圖（Plato）與亞理斯多德（Aristotle）便認爲眞確知識是可能的，但其可能性必須有主觀與客觀條件的配合：主觀方面，人具有理性與認知能力，客觀方面，知識的對象須是「關於實在」（of what is or of the real）、以及不可推翻（infallibility）。

這種二元的看法，到了笛卡爾（Descartes）終於發展成心物二元論。最初笛卡爾和懷疑論者一樣，由感官知覺的不可靠從而懷疑外在世界的眞確性。但是這種懷疑的結果，使他發現人可以懷疑一切，但是不能懷疑「可以懷疑一切」的懷疑作用本身；也就是說，「我」必須先存在，否則懷疑也無從發生。由此，笛卡爾提出了「我思故我在」的理論（I think hence I am），並且進一步藉由經驗哲學的觀點，肯定了一種「無須依靠自身以外的他者」的實體。這種物質世界不但與精神世界完全平行，而且彼此獨立（傅偉勳，民64；羅素原著，民77）。

二元論雖然有其立論上的缺失，但是對後世影響相當深遠。近代歐洲哲學唯心論與唯物論之爭皆可溯自學者對於二元論中，心、物重要性的不同看法；之後有關客觀、主觀的爭論，也受到笛卡爾論點的影響。這些唯心論或是唯物論的看法，都強調有一個比較客觀的基礎（不管是心靈的運作、或者是現實的外在世界），來作爲判斷或認知的依據。

到了十九世紀，馬克斯主義者開始強調意識形態對於人們認識客觀性所造成的障礙。但他們認為，人雖然受意識形態操控，祛除意識形態的束縛之後，仍然可以找出客觀的歷史法則或客觀的社會現實。實證論者更認為透過實證科學的方法，可以掌握社會的客觀真實。兩者論點雖有差異，但是在某種程度上都相信客觀性的可能。

但是，當哲學研究的重心由意識慢慢轉到語言時，有部分學者對於追求客觀性的信心開始動搖。有學者認為，對客觀性的瞭解應該建立在語言分析上，但持相反意見的學者認為，雖然人的思想或行動受語言影響甚深，但是語言事實上是社會與文化的產物，本身並無客觀性可言；因此，根本否定了客觀性的存在。

近年盛行的後現代理論、以及解構哲學，更激烈反對客觀性存在的可能。他們認為，探尋傳統哲學上所謂的「客觀性」是無意義的，因為客觀性根本不存在；存在的只是人們對於客觀性存有幻想。這些討論也深深影響了當代新聞學界對於客觀性原則的爭辯。

2. 新聞報導客觀性原則的演變

有關客觀性在哲學及方法論上所引發的論辯，雖歷經多年卻無定論，因為在性質上，它是一種觀念上的討論。然而同樣的論爭，例如客觀性到底是好是壞、或者可不可能做到，對新聞事業及對新聞從業人員的影響，卻難以估計。

新聞客觀性（objectivity）概念起源甚早。根據史提分斯（Stephens, 1988: 56-7）的說法，公元前五世紀時，希臘民智漸開，人民識字率提高，一般人流行聚集在體育競技館內高談闊論，探討當時在形式上可視為一種專業新聞（specialized news）的哲學思潮。而正由於受到識字率提升的影響，縱使有驚人之語，在交換這種「口語新聞」（spoken news）時，也比較不會強詞奪理，使客觀「報導」邁出了第一步。

　　當然，希臘時代所發生的事情對現今的影響相當有限。根據史卻佛斯（Streckfuss, 1990）的研究，從1890年代至二十世紀初，一般專業雜誌，諸如《報業圈》（*Newspaperdom*）及《新聞工作者》（*The Journalist*），都未使用客觀性一詞，只是用「不偏見」（unbiased）或「不具色彩」（uncolored）等字眼。

　　在1928年，「美國新聞編輯人協會」（American Society of Newspaper Editors）的會議記錄中，首次用到「客觀性」這個名詞（Nash, 1928）。但是，1920年代許多與新聞事業相關的重要出版品與新聞機構的信條中，卻沒有再提到客觀性❶。這種現象顯示客觀性原則在當時並不受重視。因此，如果我們想了解客觀性究竟是什麼時候開始受到重視？爲什麼會受重視？則不能不對美國近代報業的發展，稍作敍述。

　　十九世紀初期，美國報業經歷集權理論（authoritarian theory）的階段後，開始邁向自由主義理論（libertarian theory）時代。輿論一方面高唱新聞自由，一方面要求傳播媒介作爲「意見的自由市場」（free market place of ideas）。但自由過度擴張的結果，使應該屬於全民的新聞自由變成了「媒介老闆的自由」，報業也由社會公器變成個人私器；不同的意見遭到排斥，民衆知的權利（right to know）也被剝奪。在自由主義報業理念下被捧爲「第四階級」（the fourth estate）的新聞從業人員，竟也成爲不負責任的「無冕王」。

⑴客觀性報導的源起

　　根據格拉瑟的分析（Glasser, 1992），客觀報導的誕生，帶有頗爲濃厚的商業色彩。

　　研究新聞史的人，大都認爲自1833年9月初，班哲明・戴（Benjamin H. Day）在紐約創辦《太陽報》（*New York Sun*），是美國新新聞（New Journalism）時期的開始。此時與報業相關的科技迅速成長（李瞻，民66；Mott, 1953），利於街頭零售的新市鎮紛紛出現，

教育日益普及，民衆識字率大幅提高(彭家發，1988)，閱讀報紙的人口也顯著增長。影響所及，政黨報紙（party press）逐漸沒落，被塔貝爾（Tebbel, 1974）稱之爲「資本家公器」（a capitalist institution）的便士報（penny paper/press）相繼出現，媒介開始走大衆化的通俗路線。新聞寫作趨於趣味化，取材則以聳動新聞爲主。大多數報刊以營運成功、獲取利潤爲基本目的，廣告商逐漸取代政治集團，成爲報紙主要的「金主」（Schiller，1979）❷。

　　商業報紙（commercial newspapers）的興起，導致編輯室分工日細，使報業逐漸發展出一套以提高地位和報酬爲鵠的的新聞專業理念（Schiller, 1979; 1981），其中包括了客觀報導的原則。曾在詹森總統時期（Lyndon B. Johnson）擔任過總統新聞秘書的里迪（George E.　Reedy），就曾從商品行銷的角度，分析十九世紀的政黨報紙、及「黨屬報紙」（partyaffiliated press）是如何孕育了客觀報導的觀念，他說：

　　　「（編輯和發行人）發現，意識形態濃厚的報紙，其銷路勢必局限在一小撮抱持這種意識形態的黨員之內，而銷路如此小的報紙，是不可能營利的。」

　　換言之，要營利必須大量發行，而要大量發行，報紙言論又非超越黨派不可。加上當時美國政黨政治逐漸確立，報紙已不可能以某一政治勢力的意見爲己見。波特（Philip W.　Porter）與魯恂（Norvan Neil Luxon）在他們合著的書中就曾指出：「大部分記者都客觀地報導，不把他們自己、以及他們的意見寫在內，因爲編輯知道，……各黨各派都可能有讀者。」（Porter & Luxon, 1935）。在這種認識下，報紙內容逐漸以有關「現實」（reality）的新聞替代評論和意見；在編輯

立場上，也極力避免一面之詞，結果使客觀寫作的「技術」，獲得顯著的發展。

錫勒（Schiller, 1981）認爲，在美國最先注意到客觀性模式的刊物，是由記者維基士（George Wilkes）在1845年於紐約創辦的《警察公報》（*Police Gazette*）。這是一分仿效英國在1772年，由費特羚（John Fielding）所創辦的警政刊物《追緝季刊》（*Quarterly Pursuit*）。然而就客觀報導在美國的發展而言，1840年代所發生的兩件事情，實有舉足輕重的影響: 一是電報的發明❸，一是美聯社（Associated Press, or AP）的誕生。也可以說，電報的發明促成美聯社的成立，而美聯社的成立又帶動了客觀報導的發展。

美聯社於1848年在紐約市成立，該社最初稱爲「海港新聞社」（Harbor News Association），是世界上第一家通訊社。它是由紐約《太陽報》等六家報紙出資合組而成。目的在充分利用新發明的電報，迅速傳達美國與墨西哥戰爭的新聞，使新聞能在最短的時間內傳到各報編輯的手上。當時各報的報導立場不同，使得美聯社不得不採取中立、平衡的客觀寫作方式提供稿件，因爲唯有如此，它的報導才能爲各種報紙所採用，降低生產成本（Bagdikian, 1971; Gans, 1979; Sigel, 1973）。

客觀報導因美聯社的催生而問世。雖然有學者認爲，在當時它並沒有立即爲一般報紙所接受，但長遠來看，其影響不可輕忽。邵當勞（Donald Shaw）研究1852年至1916年間威斯康辛英語日報，發現由於各報愈來愈倚賴電報新聞（wire news），在1880年代的總統選舉期間，偏頗的新聞已大幅減少（Shaw, 1967; 參見Siebert, Peterson, & Schramm, 1956）。邵氏因此認爲客觀報導在美國的發軔，確實受電報及美聯社的影響。

除了電報及美聯社的影響外，「培根主義」（Baconianism）式服

贋事實的科學思潮，也在十九世紀中期的美國到達高潮（Daniels, 1968）；這種思潮的苗起對新聞客觀性理念而言，無疑多了一項理論上的依據。科學最終的目標是爲公益服務，客觀新聞等於使商業報刊成爲公衆啓蒙（public enlightenment）的主要社會機構。創辦《紐約前鋒報》（*the New York Herald*）的班乃特（James Gordon Bennet），即曾在1840暢談他對新報業的基本信念是眞理、公衆信心（public faith）及科學，並將用以對抗虛假、欺詐和無知（Pray, 1855）❹。

⑵由自由而墮落而客觀

十九世紀中葉之後，「自由報業理論」（Theory of Libertarianism）在美國達到鼎盛時期（Siebert, Paterson & Schramm, 1956），意見市場上五味雜陳，眞假事實充斥。「便士報」雖然逐漸擺脫了政黨的陰影，客觀性理念曙光乍現，卻又陷入了「黃色新聞」（yellow journalism）的困境，報導內容充斥著暴力犯罪，報業爲競爭而走上煽色腥主義（sensationalism）路線❺。爲了在新聞界開闢一片淨土，《紐約時報》（*New York Times*）在1860年首次提出與衆不同的、以「事實取代說故事」的報導方針，並且逐漸取得報業的領導地位❻。

十九世紀末，講求占有的「個人主義」（individualism）思想，以及「民營化」（privatising）的市場關係，導致傳統信念日趨腐蝕──「主觀性」（subjectivity）受到懷疑，「相對性」（relativism）理念逐漸萌生，客觀性報導方法日漸抬頭（Goldman & Rajagopal, 1991）。同時，在印刷技術上，法國於1839年發明了有「白日畫」（Sun paintings）之稱的「銀版照相法」（Daguerrotypes），隨即於同年引進美國（Schiller, 1977）。它的高度傳眞性，令圖片的品質大爲提高，從而加強了客觀認知的可能性及信心（Rudisill, 1971）❼。所以當時

有人說，報紙彷彿每天製造一幅全國生活的「照片」（Hudson, 1873）
❽。由於受上述因素的影響，美國報業從南北戰爭到第一次世界大戰期
間，愈來愈強調新聞的公平採訪及報導，也愈來愈不受政黨控制
（Emery, 1962）。

在1870年代以前，美國報業已發展成大型企業型態，最大日報每
日銷量可達二十萬分，資產達一、兩百萬美元，當時只有少數幾家企
業的資產能超過這種規模（Cochran, 1975）。然而，新聞界卻以新聞
須如同照片般地反映事實爲理由，鮮有再爲更進一步爲確立客觀性原
則而努力。

二十世紀之初的美國，「一報城市」（one-daily city）逐漸出現。
根據統計，1910年時，此類城市已有五百零九個，占當時城市數目的
42%（《英漢大衆傳播辭典》，民72，頁41）❾。報人都體認報紙的多樣
性（diversity），有助於使它不受政府的限制；而報紙所有權的集中，
將導致獨立報紙數量的嚴重減少。在意見市場上，如果報紙出現虛假
事實（falsity）、錯誤、或黨派偏見時，就難以得到糾正。而在市場上
倖存下來的美國報紙，當然也體認到這個危機，所以也就小心翼翼地
平衡報導有爭議性的論題，以及諸如選舉之類重大政治事件，這也是
促使報紙強調客觀報導的原因（Oettinger, 1985）。著名的《華盛頓郵
報》（*The Washington Post*）及《紐約時報》，就是以提供不偏不倚
的客觀性報導，而爲讀者所信任❿。

二十世紀初，由於國營及民營企業財團紛紛出現，導致「公共關
係」（public relations）的出現。新聞來源心懷目的地「把『事實』
『餵』給新聞界」（'feed' the press 'facts'），以期影響、甚至控制報
紙的報導（Goldman & Rajagopal, 1991; Schiller, 1979）。根據研
究，在1920年代後期和1930代中期，各類不同報紙的新聞，估計有百
分之五十至六十是由新聞代理人或組織（press　agents）供應刊登

（Schudson, 1978）。在這種情形之下，新聞界只好乞靈於客觀性方法，一方面將測試（testing）與觀察（observation）並列在新聞道德（journalistic ethics）的專業守則之中，一方面置身於黨派事務之外（Schudson, 1978）。事實上，市場導向的新聞工作者（market-oriented journalists），在忙於應付結構性利益相反的資本家與勞工時，也只有藉中立的立場才得以履行平衡、公正的新聞理念，爲大眾服務（Goldman & Rajagopla, 1991）。

在同一時期（從1910至1930年間），美國專欄作家如「華府三劍客」李普曼、亞索普（Joseph Alsop）與雷斯頓（James Reston）等人，曾名震一時；而當時《麥克魯爾雜誌》（*McLure's Magazine*）之「扒糞運動」（muckraking），揭發社會黑暗面，又激盪著社會情緒，兩者匯合成「新的個人報業」時期（a new personal journalism）。新聞界除了不放棄諸如政治專欄之類主觀性內容外，更希望藉由客觀性理念的實現，建立對事實報導的信心（Schudson, 1978）。而在這個前提之下，客觀性的意涵便局限在：「如果一個人的陳述（statement）是遵從專業的既定法則時，那麼，這些陳述須是值得信賴的——事實不是指世界本身，而是指正確地陳述出它們（Scheffler, 1967: 2）。

⑶原則的確立與爭論的開始

至此，客觀性報導的原則，已經大致確立。1902年，普立茲（Joseph Pulitzer）籌辦哥倫比亞新聞學院。在談到新聞教育的理念時，他特別提到學院教育在強調正確與可靠的報導，應訓練學生把事實與意見區分開來（Baker, 1954: 23-24）。1920年，李普曼更明言，對於新聞工作者的訓練，一定要以「客觀見證的理想」（the ideal of objective testimony）爲主（Schudson, 1978: 152）。這使得客觀性理念不但得以見諸文字討論，並且正式走入教育的殿堂。此後，不信任消息來源，成了報導訓練的焦點；分辨事實與價值（value）⓫，也成爲新聞的專

業標記（Schiller, 1979）。

從上述分析，可以知道公正、超然與不帶個人意見的客觀性新聞報導方式，可以說是十九世紀末期美國新聞界改革中所孕育的產物。但是在二十世紀初，新聞工作者所企求的只是相信事實、懷疑價值判斷（Schudson, 1978），但並不注重事實與價值的分野（Booth, 1974）。這種情況，一直到1920年代第一次世界大戰結束之後，才逐步改觀（Janowitz, 1975; Schudson, 1978）。尤其因爲1914至1940年之間通訊社（wire services）迅速成長，才使新聞客觀性的觀念迅速擴散（Bagdikian, 1971）❷。

根據社會學家舒德孫（Schudson, 1978）的分析，1920年代以前，美國的新聞記者很少考慮到主觀或客觀的問題。一種天眞的經驗主義想法，驅使他們把利益團體爲他們建構的事實，當成是客觀存在的事實。

1924年，一本名爲《新聞倫理》（*Ethics of Journalism*）的書問世，作者克勞福（Nelson Crawford）用了整整三章的篇幅討論客觀性的原則（Cohen, 1992）；這是客觀性第一次正式的以新聞倫理的面貌出現。同時，著名的評論家李普曼對客觀性也有深入的討論（Lippmann, 1920; 參見Cohen, 1992; Marzolf, 1991）。

李普曼認爲，客觀報導是新聞成爲專業的必要條件，但是他並不認爲這樣的條件是自然生成的，原因是世人本身與社會上各種組織與機構的特性，並不利於客觀報導的實現。首先，李普曼質疑知識論有關「可報導事實獨立於觀察者主觀議事之外」的假設。他認爲任何報導不過是「知者（knower）與被知對象（known）之間的共同產品」；人與情境的因素都不能完全去除。因此，我們眼見的事實取決於我們所在的地點、以及我們觀察的習慣，而我們的觀察又受制於我們的刻板印象（stereotypes）。

　　李普曼認爲，沒有人能夠完全避免刻板印象，因爲每個人所經驗
的範圍，都只是整個人類、甚至自然環境中很小的一個部分。爲了處
理外在世界所帶來的大量資訊，我們往往不是先看（see）再下定義，
而是先下定義再看。如若不然，我們將爲著處理每天所遭遇的每一件
「嶄新」的人與事，而疲於奔命。所以他認爲，新聞是由記者一己的
刻板印象中建構出來，用以符合他（她）個人的符碼（code）與需要
（Cohen, 1963: 51-3）。但刻板印象既然是一種無可避免的、先入爲主
的看法，則人也不可能客觀。李普曼很肯定的說：

> 「沒有偏見、具有全然中立視野的人，在任何文明中都是如此
> 的不可想象，以致於……沒有一種教育可以據之爲理念」（Lipp-
> mann, 1922: 166）。

　　對照哲學領域有關客觀性的討論，我們似乎可以由上數論點中，
看到懷疑論、以及唯心論的影子。但是除了個人的因素，李普曼將阻
礙客觀報導的另一矛頭，指向社會上各種的機構、組織與團體。他認
爲，僅僅靠報紙的力量，不可能把人類生活的全部完整地報導出來，
也不可能滿足民主政治的需求。新聞報導在他看來，只是一支不斷移
動的手電筒，「使我們能夠看到一片黑暗中的部分情景」（Lippmann,
1922: 170）。而這支手電筒所照到的情景是否清晰到足以讓公衆作出
判斷，就要依賴這些被「曝光」的機構或組織本身，看他們是否存有
完整可靠的記錄。李普曼認爲，以爲新聞界可以取代這些組織機構，
替他們記錄所有的事情是一種錯誤的想法，新聞界必須依賴這些機構
提供記錄與資料。遺憾的是，很少有組織機構能做到這一點。
　　儘管如此，李普曼仍然認爲客觀報導可行、而且重要。對他而言，
對錯誤發生原因的探究，往往是研究眞理的開始。因此我們必須先深

入去了解自己的主觀性(subjectivism)，才能找到維持客觀的方法。他深信教育可以幫助人們破除偏見，理智終會成熟，而科學是解決之道:「在意見紛陳的世界裡，只有一種統一的可能，不是目的的統一，而是方法的統一」(Lippmann, 1920: 67)。

李普曼對客觀報導的討論，或許已經不足以反映今天這個概念的意涵。但是對於新聞工作人員而言，李普曼的最大影響，不只在於他對專業教育的鼓吹，而在確定「客觀報導是一個理想」的看法。換言之，李普曼並不否認人是主觀的，但是他也並沒有因此而否定客觀報導的原則。

1920年代初期，客觀報導原則繼續受到美國新聞界重視，其意涵包括: 以真實告知 (truth-telling) 以及是甚麼說甚麼 (telling it like it is)的「事實報導」(facts reporting)原則，使用倒金字塔(inverted pyramid) 的段落形式結構，用五W一H的美聯社式導言 (the AP lead)，以及使用引號直接引述，以指明來源、出處及正確性等等(彭家發，1988)。也就是說，客觀報導的程序、形式和結構已大致定型，成為新聞從業人員信仰中，不可分割的一部分。在新聞決策過程中，此項程序包括: 不受證據、來源、事件及閱聽人影響，只講求正確、公平、平衡、公正及完全公開 (full disclose) (Black & Barney, 1993)。

⑷報導方式的多元化與客觀性報導的新挑戰

到了1920年代後期，美國經濟日漸衰退，整個社會明顯地複雜起來，好日子不再。「只有新聞事件才是新聞」的狹義觀念與浮面作法，事實上已證明不妥。李普曼、布朗 (Heywood Brown) 及迪亞遜 (Drew Dearson)等政論專欄作家認為，新聞業者應儘可能告訴他們的讀者一些「新聞幕後的新聞」(the news behind the news) (Sandman, Rubin & Sachsmar, 1976)。

　　1929年10月29日，紐約股市大崩盤，開始了美國經濟史上的大蕭條（The Great Depression）時期。羅斯福總統（Franklin D. Roosevelt）在1933年執政，施行新政（the New Deal）。在這一波狂潮之中，愈來愈多民眾，對於一般報紙將客觀奉爲圭臬的純新聞報導方式，表示不滿，認爲需把新聞事件放在脈絡之中，讓讀者不但能瞭解新聞事件，更能瞭解事件的來龍去脈，以及其所代表的意義，俾能對事件有一個全盤瞭解（彭家發，1988）。羅斯福總統也在白宮記者會上，一再呼籲，不要把宣傳寫成象事實一樣的新聞，混淆了視聽（彭家發，民81a）。

　　1930年代的美國社會，經濟雖然低迷，但國民教育水準卻大幅提升，新科技陸續發明與推廣應用，自然與社會科學發展迅速。社會文化價值觀念，也隨之轉變，讀者口味深爲媒介所警惕。而雪上加霜的是，從1920年開始，廣播（radio）事業勃興，收音機的快速時效，令報紙倍受壓力。1929年，由麥發登（Bernarr Macfadden）所創辦的四開《底特律日報》（*Detroit Daily*），便率先打破「客觀報導是走向正確和眞實的唯一途徑」，新聞界也開始懷疑「事實會自我表白」（facts speak for themselves）這回事。

　　1937年10月，出任美國《新聞週刊》（*News Week*）發行人的摩爾（Malcolm Muir），就任之初，就提出他的「三度空間編輯公式」（Three dimensioned editorial formula），認爲除報導新聞事實之外，並應將新聞的背景及其意義表達出來，使新聞更有意義，更具可讀性（彭家發，民75）。這種作法等於支持了解釋性新聞。1938年，第一本解釋性報導的專書——《解釋性報導》（*Interpretative Reporting*），由西北大學新聞學敎授麥道高（Curies D. MacDougall）出版後，解釋性報導從始邁出穩健步伐，猛烈攻擊客觀性報導的弱點，令客觀性報導鋒芒暫斂（彭家發，1988）。

　　然而事情總有一體兩面。印刷媒體爲了營利競爭，不但採用激情報導手法，即使在解釋新聞報導方面，也變得天馬行空，漫無止境而飽受責難。反對解釋性報導的人，認爲不應該在新聞報導中，假「解釋」之名，而實際上卻摻雜個人信念與利益的主觀意見。他們認爲，記者對所報導事件的瞭解非常膚淺，很少記者有能力對複雜的事件，在不鼓吹、聳動的情況下，作出適當的分析和解釋（彭家發，1988）。著名新聞學者賀亨堡急切地指出，新聞寫作中，包括一種說出新聞意義的責任，但並非記者有權評論這則新聞(Hohenburg, 1978)。民意測驗專家蓋洛普（George H. Gallup）則指出，讀者希望藉記者之助，瞭解新聞及其重要性，因此，在解釋上應該沒有偏見的存在（彭家發，1988）。

　　開風氣之先，要求《時代》雜誌記者從事解釋新聞寫作的魯斯（Henry Luce），則在第二次世界大戰爆發之翌年，亦即1942年12月，在大英百科全書公司共同贊助下，個人捐出了二十萬元美金，請當時擔任芝加哥大學校長的霍金斯博士（Robert M. Hutchins）組成「新聞自由委員會」（Commission on Freedom of the Press）❸，來研究當時美國的媒介現況。

　　新聞自由委員會於1947年,提出了一分舉世矚目的報告書——「自由而負責的新聞事業」（A Free and Responsible Press），首次提出「社會責任論」的說法（Social Responsibility Theory），認爲報業應受專業倫理（professional ethic）規範，擔負責任（汪琪，彭家發，1986；徐佳士，民76b；陳世敏，民77；Siebert & etal, 1956）；並且要求新聞媒介「對社會提供眞實、完整、有益的消息，顯示出消息的內在涵義」，以及「對社會目標與價值，提供說明與澄清」（彭家發，1988）❹。

　　這分報告以社會責任界定現代的客觀性報導，並且認爲有需要將

新聞放在脈絡（context）之中，容許記者對事件作某些分析；記者不但應該眞實地報導事實，還要報導事實的眞相（McDonal, 1975; Mencher, 1981; Quail, 1983; Sigel, 1973）。此即「社會責任論」報業制度理念的由來。它間接加強、肯定了二十世紀以來，新聞界與社會大衆同聲呼應的新聞客觀性原則。

魯斯所始料未及的，卻是這樣的主張，竟引起了美國學術界及新聞界對客觀性報導及解釋性報導的長期爭議❺。受此社會責任論主張的鼓舞，新聞界的採訪形式頓有改變，由傳統地理路線（geographic beat）的任務分配轉變爲題材路線（topical beat），以致採訪重點在於主題採訪（thematic coverage），而非正在發生的新聞❻。這種轉變讓記者憬悟出，他們實在可以把追求「客觀新聞」的精力，用在「揭發新聞」上面（Mencher, 1981）。在這種情況下，「深度報導」（in-depth reporting）❼就正式在1950年代出現。再加上當時發生的參議員麥卡錫（Joseph McCarty）事件，使反對解釋性報導的聲音更進一步消沉下去，客觀性報導的原則又受到一次沉重的打擊。

事情起於一次演說中，麥卡錫突然指責美國國務院至少聘用了兩百零五名共產黨分子，而且他已得到這分名單。時值二次大戰後，中國大陸已經淪入中共之手，韓國、越南、馬來西亞及菲律賓等東南亞諸國告急，蘇聯得意揚揚之際。消息傳出，全美驚惶失措。

美國新聞界其實從沒有人看過這分名單，麥卡錫所說的人數亦不斷更動（有一次說成五十七人或八十一人）。記者或許不相信他所說的內容，但在客觀報導理念下，對他的言論又不能不報導（另一個壓力是，人人都會加以報導），結果造成了麥卡錫有機會對記者予取予求。事後證明，麥卡錫的指責，並非事實（程之行，民57；彭家發，1988）❽。

1954年，擔任哈佛大學尼門獎學金（Nieman Fellowship）負責

人的賴恩（L. Lyon）雖然一再強調新聞客觀性的重要，並將之形容為新聞事業的基石（引自Glasser, 1992），但經麥卡錫一鬧，連最「頑固」的記者也不得不承認，傳統性客觀報導方式確有有時而窮之慮（彭家發, 1988）。此外，為了迎接電視的第二波次電子媒介壓力，以及報章、雜誌新近崛起的專題報導方式，解釋性報導也更受重視。往後新聞學者為了避開語意思考可能的缺失，逐漸以深度報導一詞，來代替解釋性報導，並涵蓋了「背景性報導」、「人情味報導」、「指導性報導」及「特寫化」等多種體裁。

綿延一段時間之後，1960年代後期的美國社會動亂，以及1970年代初期的「水門事件」（Watergate Case），令客觀性受到更廣泛攻擊（Black & Barney, Fall 1992/Winter 1993; Ryan & Tankard, Jr. 1977）。事實上，1960年代的美國社會，簡直被越戰、反越戰，學生行動主義（student activism）與黑人及婦女運動等，攪得民不聊生。有志一同的人便辦起宣傳刊物來，彼此傳誦，成了美國地下報刊。這些刊物不恪守傳統的純新聞寫作方式，而效法新聞式的論題與標題；放棄客觀性原則，使用小說家色彩的故事體、非結構性的報導方式，融合作家的創造力和主觀的想象力來報導和安排新聞故事。它的主要手法是強調文學風格及現場氣氛的描寫，把讀者擺在現場，聆聽個中人物的對話與思想，運用情節以及對話與獨白，以街頭民眾（street people）為權威性消息來源，亦重視現場觀察，必要時還成為參與者。這就是在1960年代中，萌生的新新聞（New Journalism）（彭家發, 1988, 民82; Dennis & Rivers, 1974; Sandman, Rubin & Sachsman, 1976）❶。

這種創作性較高、經常重塑現場、並以第一人稱寫作的主觀性報導形式，雖然較易在軟性新聞的雜誌版面上表現，但1960年代的美國報業受社會情勢影響，被各種事實壓得喘不過氣來，很多新聞人員都

感到所謂傳統客觀性，與四平八穩、例行性與分線制度的平面式新聞報導「老套」，已不能把當日社會眞相告訴讀者，何不試試這種令人「熱血沸騰」，而又提高記者知名度的新新聞寫作方式？何況，從地下報刊的銷路及讀者群來看，這種寫作方法也可能開闢新的市場。新新聞就在這各種條件衝激之下，出現在正統報紙版面上。

　　不過，新聞界對這種混合意見與事實、讓作者介入文中的做法，仍極爲反感，認爲是主觀犯禁的做法，而且疏忽正確性報導守則，有欺騙讀者之嫌（Dennis & Rivers, 1974）。他們認爲，「負責任的新聞事業」必須講求客觀、事實正確（factual accuracy），所報導的都應是可以查證的消息。一如涂爾文所說，客觀與事實正確，在評斷消息的眞實價值時，已成爲記者報導消息的理由（Tuchman, 1972）。新聞記者對消息來源應該「保持距離」（detachment）與中立；兩者的關係是坦蕩蕩的——消息來源只提供記者要報導的新聞。所以，有學者甚且認爲，新聞之罪惡在於激情主義以及偏見，這些都破壞記者對消息中立的原則（Johnstone, Slawski & Bowman, 1972-3/Winter）。

　　然而新新聞只是參與式報導的一種，而「參與式報導」（participatory reporting）也並非毫無可取之處。在監督環境以及在新聞各個環節的關係上，這種報導方式能擔負更積極的角色。也因此在那個年代中，頗能在新聞圈裡，占一席之地[20]。

　　因爲受到參與式報導的鼓舞，到了1960年代後期，又有記者推動起調查報導（investigative reporting）[21]；他們盯住硬性新聞，深入報導。這種方式，令史燦堡（Sydney H. Schanbery）在越戰報導上，大顯身手。而《紐約時報》記者赫許（Seymour Hersh）等人，對越南「馬里（My Lai）謀殺案」的深入調查報導，以及中央情報局活動的一系列「內幕新聞」（inside story）的發掘，更震驚整個新聞

圈。後來，諸如《新聞日報》（*Newsday*）、《波士頓環球報》（*Boston Globe*），甚至美聯社都紛紛成立「調查報導小組」、或類似專題作業小組。

1972年6月中所爆發的「水門大廈竊聽事件」，即爲《華盛頓郵報》（*Washington Post*）的兩位記者——伍德華（Bob Woodward）與柏恩斯坦（Carl Bernstein）——運用調查報導方式所揭發❷。最後，此項調查報導所揭露的眞象導致尼克森總統下臺，調查報導也因而名聲大譟。

由於調查報導有了這些成就，又有人開始攻擊新聞客觀性的可行性。有人認爲新聞客觀性只有兩種：一是憑表面價值來作出新聞的判斷，另一種則是有了定見之後，作深入的背景調查，然後，再用客觀態度去檢證各項證據（Mencher, 1981）。也有人認爲，客觀是「荒唐的藉口」（absurd pretense），應該完全摒棄於新聞學之外（Ryan & Tankard Jr. , 1977）。更有人認爲，根本就沒有客觀新聞學（objective journalism）這回事（Thompson, 1973）❷。此中持反對客觀性立場最爲鮮明者，當屬參與程度最高、表態最深、最有立場的「倡導型記者」（advocacy journalists）。

1975年，從事調查報導的記者及編輯，體驗出他們已成爲一個「利益團體」，成爲維護社會公義的一股新興力量。爲了保護本身權益，免受不法干擾起見，他們更組成「調查報導記者及編輯協會」，加強彼此聯繫。調查報導記者的理念是，把政府文宣放在一旁，報導硬性新聞，揭露政治爭論或程序上所隱藏的事實，以彌補客觀報導的缺失。不過因爲這種做法勢必要記者對所報導的個人或機構，在行事上作出對或錯的評斷，使得若干學者對這種報導方式能否與客觀報導典範相抗衡，抱持非常保留的態度（Gans, 1979; Glasser & Ettema, 1989; Lawler, 1984）。

　　1973年，美國「專業記者協會」刻意將客觀性列入倫理規範之中（Glasser, 1992）。而艾匹斯坦（Epstein, 1975）則說，記者可以成爲事實的傳遞者，卻絕對無法成爲隱藏眞實的挖掘者。

　　同時在1970年代中期，美國報界又流行起以統計量化數據，作爲客觀事實的「精確新聞報導」（precision　journalism）。奈特報團（Knight Ridder）的記者梅爾（Philip Meyer），即爲這種報導形式的倡導者。他在1960年代開始，以這種報導方式爲奈特報團寫了許多精彩報導。1973年，他將文章結集出書（Meyer, 1973），將調查、實地實驗（field study）與內容分析法等社會科學研究法，納入新聞蒐集和報導上，使所報導的事實「更接近事實」。因爲「量化」了的數據不獨被視爲客觀資料，而且對於政治報導如民意調查，具有解釋能力。這些特點集合起來，不獨對客觀性報導，即令對解釋性報導，也有幫助。

　　新新聞發軔、調查報導漸受重視之際，美國凡德比大學（Vander-bilt University）教授尼爾遜（Michael Nelson），又在1980年代初爲文肯定1969年創刊的《華盛頓月刊》（*The Washington Monthly*）的報導方法，認爲已成爲一種模式，他稱這種模式爲「評估報導」（Evaluative Journalism）（彭家發，民75; 1988）。《華盛頓月刊》的發行人皮特斯（Charles Peters）是位律師，不但贊成客觀報導「事實至上」的原則，並且要求「比客觀報導更接近事實」（彭家發，民75）。皮特斯認爲，正確的客觀事實雖然未必是一則好報導，但倘若連客觀事實都付之闕如，則必然不是好報導。另一方面，他又贊同新新聞的主觀論調，在新聞報導中作出判斷，夾敍夾議，爲讀者提供意見與分析（彭家發，民75; 1988）。但評估報導的亦客觀亦主觀的混合報導模式，主要是《華盛頓月刊》在報導美國政治新聞時所使用，其他媒介只是偶一爲之，並未對客觀性報導理念產生任何重大衝擊。

　　1960年代末期至1970年代前期之間，是一般人所稱「後伍爾夫時代」（Post-Wolfe Generation）❷，美國有一批新派藝文記者（Literary New Journalist）希望重回往日寫舊小說式的報導風格，以「經驗的客觀性再創作⋯⋯透過主觀性來寫實」（Surmeliam, 1986）。巴納（R. Thomas Berner）就把這一批人的作品，稱之為「藝文化報導」（Literary Journalism/Newswriting）（Berner, 1986）❷。

　　擁護藝文化報導者，諸如韋伯（Ronald Weber）之流，認為藝文與新聞並非是兩個矛盾的詞彙，而客觀報導不會比藝文化報導更真實。藝文化報導形式，代表了記者企圖透過一種與小說有關的技巧來展示現實，卻無損於誠實、翔實與客觀的基本價值觀。藝文化報導作家相信在報導時，將新聞、寫作藝術及小說寫作技巧熔於一爐，會比倒金字塔式的純新聞寫作，實際上更接近真實（彭家發，1988）。

　　如評估報導一樣，藝文化報導的波瀾並不壯闊，它不過是在一個甚麼都混亂的1960至1970年代的美國社會中，加入了懷疑既存事實的行列，並對新聞客觀性報導的觀念和做法提出挑戰。新聞界對這種報導方式，仍有很多意見，尤其是其著重寫作風格（style）往往甚於實質內容（substance），寫作者經常濫用文字技巧，缺乏消息來源，因而常惹來報導不實、違背新聞界信守的客觀原則之譏。這類文體大多只見諸《大爺》（*Esquire*）、《村聲》（*The Village Voice*）及《紐約客》（*New Yorker*）等一類雜誌上。也正如舒德遜所說，本章上述所有這些新派報導的技巧，在專業領域中，大都仍只受到有限度支持，未成大器（Schudson, 1978）。

　　縱然到了1980年代後期，新聞客觀性報導原則尚未遇到任何更新、或更嚴厲的挑戰。但新聞界期盼更新穎的理念，以逐漸放棄傳統客觀性報導的想法，一直都沒有消沉過。

二、客觀報導的意涵

客觀這個概念是新聞專業的核心價值之一（Donsbach & Klett, 1993），但由於時代思潮的變遷，這個概念，經常引起爭議，連帶使「客觀」這兩個字，究竟代表了甚麼意涵，似乎也有不同看法。

工具書的解釋，大多著重在「不受個人意見、或感覺影響」的層面。例如，《哲學辭典》有這麼一說：「客觀的（objective）形容詞，意謂此乃事物之眞相。屬諸事物本身，與人以偏見妄想等等，加諸事物者，迥不同也。」（商務印書館編，民73: 390～1）㉖。根據美國《韋氏大辭典》的解釋，「客觀的」（objective）是指「獨立於一個人心思（mind）之外的、眞實的、確實的」，或者是「無偏差或偏見的、無關聯的」，以及「不帶人情的」（*Webster's New Twentieth Century Dictionary of the English Language*, 1977）。而另一本《美國傳統字典》（*American Heritage Dictionary of the English Language*）則明言客觀性是「不受情緒或個人偏見的影響」（Klaidman & Beau-champ, 1987）。印行了多版的《學院新聞學》（*Scholastic Journalism*）則在第七版中，由新聞寫作的觀點，將客觀性解釋爲：「新聞寫作的目標，以求將新聞事件轉化爲十分精確，不帶人情的描寫」（English & Hach, 1984）。

字典的解釋雖然大同小異，在新聞學上，客觀性報導卻有它更爲廣泛、複雜的意涵。例如，用舒德孫（Schudson, 1978）對客觀一詞的看法就比字典的解釋複雜。他認爲，所謂客觀，指的是對事實（facts）的信念，與對價值（value）的不信任（見⓫），並且將兩者作出區分的實際行動。

從專業主義的角度考量，要求新聞必須眞實、正確、平衡及不偏，用這些標準去詮釋「客觀」，大致走出了一條平坦的康莊大道。新聞學

者沿著這個方向，紛紛提出他們對客觀意涵的看法，例如，簡明、有趣、不具黨派色彩；它受限制於形式、內涵、方法和主觀性容許度（permisssible subjectivity）。以最純正的客觀形式而言，它是一種平實的風格；採訪突出的事件（coverage of obtrusive），用官方（official）的消息來源，避免記者意見，報導實在與有限的事實（finite event），而非一窩蜂追尋主觀性的題目（Blankenburg & Walden, 1977）。不過，首先提出最能令大多數人採納的見解的，則是博耶（J. H. Boyer）。他在訪問了五十家報社編輯之後，歸納出六項客觀報導的要素（Boyer, 1981）：

△平衡與公正地呈現一個議題中各方面看法；

△正確與真實的報導；

△呈現所有主要的相關要點；

△將事實與意見分開，但是將意見視為相關（relevant）；

△將記者本身態度、意見、或涉入的影響減至最低；

△避免偏頗、怨恨、以及迂迴的言論。

除了上述博耶所提到的要素外，早期學者也有採取更廣義的解釋，諸如「廣博」（comprehensive）、「科學化」、「物理的（physical）而非心智（psychical）的」以及「以物理的標準衡量」等要素（Macrorie, 1959）也包括在內。

晚近的新聞學者及業界，則趨向於更務實的解說；例如，在客觀性報導中，記者應是新聞事件的公正見證人，平衡報導一己所見、所知及所聞之客觀事件。在寫作上，強調純新聞報導，不把「我」之類的第一人稱寫在報導裡，也不得有個人意見。在爭議性論題上，提供各方意見，但禁止記者涉入事件，或在論題上有立場（Ryan & Tankard, Jr. , 1977）。所報導事件的內容，均屬可以查證且有根據的真實事件（Goodwin, 1987; Mencher, 1981）。

漢瓊斯在研究1983年丹佛 (Denver) 市長選舉報導時，發現該市
《丹佛郵報》(*Denver Post*) 與《洛磯山新聞》(*Rocky Mountain News*) 的受訪編輯大多認為所謂客觀性，是不存在的；反而公平
(fairness)是較能接受的理念。他們認為，對客觀性唯一可以做的是，
承認自己有偏見，因而想辦法彌補；客觀性與公平及誠實是可以相互
為用 (Hankins, 1988)。

綜合基士勒 (Lawren Kessler)、麥當勞 (Ducan McDoald) 與
馬奎爾 (Denis McQuail) 所說，一般所謂「客觀」，廣義來說，是指
憑藉所蒐集得到且能夠觀察而又能查證的種種事實，以試圖瞭解現實
的一種方式。當媒體或新聞工作者聲稱他們是客觀時，他們或多或少
都意味著下列諸項情形：

(1)他們在蒐集和呈現 (報導) 新聞成品時，概以事實為主；無偏
　私、也無黨派立場，展現的是正確、真實 (realism) 的報導。

(2)對於新聞事件，他們除了只願作為「公平的證人」的角色外，
　不做他想；平衡、平均地處理一個論題的各方意見是不變的原
　則。

(3)新聞工作不受自己成見或念頭左右，也將個人態度或者個人涉
　入 (involvement)，減至最少。

(4)他們的新聞工作不受個人情緒所影響，事實與意見分開處理。

(5)不在訊息中灌注個人意見或判斷(judgments)，但盡量提供所
　有主要的相關觀點。

(6)所提供的資訊，都屬中立而又非評論性；避免存有扭曲
　(slant)，仇怨(rancon)，或者誤導他人的目的。

(7)所提供的訊息，是各項可查證事實的總和 (Kessler &
　McDonald, 1989; McQuail, 1992)。

另外，值得一提的是，馬克斯主義者 (Marxists) 則曾經試圖將

「客觀性」在理論上一分爲二。他們以爲，這一名詞其實可以分爲「客觀」（to be objective）；以及「客觀化」（to objectify/objectification）兩大辭項。所謂客觀，就是事實是如何（things really are）。而「客觀化」，則是將可能是宣傳錯誤意識形態的訊息裝作眞實。舉例來說，把一條狗形容成「四條脚的肉食生物，估計可活十至十二年」是「客觀」，因爲這項陳述代表現實，是科學的。但如果說「狗是人類最好的朋友」，則是馬克斯主義者所謂的「客觀化」，因爲這項陳述只是一種宣傳、一種意識形態罷了（Altschull, 1984）。

格拉瑟（Glasser, 1986）則更進一步認爲，客觀性本身即是一種意識形態、一組信念，使人們所作所爲有所依從。他認爲，客觀性是新聞界所持有的一種特殊看法，一種記者在新聞機構以及社區中，用來作爲指引的參考架構。很明顯地，對格拉瑟而言，客觀性的內涵是甚麼並不重要，重要的是它在新聞工作中，所占據的地位與所扮演的角色。

以上的討論，雖然未能對客觀報導提出可以爲多數人接受的定義，卻大致釐清客觀這個概念中最重要的幾種意涵：正確、平衡、公正與不含偏見的報導。至於學者們對客觀報導的功能與看法的歧異，以及這種歧異所造成的影響，將於後章再詳細討論。

注釋

❶這些出版品包括《新聞學公報》〔(*Journalism Bulletins*)；即稍後的《新聞學季刊》(*Journalism Quarterly*)〕，《聖路易地球—民主報》(*St. Louis Globe-Democrat*) 言論主筆游斯特 (Casper S. Yost) 在1924年所寫的一本有關新聞道德的書《新聞學原理》(*The Principles of Journalism*)，斐林特教授 (Leon Nelson Flint) 在1925年所著 《報業良心》(*The Conscience of a Newspaper*)。

此外，1920年代美國出了四本新聞寫作的教科書，其中(a)Walter Williams & F. L. Martin (1922), *The Practice of Journalism (Columbia, Mo.: Lucas Bros Publishers)*；(b)*Talcott Williams (1922), The Newspaperdom* (N. Y.: Charles Scribner, Vocational Series)；以及(c)Dix Harwood (1927), *Getting and Writing the News* (N. Y.: Doubleday Doran & Co.) 等三書，都沒有提到客觀性原則，只有1926年時，詹森 (Gerald W. Johnson) 所寫的《何謂新聞?》一書 (*What is News?* N. Y.: Alfred A. Knorf)，曾經有這樣一句「經典之作」：「如果某君在新聞中，採取客觀性觀點，就會更易於推諉責任」(It is easier to pass the buck if one assumes the objective view)。

同樣沒有提到客觀性原則的，是斐林特 (Flint, 1925) 收集所的，十九家新聞機構的道德信條。這些信條大多是第一次世界大戰之後的產物。

研究新聞客觀性的學者都應該同意，一如本章所述，1924年克勞福 (N. A. Crawford) 所寫的《新聞學道德》，是第一本為新聞客觀性報導下較完整定義的著作。見：

Crawford, Nelson Antrim

1924　*The Ethics of Journalism*. N. Y.: Alfred A. Knopf.

Flint, Nelson

1925　*Consciene of Newspaper*. N. Y.: D. Appleton & Co.

Hage, George S. & Others

1976　*New Strategies for Public Affairs Reporting*. N. J.: Prentice-
　　　Hall.

Johnson, Gerald W.

1926　*What Is News?* N. Y: Alfred A. Knorf.

Nash, Vernon

1928　"Problems of Journalism: Proceedings of the American Society of Newspaper Editors," *Chinese Journalism*, Vol. VIII.

Pember, Don R.

1977　*Mass Media in America*, 2nd ed. Chicago: Science Research Associates, Inc.

Yost, Casper S.

1924　*The Principles of Journalism*. N. Y.: Appleton & Co.

❷另一個「金主」易人的原因是，此時期，歐洲工業革命成功，工業化(industriali-zation)結果，產品激增，報業刊登此類廣告，收入良好，故不必大力倚賴黨派支助。見：

彭家發（1988）：《新聞文學點、線、面》。臺北：業強出版社。

羅文輝（民74）：〈客觀與新聞報導〉，《報學》，第七卷第五期（12月）。臺北：中華民國新聞編輯人協會。

❸美聯社駐華盛頓特派員戈布賴特（Lawrence Gobright）在1856年時，曾對美聯社原則有所闡釋：「我的職務是傳遞事實，我的工作守則（instructions）不容許我對事實做作任何評論，我的電訊發給各種政治態度都有的諸報。因此，我自己節制，只報導我認為是正當的新聞（legitimate news），而且力求真實和公正。」（Oettinger, 1985: 19）見：

Oettinger, Mal et al, eds.

1985　*The Role of The Media*. Taipei: World Today Press (Under the American Institute).〔梅爾·奧延傑等編（1985）：《傳播媒體之功能》。臺北：今日世界出版社（美國在臺協會附設）。中文版。〕

❹轉引自前揭書。

❺超諾（Steve Chilnall）認為，由犯罪新聞中，我們可以清楚地看到諸如中立、客觀以及平衡之類的報紙價值與極限(limits)。他並指出，犯罪新聞可以令「社區重新釐訂道德界限」見：

Chilnall, Steve

1977　*Law-and-Order*. London: Tavistock.

這種將犯罪新聞視之為「可以即時現賣之消費商品（consumer commodity）」的作法雖然飽受批評，但也有學者認為仍有可取之處（Davison, Boylan & Yu, 1976; Goldman & Rojagopal, 1991）。例如，錫勒（Schiller, 1979）就認為報刊定期披露暴力、以及損害公益（public good）的事件，等於為民喉舌（the public voice），維護公益。也就是說報紙已從自私自利的政黨政治鬥爭中，轉而致力保護公眾的利益。

❻《紐約時報》在1860年3月22日，即聲言過他們要致力於發掘事實（facts），使所有黨派的人，都得依靠他們的報導(statement)（Mandelbaum, 1965）〔轉

引自：Schiller, 1979. ）。

❼同❻。

❽同❻。

❾1920年，美國有55%都市屬一報城市，至1930年時，已增至71.5%（Streckfuss, 1990）。當民主、共和兩黨報紙在某城市中合併，編輯當然得找些途徑來代替黨派訴求的做法，客觀性報導剛好合乎這種需要。一報城市至1969年已增至一千兩百八十四家，占全部城市的85%。另一百七十一個城市只有總數三百四十二家報紙，早報晚報各有一家，多在同一地點印刷（《英漢大眾傳播辭法》，民72，頁411）。至1977年左右，則有97%報紙，在地方上「獨霸一方」（Phillips, 1977）。而至1985年時，則全國只有3%的城市，不屬於一報城市的（羅文輝，民81）。

❿報紙編輯對大市鎮由大報壟斷之譏，也十分在意，所以他們請些自評員（in-house critics）、公評人（ombudsman）之類，不時在報章上發表言論，批評該報意見，也在版面刊登些異見評論文章，以示客觀平衡。另外，當美國報紙數目減少的同時，新而有影響的力的傳播媒介如新聞雜誌隨即出現，也在另一方面彌補、加強了報業客觀性運作。《時代》雜誌、《新聞周刊》、《美國新聞與世界報導》、《哈潑》雜誌（*Harper's*）、《大西洋月刊》（*The Atlantic Month-ly*）、《新共和》（*The New Republic*）以及《國民評論》（*The National Review*）等意見性雜誌，都是意見多樣化，銷路廣闊的新聞媒介，沖淡了報紙數量減少、報系（newspaper chain）形成及發展所帶來對公眾的影響（Oettin-ger, 1985）。

⓫所謂事實，乃是主張世界應該追求獨立、正確，以避免為個人的好惡所歪曲；而所謂價值，則是指個人在意識、或無意識中，對這個世界所採取應當 如何的喜惡態度，但它的本源乃是主觀（subjective）（Schudson, 1978: 1）。

⓬錫勒（Schiller, 1979）則認為，新聞客觀性源起更早，是十九世紀中期，商業報刊勃興後的產物，與諸家之說稍異。英國遲至1941年，路透社（Reuter）才正式成為公司，由「報業協會」（Press Association）掌握大部分股權，以「不偏見」（free from bias）為營運目標之一。

德國報業萌牙伊始，即有意見重於新聞之意念，亦即以政論報紙為正宗。戈爾登 （Joseph Goerres）於1814年，首先創辦《萊茵水星報》（*Der Rheinische Merkur*），批評當時絕對權威主義，並倡導民主，鼓吹革命思想，是德國政論報紙的始祖（李瞻，民66）。該報也率先要求新聞自由，主張新聞工作者應該表達公眾感受，所以他們應該給予自由表達意見的特權。而報紙意見編輯及評論者，則應視為新聞專業的縮映 （Donsbach & Klett, 1993）。

所以，德國新聞記者不同於英、美記者，他們將自己視為政治上的積極角色 （Weaver & Wilhoit, 1986）。故而他們在選擇、報導新聞時，也更為依賴自

己的主觀信念(Donsbach, 1992)。時至今日，在德國報紙的編輯室裡，記者、編輯與評論人三者的角色，並無清晰的分野，而報紙科層組織的影響力非常有限，方便了這種主觀性新聞抉擇的形式存在(Donsbach & Patterson, 1992)。而就整個歐洲大陸而言，一如德國一樣，總認為客觀、或者甚至現實裡的中立情形，是不可能的。歐洲哲學家認為，個人「世界觀」(Weltanschauung)，經常決定了真實事件的「外相」(Rothman, 1979)。見：

Donsbach, Wolfgang

1992 "Mass Media and Decmocracy: The Case of Germany," paper presented to the conference of the ICA, Miami, Florida (May).

Rothman, Stanly

1979 "The Mass Media in Post-Industrial Society," in M. L. Seymour ed., *The Third Century America as a Post-Industria Society*. Stanford: Stanford University Press.

⑬又名「霍金斯委員會」，我國名學者胡適先生 (1891-1962) 為委員之一。不過，按其名稱及功能，似乎譯為「新聞業自由委員會」較為妥當。

⑭*A Free and Responsible Press. A General Report on Mass Communication: Newspapers, Radio, Motion Pictures, Magazines, and Books.* Chicago: The University of Chicago Press, 1947.

內中名句有 (pp.21-2)：give "a truthful, comprehensive, and intelligent account of the day's events in a context which gives them meaning….. It is no longer enough to report fact truthfully. It is nonnecessary to report the truth about the fact."

⑮Johnstone, Slawski 與Bowman 等人提出 (1972-73)，在新聞的「執業責任」裡 (responsible, professional practice)，所爭論的經常有：客觀對主觀，置身事外 (detachment) 對擁護 (advocacy)，中立 (neutral) 對參與 (participant)，以及旁觀者 (observer) 對 (監視的) 看門狗 (watchdog) 等議題，不斷在「媒介的功能」及「新聞工作者的角色」兩個信念系統中打轉。

⑯例如，記者可能檢視執法問題，而非一味著重犯罪新聞報導；與其坐著等新聞的發生，記者會先去找出事發原因。又例如，倘若記者認為種族及階級是市區暴亂危機，則會去探究公文書及政府首長說詞，以瞭解真相等等。

⑰1953年時，曾任職於《紐約時報》，CBS新聞分析員，並於1942年出任「戰時新聞局」(Office of War Information, OWI) 主任的戴維斯 (Elmer Davis) 認為，純事實是不夠的，因而提出「三度空間報導」(Three dimension reporting) (彭家發，民75)，建議記者要小心翼翼地，走在不負責任的客觀與主觀之間。他表示，瞭解到記者明知官員在撒謊，卻不能在報導中點明的挫折感 (引

自Mencher, 1981)。不過,他雖然認為三度空間的解釋性報導較能切近真理,但也擔心新聞不過是片面之詞,所述皆非事實,而是記者個人的看法和偏見。習以為常之後,記者寫出來的都是發行人的看法和偏見,又回復到十九世紀老路上去(程之行,民57)。其時,另一位電臺記者墨魯(Edward R. Marrow),從電臺轉到電視工作後,也趁機開拓深度報導領域(Mencher, 1981)。兩人對1950年代深度報導之提倡,居功甚偉。如果要認真追源溯流,則1879年代紐約《太陽報》之「人情趣味故事」(Human Interest Story);十九世紀後期,報紙的「星期版」上特寫(feature),俱可視之為深度報導早期形式(彭家發,民75)。

⑱戴維斯批評此事說:「對不可信事物的崇拜,充斥了美國新聞界,美國報紙變成不聰明,與不甘願的一種媒體,旨在製造氣氛,使偏見,一半的真實與不真實的消息等臭物滾滾而至,人人為之掩鼻」(引自程之行,民57)。

⑲賀亨堡曾將解釋性報導,也稱之為 "New Journalism"(彭家發,1988)。

⑳記者角色混淆(role dilemma)經常是學者研究的問題。例如,高漢(Bernard C. Cohen)曾注意到公共事務記者,對於報紙角色,就有兩套觀念,一套只涉及他作為一個中立的記者,另一套則令他成為決策過程中的積極參與者;高漢指稱此為「分叉式的職業性積習」(a bifurcated professsional existence)(1963)。研究公共事務記者多重角色狀態的學者,曾呼籲他們要在客觀規避(objective detachment)與主觀參與(subjective involvement)之間,作出精確的平衡(Chittick, 1970; Dunn, 1969; Nimmo, 1964)。見:

Chittick, William O.

1970 *State Department, Press, and Pressure Groups: A Role Analysis.* N. Y.: Wiley-Interscience.

Dunn, Delmer D.

1969 *Public Officials and the Press.* Penn.: Addison-Wesley.

Nimmo, Dan D.

1964 *Newsgathering in Washington.* N. Y.: Atherton.

㉑因為調查報導經過企劃,故又稱為「企畫報導」(enterprise journalism story)。甘斯(H. Gans)將新聞分成「道德失調新聞」(moral disorder news)與「社會失調新聞」(social disorder news)。道德失調新聞,是指那些披露「違反法律或道德的案例,特別是那些在道德上或基於權勢與地位上的倫理,都不該行差踏錯的公僕或其他有聲望的個人新聞」;而社會失調新聞,則剛好相反,是指那些「監察(monitors)市民守法行為的新聞」。道德失調新聞在評量「有權勢人物是否尊重市民本分」。調查報導與日復一日的犯罪新聞報導,俱為道德失調新聞體裁。不過,不同於犯罪新聞的是,調查報導不單止於原則

上，局限在犯罪行爲的例子；尤有甚者，它更著意於範圍較大的反正統規範行爲（illegitimate conduct）（Gans, 1980: 56-60）。

㉒但有人認爲，水門案其實是由政府的調查機構所發現，而非由《華盛頓郵報》所查明眞相的，只是在最後提供給《郵報》等報紙所報導而已。見：

Epstein, Edward Jay

1975 *Between Fact and Fiction: the Problem of New Journalism*. N. Y.: Vintage Books.

㉓Hunter S. Thompson，自稱他的寫作風格，屬於「狂人新聞學」（Gonzo Journalism）——一種幽默而又帶有高度爵士浪漫式的報導體裁（彭家發，民81；Ryan & Tankard, Jr., 1977: 23）。按英文 "Gonzo" 爲瘋子（crazy person）之意，已收錄在1993年版秋修訂出版的 *"New Shorten Oxford English Dictionary"* 中（*The China Post--The Student Post*, Sunday, Sept., 26, 1993.）。

㉔伍爾夫（Tom Wolfe）爲新新聞主導人物，他因編著了一本《新新聞》（*The New Journalism*, 1973），而穩居宗主地位。

㉕此不同於音樂會報導之「文藝新聞」，也不是攝影圖片之類的「新聞文藝」。

㉖同書尙有「客觀說」（objectivism）之一說，其中有謂：「主觀說之反。主實在論者，以爲人間認識之根柢，存於外界，由外界之事物，介吾五官，而生感覺，而成認識。由其說以推，則非具有客觀的效驗性，不足以爲眞理。以此說反對者，懷疑論及現象論也。」（《哲學辭典》頁392）

參考書目

(1)中文書目

朱鑫（民46）：〈客觀性〉，《報學》，2卷2期（12月）。臺北：中華民國
　　新聞編輯人協會。

汪琪、彭家發（1986）：《「時代」的經驗》。臺北：東大圖書公司。

《希臘哲學史》，中譯者佚名。〔原著：W. T. Stance, A Critical
　　History of Greek Philosophy.〕（譯版日期不詳）

彭家發（民75）：《特寫寫作》。臺北：臺灣商務印書館。

彭家發（1988）：《新聞文學點、線、面：譯介美國近年的新派新聞報
　　導》。臺北：業強出版社。

彭家發（民82）：〈細說新新聞與報導文學〉，《新聞鏡》，第263期（11.
　　22～28）。臺北：新聞鏡雜誌社。頁30～3。

傅偉勳（民64）：《西洋哲學史》，四版。臺北：三民書局。

陳世敏（民77）：〈社會新聞的趨勢：新聞現實與社會現實之間〉，《新
　　聞學研究》，第40集（2月）。臺北：國立政治大學新聞所。頁142
　　～3。

程之行譯（民57）：〈新聞的真實性〉，《報學》，第4卷第1期（12月號）。
　　臺北：中華民國編輯人協會。頁88～90。〔　原著：Davis,
　　Elmer, 1952, "News and the Whole Truth," Atlantic
　　Monthly (August).〕

羅素（民77）：《西方哲學史》（上）。臺北：五南圖書出版公司（譯）。
　　〔原著：Russell Bertrand, A History of Western Philoso-
　　phy.〕

(2)英文書目

Altschull, J. Herbert

1984 *Agents of Power: The Role of the News Media in Human Affairs*. N. Y.: Longman Inc. pp.126-7.

〔黃煜、裘志康譯 (1989):《權力的責任——新聞媒介在人類事務中的作用》。北京: 貨夏出版社。〕

Bagdikian, Ben H.

1971 *The Information Machines*. N. Y.: Harper & Row Publishers.

Baker, Richard Terrill

1954 *A History of the Graduate School of Journalism of Columbia University*. N. Y.: Columbia University Press.

Bennett, W. L.

1989 *News: The Politics of Illusion*, 2nd ed. N. Y.: Longman, Inc.

Berner R. Thomas

1986 "Literary Newswriting: The Death of an Oxymoron," *Journalism Monograph*, No. 99.

Black, Jay & Ralph Barney

1993 "Journalism Ethics Since Janet Cooke," *Newspaper Research Journal*, Vols. 13 & 14. Nos. 4 & 1. (Fall 1992/ Winter 1993) .

Blankenburg, William B. & Ruth Walder

1977 "Objectivity, Interpretation and Economy in Reporting," *Journalism Quarterly,* Vol. 54, No. 3 (Autumn).

Booth, Wayne C.

1974 *"Modern Dogma and the Rhetoric of Assent,"* Chicago: University of Chicago Press.

Boyer, J. H.

1981 "How Editors View Objectivity," *Journalism Quarterly*, Vol. 58, No.1 (Spring) , pp.24-28.

Cochram, Thomas C.

1975 "Media as Business: A Brief History," *Journal of Communication*, Vol. 25, No. 4. pp. 155-65.

1977 *200 Years of American Business*. N. Y.: Baic Books.

Cohen, Bernard.

1963 *The Press and Foreign Policy*. Princeton: Princeton University Press.

Cohen, Elliot D. ed.

1992 *Philosophical Issues in Journalism*. N. Y.: Oxford University Press.

Crawford Nelson A.

1924 *Ethics of Journalism N. Y.: Alfred A. Knorf.*

Daniels, George H.

1968 *American Science in the Age of Jackson*. N. Y. & London: Columbia University Press.

Dennis, Everette. E.

1978 *The Media Society*. Iowa: W. C. Brown Co. & Publisher. pp.84.

Dennis, E. E. & William L. Rivers

1974 *Other Voices: The New Journalism in America*. San Francisco: Canfild.

Dennis, Everette E. & John C. Merril

1991 *Media Debates: Issues in mass Communication*. N. Y.:

Longman, Inc.

Donsbach, Wolfgang & Bettina Klett.

1992　"Mass Media and Decmocracy: The Case of Germany," Paper Presented to the conference of the ICA. Frorida (may).

English, Earl & Clarence Hach

1984　*Scholastic Journalism*, 7th ed. Ames: Iowa State University Press. p. 37.

Emery, Edwin

1962　*The Press and America: An Interpretative History of Journalism*, 2nd ed. N. J.: Prentice-Hall, Inc.

Epstein, Edward Jay.

1975　*Between Fact and Fiction: The Problem of New Journalism.* N. Y.: Vintage Books.

Gans, Herbert J.

1979　*Deciding What's News: A Study of CBS Evening News, NBC Nightly News, Newsweek and Time.* N. Y.: Free Press.

Glasser, Theodore L.

1986　"Objectivity Precludes Responsibility," in Warren K. Agree etc., *Maincurrents in Mass Communication.* N. Y.: Harpen & Row Publishers, Inc. p. 179.

1992　"Objectivity and News Reporting," in Elliot & D. Cohen, ed., *Philosophiscal Issues in Journalism.* N. Y.: Oxford University Press.

Glasser, Theodore L. & James S. Ettema

1989 "Investigative Journalism and the Moral Order," *Critical Studies in Mass Communication*, Vol. 6, No. 1 (March) . pp. 1-20.

Goldman, Robert & Arvind Rajagopal

1991 *Mapping Hegemony: Television News Coverage of Industrials*. N. J.: Ablex Publishings Co.

Goodwin, H. Eugene.

1987 *Groping for Ethics in Journalism,* 2nd ed. Ames: Iowa State University Press. pp. 367～74.

Hackett, Robert A.

1991 *News And Dissent: The Press and the Politics of Peace in Canada*. N. J.: Ablex Publishing Co.

Hankins, Sarah Russell

1988 "Freedom and Constraint in Objective Local News Coverage," *Newspaper Research Journal*, Vol. 9, No. 4 (Summer). pp. 85-97.

Harris. M. & A. Lee

1986 *The Press in English Society from the Seventeenth to Nineteenth Centuries*. Rutherford: Fairleigh Dickinson University Press.

Hudson, Frederic

1873 *Journalism in the United States From 1690 to 1872*. N. Y.: Harper & Brothers.

Hughes, Helen MacGill

1940 *News And The Human Interest Story*. Chicago: University of Chicago Press.

Janowitz, Morris

1975 "Professional Models in Journalism: The Gatekeeper and Advocate," *Journalism Quarterly*, Vol. 52, No. 4 (Winter) . pp. 618-26, 662.

1977 "The Journalistic Profession and the Mass Media," in Joseph Ben-David & Terry N. Clark, eds., *Culture and its Creators*. Chicago: University of Chicago Press.

Johnstone, John W. C., Edward J. Slawski, & William W. Bowman

1972-3 "The Professional Values of American Newsman," *Public Opinion Quarterly*, Vol. 36, No. 4 (Winter) . pp. 522-40.

Kessler, Lawren & Duncan McDonald

1989 *Mastering the Message: Media Writing with Substance and Style*. Calif.: Wadsworth Inc.

Klaidman, Stephen & Tom L. Beauchamp

1987 *The Virtuous Journalist*. N. Y.: Oxford University Press.

Lawler, Philip F.

1984 *The Alternative Influence: The Impact of Investigative Reporting Groups on America's Media*. Washington: Media Institute.

Lippmann, Walter

1920 *Liberty and the News*. N. Y.: Harcourt, Borace & Home.

1922 *Public Opinion*. N. Y.: The Macmillian Co. (2nd. printing, 1961).

1992　"Stereotypes, Public Opinion & the Press," in Elliot. D. Cohen ed., *Philosophical Issues in Journalism*, N. Y.: Oxford University Press. pp. 161-175. （本文摘自: Lippmann W., *Public Opinion*, 1920.）

Macrorie, Ken

1959　"Objectivity: Dead or Alive," *Journalism Quarterly* Vol. 36, No.1 (Spring). pp. 145-50.

〔曾虛白譯 (民48): 〈客觀存廢論〉, 《報學》, 第2 卷5 期 (9月) 。〕

Marzolf, M. T.

1991　*Civilizing Voices: American Press Criticism 1880-1950*. N. Y.:　Longman, Inc.

McDonald, Donald

1975　"Is Objectivity Possible," in John C. Merrill & Ralph D. Barney, eds., *Ethics and the Press*. N. Y.: Hastings House. p.69.

McQuail, Denis

1983　*Mass Communication Theory*. Calif.: Sage Publication, Inc.

1992　*Media Performance*. London: Sage Publications, Inc.

Mencher, Melvin

1981　*News Reporting and Writing*. 2nd ed. Iowa: Wm C. Brown.

Meyer Philip

1973　*Precision Journalism: A Social Sciene Methods*. Bloomington & London: Indiana University Press.

Mott, Frnak L.

1952 *News in America*. Mass.: Harvard Press.

1953 *American Journalism: A History of Newspaper in the United States Through 260 Years: 1690-1950*, revised ed., 2nd printing. N. Y.: The Macmillan Co.

Nash, Vernon.

1928 "Problem of Journalism: Proceedings of the American society of Newspaper Edifors," *Chiness Journalism,* Vol. VIII.

Oettinger, M., et al, eds.

1985 *The Role of the Media.* Taipei: World Today Press (under the American Institute).

Phillips, E. Barbara

1977 "Approaches to Objectivity: Journalistic Versus Social Science Perspectives," in Paul M. Hirch, Peter V. Miller, & F. Gerald Kline, eds., *Strategies for Communication Research.* Calif.: Sage Publications, Inc. (Sage Annual Reviews of Communication Research, Vol. 6).

Porter, Philip W. & Norvan Neil Luxon

1935 *The Reporter and the News.* N. Y.: Appleton-Century Co.

Pray, Isaac Clark

1855 *Memories of Jame Gordon Bennett and His Times.* N. Y.: Stringer and Townsend.

Rudisill, Richard

1971 *Mirror Image.* Albuquerque, N. M.: University of New

Mexico Press.

Ryan, Michael & James W. Tankard, Jr.

1977 *Basic News Reporting*. Calif.: Mayfield Publishing Co.

Sandman, Peter M., David M. Rubin & David B. Sachsmar

1976 *Media*, 2nd ed. N. J.: Prentice-Hall, Inc.

Scheffler, Israel

1967 *Sciene and Subjectivity*. Indianapolis: Bobbs-Merrill.

Schiller, Dan.

1977 "Realism, Photograph and Journalistic Objectivity in 19th Century American," *Studies in the Anthropolog of Visual Communication*, Vol. 4, No. 2.

1979 "An Historical Approach to Objectivity and Professionalism in American Newsgathering," *Journal of Communication*, Vol. 29, No. 4. pp.46-57.

Schiller, Dan.

1981 *Objectivity and The News: Public and the Rise of Communication Journalism*. Philadelphia: University of Pennsylvania Press.

Schudson M.

1978 *Discovering the News: A Social History of American Newspaper*. N. Y.: Basic Books.

Shaw, Donald L.

1967 "News Bias and the Telegraph: A Study of Historical Change," *Journalism Quarterly*, Vol. 44, No. 1 (Spring). p.5.

Sieber, Fred S., Theodore Peterson & Wilbur Schramm

1956 *Four Theories of the Press.* Urbrana: University of Illinois Press.

Sigel, Leon V.

1973 *Reporters and Officials: The Organization and Politics of Newsmaking.* Lexington, Mass: D. C. Heath & Co.

Stephens, Mitchell.

1988 *A History of News: From the Drum to the Satelite.* N. Y.: Vikign Penguin Inc.

Stevenson, Eisingen, Feinberg & Kotok

1973 "Untwisting The News Twisters: A replication of Efron's Study. *Journalism Quarterly*, Vol. 40, No.2(Summer). pp.211-9.

Streckfuss, Richard.

1990 "Objectivity in Journalism: A Search and a Reassessment." *Journalism Quartrly,* Vol. 67, No. 4 (Winter).

Surmelian Leon

1986 *Techniques of Fiction Writing: Measure and Madness.* N. Y.: Doubleclay Anchor Book.

Tebbel, John

1974 *The Media in America.* N. Y.: New-American Library.

Tuchman, Gaye.

1972 "Objectivity as Strategic Ritual: An Examination of Newspaper's Nations of Objectivity," *American Journal of sociology,* Vol. 77, No. 4, pp. 660-79.

Warren, Carl

1951　*Modern News Reporting*, Revised edition. N. Y.: Harper and Brothers.

第三章　客觀報導的功能與爭議

　　有學者認爲，新聞報導的客觀性不是指新聞產品的本質，而是指新聞的作法（the mode of the performance）（Roscho, 1975）。因此，嚴格的說，客觀性報導的形式與新聞業的客觀性規範，在意涵上稍有不同；前者是一種報導的呈現方式，後者則是專業的理念、守則，其實施目的在「使理性的讀者更易於發現眞相」（Siebert, Peterson, & Schramm, 1956: 88）。但因爲不管在職業上、媒體或個人，這一規範最能表達客觀性 報導技巧的精神、新聞記者的心理習慣，而又易爲廣大異質的閱聽人所接納（Phillips, 1977），因此在實際應用此兩詞彙時，意義並無太大分野。只是當我們談到客觀性原則的功能時，正因爲「寫作形式」與「專業規範」的層次不同，可以由宏觀、與微觀兩個不同的角度來探討。

一、客觀報導的功能

1.宏觀的功能

　　時至今日，很少人能夠否認新聞機構是現代社會組織（social institutions）中非常重要的一環。它與其它社會組織，包括政府、企業、家庭、學校、以至於宗教團體，都有密切的互動關係。由這個觀點來看，新聞機構所秉持的專業理念不但影響本身的發展，也連帶影響到其他社會組織的發展。

　　班奈特（Bennett, 1989）就認爲新聞界強調客觀性中的公正概念，有助於既存社會結構的穩定。對他而言，這種維持穩定社會結構功能

值得肯定；但卻也另有其他學者對此持較負面的看法。

丹尼斯（Dennis, 1986）相信，客觀是一種呈現資料的方式，藉此新聞界可以提供閱聽人充分的消息，並給雙方答辯的機會。但實際上，這樣一個客觀事實的報導取向，只是使新聞工作者維持了社會現狀的基本型態。而所謂的客觀事實，則只是社會，合法機構的正式說辭而已。奧士楚（Altschull, 1984）則更進一步將客觀性視爲社會控制的一種機制，因爲客觀性託付給記者一個任務，要他們在讀者心目中造成「在位者說的就是眞相」的印象；職是之故，客觀性等於加強現狀（參見Black & Barney, Fall 1992/Winter 1993）。

上述論點強調客觀性有助於維持社會現狀，但是美國專欄作家李普曼卻認爲客觀性有助於社會改革。根據李普曼的觀察，1920年代的美國是一個受報業客觀性規範影響的顯著例子。當時美國全國被1919及1920年代的赤化（the Red Scare）氣氛所震懾；勞工的浮動不安加上無政府主義者的暴動，美國人變得既神經質而又極端的「愛國」。1920年的某個晚上，美國政府竟然一舉逮捕了四千多人，理由只是懷疑他們是共黨分子（Steel, 1980）。李普曼在《自由與新聞》一書中，即稱那個年代爲「恐怖統治」（Lippmann, 1920/1961: 167）。一如前章所述，他譴責報界刊用擾亂人心的標題與報導，掀起全國一陣強硬的右翼熱潮。他認爲，當時的民意是由特殊利益團體的宣傳所塑造，而政府則在行政上「享受」掌控輿論成果❶。因此，他說：「目前西方民主的危機，是新聞業的危機」（Lippmann, 1920: 5）。在這種情形之下，雖然客觀性報導未必能積極調整現狀，但李普曼認爲，「眞實」（reality）（或客觀事實）的力量就等於熾熱的社會改革（Lippmann, 1920；亦見Crawford, 1924）。

1931年，擔任《紐約世界報》（*New York World*）編輯有年且一向激烈批評報界的李普曼，認爲報界已有顯著改進，因而把邁向客

觀性的潮流, 稱之爲一項「革命」(Lippmann, 1931) ❷。他稱這種
新的新聞學爲「新式客觀性新聞學」(the new objective journal-
ism), 以前的新聞學爲「老式浪漫新聞學」(the old romantic jour-
nalism)。他強調, 新新聞學不再迎合反覆無常的公衆, 只須追尋接近
客觀的眞實, (Lippmann, 1931)。

　　李普曼無疑是基於科學自然主義的宏觀文化運動, 而擁護客觀性
原則。但至1935年, 當此一詞彙廣爲新聞工作者接受, 而正式列入敎
科書時, 客觀性的色彩, 無論是外延或內包的意義, 就淡化得多了
(Streckfuss, 1990) ❸。

　　客觀性原則究竟有助於維持現狀、抑或促進社會改革, 可能要等
到我們釐淸相關的爭議, 才能得到較爲持平的看法。但是如果由李普
曼的觀點出發, 我們可以說, 上述論點已將客觀性視爲一種爲維護民
主而衍生的方法, 轉化爲一種新聞業每日例行的務實心態, 由是維繫
了它在新聞業的重要性, 而一直衍延至今。不過, 綜觀客觀報導的功
能, 若由微觀的、實務的角度觀察, 亦有可書之處, 值得論列。

2.微觀的功能

　　由實務的角度出發, 客觀性報導原則的功能可由以下幾個方面探
討: 新機構的利益、新聞工作人員的保障、新聞管理 (management
of news) 以及受衆定位。

⑴新聞機構的利益

　　⒜如前章所述, 客觀性可以爲新聞機構帶來商業上的利益, 因爲
　　　中立、不帶個人意見的報導可以吸引更多的讀者、從而幫助拓
　　　展發行量、帶來廣告費收益。此外, 在非商業性功能上, 新聞
　　　媒體也需要客觀性原則來支持其新聞報導的公正性。

　　⒝客觀性報導可以保護媒體, 使之免於受到政客或其他社會勢力
　　　的報復, 也可以加強其新聞內容的可信度和對讀者的吸引力

(Hackett, 1991)。換言之，縱然媒體抱怨客觀性有一種不在意追尋眞相的氣氛，但卻仍然滿意於它的實用性。

(c)由於客觀性原則免除了記者主觀判斷的責任，記者因而毋須成爲專家，可由管理人員伺機調換其採訪路線，增加記者報導多方面題材的能力。這樣一來，記者雖無法專精特定的報導領域，卻能強化技術層面的客觀性。

(d)由於客觀性原則對新聞報導有最低限度的要求，因此也有人視之爲新聞道德的一種保障。墨爾（Merrill, 1985）曾調查50名新聞工作者與50名新聞教育家，結果發現有三分之二的受訪者認爲，一篇客觀的報導就是「符合專業道德的表現」。

(2)新聞工作人員的保障

新聞機構最大的任務在於提供消息；爲了提供消息，它必須密切掌握社會脈動。然而，新聞工作人員每天必須處理龐雜、繁複、甚至眞實、虛假混雜的消息。爲完成任務；新聞工作人員必須要有一套準則，俾便在最短的時間內做出正確的判斷，完成任務，而客觀性原則應可滿足這樣的需求。因此，對新聞工作人員而言，客觀性原則的積極功能可以歸納爲以下三點：

(a)新聞工作人員可以藉由客觀性原則輕易得到處理資訊的準繩，藉以挑選與評核消息內容。如此，甚至可以加快處理題材繁多的新聞，舒緩截稿的時間壓力，使報紙按時出版、廣播、電視新聞準時播出（Roshco, 1984）。

(b)客觀性原則並可協助新聞工作人員、轉移言論責任，讓消息來源爲新聞報導內容負責。否則，對於內容千變萬化的報導主題而言，記者本身非具備深厚的知識不可，而這點幾乎不可能辦到（Roshco, 1984）。

(c)對於具有爭議性的議題，客觀性原則引進了一個例行程序以處

理各方意見，由是保障了記者，使他們免受偏見與責難(Tuch-man, 1978a)。

客觀性原則的這些功能，最受一般學者肯定。戈定與愛略特(Golding & Elliot, 1979) 就認爲，新聞的客觀性理想在於強調公正，對政治事件秉持超然立場，以未經修飾過的世界圖象，呈現事實，而不在於解釋、判斷價值或帶出意識形態。班奈特（Bennett, 1988）也認爲，新聞客觀性要求編採人員採取政治上敵對陣營的中立論點，可以容許他們精細地檢驗爭議中的各方面意見；由是，重要論題得以有最廣泛、公正的報導。記者的意見，或解釋上的一己表白，則僅限於社論、專欄及其他背景性稿件中出現。這種避用第一人稱（我）而將事實與意見分開的做法，可以避免記者們被視爲是新聞報導的主述者（narrator）（敍述者兼評論者）。

事實上，客觀性原則不但使新聞工作人員受到外界勢力干擾的程度降低，也同樣降低了來自新聞機構本身的干擾。它使記者與編輯免於受到不同政治理念、或頤指氣使的主管所干擾，又可以免於來自諸如截稿時間、誹謗訴訟、編輯責罵以及讀者批評的壓力，獨立選擇新聞，評量成果。甚至有學者認爲，連向來崇尙主觀報導的新新聞作家，在形式上大多也沒有違背客觀原則；例如，他們常以街頭小市民爲權威消息來源，抓緊事件要點，以及以細膩的新聞性描寫來報導事件等等，都是把客觀性理念及做法擴充的表現（Phillips, 1977）。

⑶新聞管理

新聞評論家涂爾文（Tuchman, 1972）將客觀性視之爲一種「策略性儀式」（strategic ritual），她的意思是說，爲了避免訴訟以及專業人士的檢驗，記者不得不以權威的話語或其他手段來保護自己。而對報業整體而言，其所以選擇這種強勢言說(discourse)，則是基於客觀性報導所具有的可靠且能查證的特性。

班奈特(Bennett, 1988)則認為，令新聞客觀性更為宏揚的原因，
厥為一種新聞形式之流衍及使用，他稱這種新聞體裁為「用以包裝新
聞的一種普遍或者標準化的形式」❹。

⑷受眾定位

大眾媒介為服務閱聽人，須將閱聽人作多種定位，例如：閱聽人
或可粗分為消費者、政治觀察者甚至省市公民等等。履行客觀性、公
平報導以及真實描寫，可以幫助這種定位的設定，因為客觀性新聞會
培養一個印象，就是雖然閱聽人可能受到新聞內容的影響，基本上他
們並不涉入新聞所報導的爭議與事件；他們是超越其上的（Connell,
1980; Skirrow, 1979)。

以上諸多的討論，雖然不能提供我們一個可以為所有人接受的客
觀報導定義，卻大致上指陳出了概念中的要素，即正確、平衡、公正
與不含意見的報導。(至於新聞工作者對此原則的歧異詮釋，以及這些
種歧異所造成的影響又是甚麼，將於後章再詳細討論。)

客觀報導雖然主要源自美國新聞學理念，並且孳衍於世界新聞業
界之中，但客觀報導在美國新聞史上，卻未嘗有過至高無上的地位。
就在它的重要性逐漸被認可的同時，反對的聲浪卻又隨之湧起：主觀
難以避免，客觀報導膚淺與不負責任的疑慮、以及其易被社會勢力所
影響等等責難，使得客觀性在1960年代時，已有人視之為一個侮辱性
的字眼，甚至成了騙局(Schudson, 1978)。然而，就在同時，我們卻
可以在新聞記者的倫理規範或信條中看得到它。

數十年來，客觀性的意涵或許已有一些改變，但是基本上，矛盾、
爭議似乎一直延續到今天。也許有學者認為這是一個「知之匪艱，行
之維艱」的理念衝突，而原則上，則希望業界能「致良知，知行合一」。
一般線上記者、編輯則經常只「亦知亦行，亦行亦知」，從嘗試錯誤中
學習。他們彼此有作法上的交集，但也有認知差距，而其理念之擾亂，

或肇因於此。討論客觀性原則，我們有必要進一步檢視這些爭議的意涵、及其背後的理念。

二、客觀報導的爭議與反省

曾擔任美聯社總經理的古柯柏（Kent Cooper）曾經說過：客觀性新聞是美國給予世界的一種至高無尚的原創性道德理念（引自 Blankenburg & Walden, 1977）。隨著環境變遷，二十餘年後，批評家郭景（Andew Kopking）卻批評客觀性是道德解脫的藉口，是從投機取巧中拿喬的古老方法（引自 Brucker, 1969）。除此之外，學者、新聞人員也都對客觀報導有不同的看法。綜合這些看法，可以歸納為以下幾項主要的爭議：

1.客觀報導原則無法實現

近年來，有愈來愈多社會科學家經常從理論或實務層面，攻擊客觀性的專業意理，將之視為一個不可能達到的理想（Phillips, 1977）❺。但是，就如同客觀性意理在哲學上引發的辯論一樣，在新聞學上，究竟客觀性報導的原則有沒有可能實現，不但爭論不斷，爭論的出發點也不盡相同。

⑴由觀念的本質來看客觀性是否可能

這方面的辯論，大致類似哲學上對馬克斯思想與自由主義、二元論、甚至懷疑論的爭議。例如，毛洛殊與李斯特（Molotch and Lester, 1974）就認為客觀性相對世俗而言，是一個錯誤的觀念，因為其實並沒有一個客觀的世界，「就在那裡」等待反映。職是之故，毛洛殊與李斯特主張，新聞報導也就無所謂忠於事實，或客觀中立了。

美國肯特市《路易士維爾信使報》（*Louisville（Kent.）Courier-Journal*）責任編輯哈普（Hawpe, 1984），提出同樣的質疑。他指出，客觀性理念基本的假設是有個真相，或者若干真相，而記者的任務則

是去蒐集它們，然後傳輸給讀者。他認為，客觀性本身就是偏見，不能替代有結論（conclusions）的報導；追求客觀性的新聞報導，易使記者成為簡單的傳遞工具❻。

　　這種帶有懷疑論色彩的看法或者趨於極端，但是與其他一些學者的看法相似，同樣否定了客觀性的可能。以威廉士（Williams. 1975: 191)）等為首的學者就曾剴切指陳，偏見來自「不偏見」，但是「不偏見」卻是一種構想出來而不可能達到的狀況。所以，如果將客觀性理想構思成沒有偏見，是一種錯誤的構想。

　　若干科學家與哲學家對此，則更大謬不然（Polanyi, 1962），認為客觀定義講的是一種法律般態度所指稱的事實（如偏見／不偏見），而這些事實確有著一種自我既存於世的形象，欺騙了科學；由是，也埋沒了這些事實的先天性質（Habermas, 1971: 69）。格得耐（Gould-ner, 1976)更指出，這種類別的客觀主義（objectivism），是一種「認知上的病態」。

　　除了上述論點外，不少學者曾由自由主義及馬克斯思想的觀點，試圖釐清客觀性原則的可能性。1970年代後期，正值媒介經營理念一片百家爭鳴之時，戈然、固爾維與烏拉閣等人（Curran, Gurevitch & Woollacott, 1982)，提出了「自由─多元主義」（liberal-pluralism）與基本「馬克斯主義」（fundamental Marxism）兩個關係報業的哲學概念，迅速帶動了新聞客觀性的論辯。這方面討論由宏觀的角度出發，將客觀性視為界定報紙企業與記者個人間活動關係的原則。

　　理論上，「自由─多元主義」哲學認為，新聞蒐集與傳布競爭過程會促進客觀性；因此，它強調新聞專業人員有刊登各種對立消息來源意見，以及從這些意見中，解釋新聞事件的充分自由。但研究結果發現，這種規範卻使那些因此得以自由選擇、或者擁護某些立場的報界，往往刻意貶低其他資訊，將之置於次要地位、或棄而不用。對客觀而

言，個人的主觀解釋更為振振有詞（Charnley, 1975），成為反諷。

由「基本馬克斯主義」觀點來看，則得到與「自由─多元主義」剛好相反的看法。馬克斯論者認為，影響新聞蒐集活動者，是支持主流文化的上層意識形態。所以，那些對新聞蒐集及傳布的影響，並非來自敵對的消息來源的運作，而是來自朝向一個單一目的而營運的業界本身（見Becker, 1984; McQuail, 1983）。在資本主義社會裡，這個單一的目的，必然捲入利潤動機，不斷盡力為主控意識形態效力，因而導致新聞的蒐集，受到經濟、以及新聞組織的意識形態政策兩面「夾殺」。新聞採訪的意義，也基本上是主控文化之內的產物了。在這種情境之下，所謂客觀性，當然無從談起。

自60年代始，葛本納（Gerbner, 1964; 495, 508）曾經研究新聞報導的意識形態觀點與政治趨勢。他發現，任何機構所生產的訊息，都帶有意識形態色彩。他更進一步主張：「基本上就沒有非意識形態的，非政治性的，非黨派的新聞蒐集及報導系統；……所有新聞都是觀點」。葛本納的發現，無疑為馬克斯主義的觀點提供了實際的証據。

其餘如路瓦克（Novak, 1971）諸人則認為，新聞工作者所用的客觀性寫作形式，是一項符號策略，充滿了政治及意識形態，以一種有教化、市區精英姿態出現。至於馬庫塞（Marcuse, 1964）則更視報導的客觀性，為一種令反對者中立化的做法，抹殺了真與假、消息與教訓、對與錯的差別。

拋開哲學上的論辯，也有學者從認識學理論出發，攻擊客觀性充滿具爭議性的、實證主義者的假設，諸如：事實本身具有直接可知性（directy knowability）、真實與語文之間直接且相符、把事實和價值分開等等。他們認為，客觀性原則忽視了語言的功能與認知的型態，而以一種自以為真實的方式組織報導內容。這意味著──如果敵對政治勢力不甚均衡，而媒介卻硬要依公正的原則將新聞平衡處理，反而

違背了正確的目標。由此來看，客觀性報導錯誤暗示新聞工作者可以自外於某些先前已經存在的現實，而聲稱僅止於報導；然而事實上，新聞機構無可避免地必然會參與社會建構的現實（Hackett, 1991）。

(2)由新聞機構的性質談客觀性原則

客觀性原則雖然要求報導必須針對事實、且嚴守中立，新聞機構卻和任何其他的社會組織一樣，有其組織內的權力結構與文化。身處其中的新聞工作人員，很難為了堅持專業理念而完全置身事外。就此點觀之，學者由不同的研究角度出發，常得到大同小異的結果，例如：

(a)由企業組織理論來看：新聞並不能完全客觀反映真實，如鏡子之反映影象一般，而能按它的組織運作過程寫照部分事實。涂爾文（Tuchman, 1972）更指出，一如前面所提及，新聞人員的客觀性概念，只是一種「策略性儀式」。雖然它能緩和截稿壓力，避免誹謗訴訟，以及主管的譴責，但這都與「客觀性報導」這一明顯目標無多大相關（參見Argyris, 1974; Epstein, 1975; Sigal, 1973）。

(b)由編輯室決策來看：曾經有研究發現，四個發行人當中，就有三個會積極地指導新聞走向，大多數尤其會關注足以影響報社收入的論題（Bowers，1967: 5）。這方面控制最明顯的例子，可能要算在日本發生的椿貞良事件。

1993年10月13日，右翼的《產經新聞》（*Sankei Shimbun*）在早報一版刊登了一則獨家新聞，指稱朝日電視臺（TV Asahi）前報導局長（Director，相當於新聞部經理）椿貞良（Sadayoshi Tsubaki），在當年9月21日的一項不公開的「政治與電視」民營廣播聯盟會議中，承認他曾指示朝日電視工作人員，在報導當年七月大選時，要朝向讓非自民黨政權誕生的方向琢磨，結果自1955年起掌政的自民黨政權，果真倒了臺。消息傳出後，引起了電視與政界之間，對言論自由之爭

的軒然大波。

　　椿貞良革隨後於該年十月去職，並於同年在曾擔任《朝日新聞》記者的首相細川護熙（Morihiro Hosokawa）首肯下，受眾議院政治改革特別委員會的傳喚作證，以表明該臺有否作有關選舉的偏頗報導。雖然椿貞良在國會發言時說，他確曾和編輯和採訪局談過，建議該臺採取新的報導策略，藉以支持反自民黨聯盟，但這項建議卻不是一項命令。該臺社長伊藤邦男也對委員會保証，根據朝日新聞網的內部調查，他們在選舉期間的新聞報導並無偏頗之處。但此事已經引起日本民眾對朝日新聞網之新聞處理客觀立場，表示懷疑和不信任（《聯合報》，民國82年10月28日；*The China News*, Oct. 26, 1993）。

　　由編輯室社會控制（參見Breed, 1955）及守門人（如White, 1964）的角度來看：新聞機構主管即使不任意發號施令，他們的要求卻往往透過各種形式的規條或賞罰，內化於新聞工作人員心中；新聞的選擇、處理，經常是基於包括報老闆會想要些甚麼之類的「編輯室期望」，而不是基於公眾需要知道些甚麼的想法。

　　(c)由「參考團體行為」的角度來看：一般閱聽人平常無法接觸新聞工作者，而是諸如新聞來源之類才是經常對組織以及傳播流程產生決定性影響的參考團體（如Bauer, 1964）。這些團體所提供之「公關資訊」經常討其組織有所偏頗，企圖影響新聞記者採信以成為重要且可信的新聞課題。

(3)由新聞工作人員的本性來看客觀性原則是否可能

　　客觀性原則的實踐，必須仰賴新聞工作人員。但是新聞工作人員究竟是否有足夠的條件實踐客觀性原則，則是另一個爭論不休的問題。

　　有一種看法認為，任何事實經過轉述，都必然會失去客觀真實的原貌。媒介批評者曼羅夫（Manoff, 1986）就認為，新聞出現在事件與情境（texts）的交接處，而當事件創造了新聞時，新聞也同時創造

了事件。換言之，事件提供了足夠的事實，任由記者以各種可能的「公式」去敍述。所以，記者並非只是單純地把世界「照」給讀者看❼；讀者所看到的，只是記者所注意到的、那一部分的世界。曼羅夫認為，沒有人能在轉述有關事件的事實時，能夠全然公平且客觀地看待這些事實（參見Stephens, 1988）。

賓夕法尼亞州立大學伯納教授（Berner，1992）則由新聞工作人員所肩負的任務，評斷實踐客觀性原則的可能性。他認為，新聞工作者很難成為他們所聲稱的客觀事實蒐集者與表達者——因為對象不同，報導就有不同的寫法。新聞工作者經常是為了遵從編輯政策而寫，並且又經常依附潮流，故而在採訪新聞事件之前，就預先已有了定見（Berner, 1992）。

此外，新聞工作人員本身的背景，也會使得他們無法客觀。菲律斯（Phillips, 1977）就認為，新聞工作人員多屬於中產階級❽，可以用「中產階級模式」（middle-class model）去分析他們❾。這也就是說，記者一般來說均較重現實而又少理論，客觀性報導使新聞工作者把注意力更集中在現實的事項上，強調的是「真實」，而非「真相」，完全符合了新聞人員所屬階級的心理習慣。

上述看法出發點雖然不盡相同，結論卻只有一個：客觀性原則不可能實踐。既然研究者大多同意完完全全的客觀性是不可能的，但是同時，它又是新聞界最重要的專業理念之一。在這兩個極端理念的衝擊之下，曾經激發了不少新聞學者，去探討究竟有否中庸之道，可以作為業界共守的理念（Charnley, 1975; McDonald, 1975; Sigel, 1973; River, Schramn & Christians, 1980; Robinson & Sheehan, 1983）❿。

涂爾文在1978年因此再度提出「專業主義」（professionalism）作為「中間地」，供記者、編輯同媒體相處的活動依據（Tuchman,

1978b)。也就是說，因為新聞工作為專業性工作，追求客觀性乃成為新聞工作人員的目標；愈努力追求客觀性，與目標相距也就愈近（朱鑫，民46）。

另一方面，漢瓊斯（Hankins, 1988）於是回到早先的論點，認為客觀性是報業和記者個人所持有的理念，而自由與限制（freedom and constraint）、個人需求與組織需求間的平衡點，就是客觀性概念之所在。如果報社發生自由或者限制失衡的問題，經常是因為觸犯了客觀標準所致。

曾擔任過我國多屆新聞評議委員會委員的新聞學者徐佳士教授，與大法官楊日然兩人也明確地指出客觀的意涵及做法。徐教授認為，客觀「這個目的地」，儘管遙遠，但是通過「符合事實」與「公正無私」的報導，「接近」客觀的新聞更能產生出來（1992: 88）。楊大法官也呼籲，「……新聞媒體對新聞事件的報導，應盡量作到客觀公正，務須避免在新聞報導中夾雜特定立場的評論，至少也須將報導與評論明確劃分，以免誤導讀者的判斷」（民82, 頁28）。他們兩人的要求，正是如今許多新聞工作人員看法的寫照：百分之百的客觀或許不可能，但是至少可以將之視為一個努力的目標。

2.客觀性原則的價值

客觀性原則可否達成固然曾是一項爭議，另一項主要的討論則不問其是否有實踐的可能，而只質疑客觀性原則的價值。有的學者認為，新聞界高唱客觀性的原因，主要是從本身的商業利益著眼，避免冒犯讀者的政治立場，以便促銷新聞、拓展市場。說穿了，新聞客觀性也不過只是擺個「姿態」而已（Dorfman, 1984; McQuail, 1983）。但是也有論者認為，客觀性原則不只是個口號；它不但不會帶來好處，還往往使得真相或甚至新聞工作人員本身被蒙蔽。

新聞客觀性的基礎信念，是「真相緊隨在事實之內」（truth is

imminent in the facts)。但古得溫（Goodwin, 1974）認爲，這正是客觀新聞無可挽救的缺失，因爲事實可以蒙蔽眞理。過去針對客觀性報導原則的一項主要批評，是它易導致「不是中立，而是膚淺」的效果（Hage & others, 1976: 16）❶，因爲「客觀」逼得記者要在「智者與笨蛋的論點」之間，強作平衡（Pember, 1977: 94）。有豐富編採經驗的派柏特（Pippert, 1989）就認爲，在一項爭議中，一視同仁地陳訴兩造的作法，會扭曲了雙方原本重要性的比重，造成客觀性蒙蔽眞相的後果。格拉瑟（Glasser, 1986）也認爲，客觀性原則作爲一個參考架構（a frame of reference），無可避免地會造成偏向於現狀，反獨立思考，而又反道德與責任等嚴肅問題❷。

資深業者戴維斯（Elmer Davis）就曾指出，報紙最足以誇耀者，一是同業間的競爭，二是在報導上炫耀客觀；而多數報紙照著自以爲是的辦法在做，無疑已不容有客觀性存在的可能(引自程之行，民57)。此處，戴維斯所指的是「死硬的客觀性」(the deadpan objectivity)。

吉特林（Gitlin, 1980: 28）也將客觀性視爲俗世的一個框架（frame）；它所假定的價値中立，乃是基於機構或個人「就某些事情與特殊偏見所作的某些選擇」。爲客觀性所驅使的新聞工作者，易被綑死在未經修飾的事實、觀察、以及即時（或者不是太久的過去）的因果關係上。他認爲，新聞報導是由路線制度（beat system）、而不是以情況(conditions)爲基礎。新聞報導只顧記者個人的單打獨鬥而非群策群力，只顧追求衝突而非有志一同（consensus），只顧將事實節節高升(advnace)而非做解釋報導。這樣的儀式行爲，誠足以嚴重地歪曲「說出眞相」（truthtelling）的探求，以及遮蔽了公衆的理解能力。

奇倫堡（G. M. Killenberg）與安德遜（R. Anderson）則由另一個角度出發，指出客觀性可能妨礙健康的傳播氣氛。他們認爲，記

者通常以公平、隔離和不涉入來界定客觀性；如果他們刻意追尋這種形式上的客觀，則客觀性原則可能會在他們和新聞對象之間，築成一道障礙。如果記者相信不含偏見的客觀性是可能的，則結果只會矇蔽自己，因爲記者的工作依賴與別人的交往互動。唯有透過「誠懇體會他人經驗和感情」的同理心（empathy）❸，才有助於這種交往互動。但如果新聞從業人員缺少了同理心，則可能使客觀性的實踐誤入歧途，導致過分追求事實的結局❹。

或許就是這種欠缺同理心，而只問事實、不問眞相的作法，使得許多人認爲客觀性原則已經成爲不負責任的新聞報導。因爲根據客觀性原則，記者可不必顧慮甚麼洞見（philosophic insight），或證據是否足以探信，只要正確地報導消息來源的話就行了；他們不必成爲專家或老手，通才就夠了。

於1992年獲得普立茲評論獎的《紐約時報》著名女記者昆達琳（Anne Quindlin），在她的書中就說過：「光是客觀和事實的報導，已經引不起讀者的興趣；所謂五W一H已經過時。這樣的報導方式，千篇一律，造成報業平板呆滯的格局。」（引自《新聞學人》民81.12）。

如果客觀性的確有價值，或許讀者也應該嘗試接受昆達琳所說的、「平板呆滯的格局」。但是接踵而來的問題，是客觀性究竟是否獲得充分的實踐？以內容分析法研究美國1972年總統選舉的何斯旦達，就曾感慨良深地指出（Hofstetter, 1976: 206）：「（在1972年的競選活動中，）各電視廣播網之間，（對候選人、政黨及政見的報導）的差別是輕微的。與其說大多數報導是擁護或不擁護，不如說它們沒有立場、或者模稜兩可。」但是，模稜兩可算是客觀嗎？

客觀性的實踐步入歧途，新聞工作人員難辭其咎。不過，根據緬迪士（Mindich, 1993）的研究，客觀性過度依賴權威或政府消息來源，最初並不全是記者們有心插柳，而是美國在內戰期間擔任林肯總統陸

軍部長一職（Secretary of War）的史丹頓（Edwin M. Stanton）
的無心之得。史丹頓本來的目的是在控制及檢查消息，林肯總統被弒
消息的發布形式，就是個好例子。

林肯總統在1865年4月15日的晚上被弒，三個小時之後，身為助理
陸軍部長的丹納（Charles A. Dana）❶，即根據史丹頓的口述，以陸
軍部長的名義，發了一封電報給在紐約的迪斯少將（Major General
Dix），告訴他發生了甚麼事。該則電報的首、二段及文中第十段是這
樣的（Mindich, 1993）：

「今晚大約九點三十分左右，總統正偕同夫人、哈利斯先生及威
夫本市長，坐在福特劇院的私人包廂內時，被一名突然闖入而行近總
統背後的刺客射擊」。（首段）

「該名刺客隨即跳上舞臺，揮舞著一把長劍或刀，而後從劇院後面
逃走」。（次段）

「在一項格蘭特將軍（General Gant）也出席的內閣會議上，曾
討論有關國家的州郡問題。總統非常興奮而又充滿希望地，對李將軍
與南部聯邦人士、以及在維珍尼亞州所建立的政府，大講好話」（第十
段）。

這則電訊見諸於16日的《紐約前鋒報》（*New York Herald*）上
❶。緬迪士認為，從好的方面去看，上述報導方式慎重地說明了事實；
然而從壞的方面去想，它卻隨意擺布事實，操縱公眾認知。因為根據
研究，林肯總統在最後一次內閣會議中，對南方並沒有作特別的安撫，
而且明顯接受了史丹頓的重建計畫（見Oates, 1977; 1984）。類似上述
「客觀事實的內文」，緬迪士認為只是要遮掩史丹頓個人的見解而已
（Mindich, 1993）❶。由於史丹頓善用電報體❶，並在南北戰爭末期，
充斥著北美合眾國（the Union）報章的頭版新聞，令報界產生「只有
他所指稱的事實與官方說法才可信」的感覺。

　　膚淺的報導雖然不足取，卻有實質上的好處；因為通常由一人擔綱的純新聞報導，總比解釋性報導、或需要集體企劃的調查報導所需的經費要少得多。一方面編採成本低（Blankenburg & Walden, 1977），另方面也更能吸引讀者（Bagdikian, 1971）。此外，根據菲律斯（Phillips, 1977）的看法，新聞機構依賴客觀性、不講求洞見的原因還有四個：

　　⑴人力資源、財力及時間不足；

　　⑵避免意識形態或不同的社會話題，牴觸到不同的讀者群；

　　⑶追查證據及評量眞相皆有其困難；

　　⑷新聞工作者未能專精於某一個學問領域 。

3.客觀性原則與解釋性報導、調查報導相互矛盾

　　近年來，一般均漸認爲客觀性規範行不通。但也有新聞工作者根本反對這一規範，-認爲「報導體」（reportage）應該超越僅僅提供一些「事實」、以及嚴守中立的報導方式，而應對事件加以分析及解釋。水門案件之後，不以中立及平衡報導爲然的「倡導新聞學」（advocacy journalism）在美國新聞圈中，已經獲得某些認同（Phillips, 1977）。

4.客觀性原則與膚淺報導因果關係的再省思

　　認爲客觀性與解釋分析互不相容的人，顯然接受了「客觀性原則必然導致膚淺、不負責任的報導態度」的前提。換言之，後者爲因、前者爲果。但如果我們不認爲客觀性原則會限制新聞人員深入探討、追求眞相的興趣，則它也許並不會與解釋、或調查報導相互矛盾。

　　事實上，數十年前，在客觀性理念漸次邁向高峰時，創立《時代雜誌》（Time）、並推動解釋性報導的的亨利·魯斯（Henry R. Luce），對於這個問題就有他個人的獨特見解。魯斯在1952年，曾在一次對《時代》編輯的談話中，詳細地解釋了他對「客觀性」的看法：

「我們擁護客觀性，因爲客觀的眞理的確存在；……『新聞的客觀性』有兩個不同的意義，在以前，那是指寫作的語氣：沒有偏見、不教訓人、也不帶任何情感。……第二種『新聞客觀性』，則宣稱記者在展現事實時，可以完全不受他本身價值判斷的影響。這是一個現代的解釋，也是徹底的假話。……無論在理論上或在實際上，都不可能在完全不涉及本身的價值情況下，選擇、認知或組織事實。這並不表示價值判斷就是罪惡，必須減至最低限度。相反的，這表示百分之七十五的認知、選擇和組織事實的工作，都建立在正確的價值判斷上面……。」（引自汪琪、彭家發，1986: 41）

這種對客觀性的看法，是《時代雜誌》當時的獨特寫作的精神形式。正如本章第一部分所提到的，它推動了日趨成熟的解（闡）釋性新聞報導寫作環境，但無疑也帶頭肯定了客觀性與解釋性報導在新聞處理上，可以並行不悖。正確而客觀的解釋性新聞，可能更能發揮相輔相成的傳播效果，此即華倫（Warren, 1951: 328）所強調：「假使解釋性是指新聞睿智而客觀的淨化，則也是可喜的一件事，因爲清晰與客觀，實爲記者寫作的基本目標。」這也就是說，後來某些新聞學者所強調的解釋性報導是在補充、輔助客觀性報導，而非「取代」它的原因（Ryan & Tankard. Jr., 1977）。

1981年，以《占米的世界》（*Jimmy's World*）一篇特寫而贏得普立茲獎的《華盛頓郵報》女記者庫克（Janet Cooke），因被人發現文中所說的八歲黑人男童占米，沉溺於吸食海洛因（heroin）的報導，事實上並無占米其人，因而被迫退還該獎，黯然離開《郵報》。

傳統的客觀新聞做法，既然未能充分報導華盛頓毒品泛濫之可怖，則乞靈於其他手段似乎就不是那麼的罪惡。故庫克事件發現後，就有

學者主張以更多解釋性體裁的報導，去解決此一問題。例如：班奈特（Bennett，1988: 87）要求記者「基於意識形態、歷史分析、社會理論、或者只是政治上的理由，在政治報導上多使用解釋性報導」。班奈特並認為為了避免成為「兩造新聞」（two-side news）的奴隸，新聞媒介應該擔當更多的批判性、引發性角色，以期對政治論題有所貢獻。其餘如繆勞迪（Miraldi, 1989: 3），則主張將客觀報導的傳統倫理與記者的政治角色合併，「用一種創新的方式，來便利針對官僚體系的討論，以及影響公共政策」，以突破客觀政治報導明顯只集中在官員言行，國會辯論與總統候選人談話的題材，無形中限制了公眾對有關政治和政府事務的見聞。

　　主張「存在的主觀主義論」（existential subjectivism）的墨爾（John Merrill，1989）甚至認為，只要保持合理的態度，注重查證的工作，新聞報導就應該容許有個人觀點，那才是優良的報導新聞學所必需的條件[19]。

注釋

❶李普曼因此一再強調，形成民意的消息來源，一定要正確，此是民主的基本問題。他進一步指出，新聞學徒的眞正模範生，並不是那些藉花言巧語而取得獨家消息的人；而是那些有耐心，不懼怕的科學家們——他們鍥而不捨地去研究世界的眞相。……好的報導，必須履行最高境界的科學家倫理（Lippmann, 1920: 82）。

❷李普曼在《耶魯評論》（*Yale Review*）寫道：「在過往十年，報業史上最令人印象深刻的事件是，客觀性且有次序地、以及廣博的把新聞呈現的做法，比起往日引人注目的、雜亂無章地，亂插一通形式，此刻的新聞業，是一種遠爲成功的形式」（1931: 439/Streckfuss, 1990）。他甚至認爲，等到現代客觀的新聞學成功地創立之後，連同有著一批人，自認爲會考慮光是爲眞理服務之時，新聞專業方始確立（頁440-1）。

❸民國二十年，在徐寶璜所著之《新聞學》一書中，第十三章有云：「新聞宜有觀察而無批評爲原則。蓋外交（勤）記者之職務，只在供給消息，……純爲客觀的調查所得之實狀，而以主觀的意志左右之。……不惜變更事實以求與彼生主觀的意見一致，比實至愚之事。……外交記者，惟信奉事實盡我探索報告之責，不然，則易流於廣告的意味之弊，有墮新聞之信用與價值矣。」見：彭家發（民81b），頁238-9。

❹班奈特認爲，透過要求記者在組合一件前後一致，而又似乎說得合理的事件時，所必需的諸如何人，何事，何時，何地以及如何等等事實，（新聞）故事已等於是新聞內容的一種公開檢查（Bennett, 1988: 120）。

❺在菲律斯研究中，發現某些記者固然同意社會科學家的指責，但大多數記者則堅持客觀性理念指引著他們的工作。但他們所能做的，只是努力地做到就人類所可能的公正及平衡（Phillips, 1977）。

❻哈普認爲，他寧可視「眞實」存在於世，而又有很多方法，可爲讀者把這個「眞實」框套（frame）出來。而要這樣做，則吾人就得對於周遭所看到的事件，有一種觀點。所以，他選擇有結論的報導（Hawpe, 1984）。

❼路文魯（Carlin Romano）曾引用《紐約時報》社論說（Feb., 10, 1985）：凡講故事的（storytelling）難免有些扭曲，但新聞與小說之間不同，就等於一面鏡子與一幅畫的差別。見：

Romano, Carlin

1988　"What? The Grisly Truth About Bare Facts," in Manoff, Robert Karl, 1988, p.39.

❽班恩斯坦（Basil Bernstein）認爲，分析的認知過程（analytical cognitive processes）、認知（perception）與階級相連結（class-linked）。見

Bernstein, B.

1960 "Language and Social Class," British Journal of Sociology, No. 11. pp.271-6。（轉引自Phillips, 1977）。

❾這裡的理論是，低階級的人（記者）在認知過程中，會致力於研究客觀與說出眞相這兩個似乎日趨矛盾的目標，希望能在兩者之間，獲得平衡點。

❿此中研究多至不可勝數，大而言之，尙有下述諸著：

Cohen, Bernard C.

1963 *The Press and Foreign Policy*. Princeton: Princeton University Press.

Gans. Herbert J., 1979.

Schiller, Dan., 1981.

Schudson, M., 1978.

⓫時至今日，「客觀性等於中立性」的說法，已經成立，兩詞大略可以交換使用（Streckfuss, 1990）。

⓬1980年代中後期，研究新聞道德學者，也曾致力於研究客觀與說出眞相這兩個目標，希望能在兩者之間，獲得平衡點。

⓭"empathy"，也有譯爲「移情作用」。

⓮奇倫堡與安德遜也引用專欄作家冷納（Max Lerner）所感唱：「幾十年來，我們一直都在追求，所有可以摸得著、看得見的事實——爲了事實，而瘋狂地搜遍地球。」見：

Bostrom, Robert N.

1984 *Competence in Communication: A Multidisciplinary Approacch*. Beverly Hills: Sage Publication, Inc.

⓯內戰後，丹納出任《紐約論壇報》（*New York Tribune*）編輯；其後，又轉而負責《紐約太陽報》（*New York Sun*）。

⓰美聯社駐華盛頓記者戈布賴特（Lawrence Gobright），在林肯總統遇弒後，因爲友人告知，也在14日當晚，發了一封電訊到紐約，第一句就寫道：「總統今晚在劇院被槍擊，傷勢可能致命。」也同樣在次日刊登在《紐約前鋒報》及《紐約論壇報》上（*New York Tribune*）。而戈布賴特這則新聞，也被後來新聞學者，視爲倒金字塔導言寫作的第一則範本。不過，根據緬迪士研究，1840年代至1850年代的《紐約前鋒報》才出現倒金字塔模式雛型，特別是那些只有幾個W（通常是何事或何人）的警察筆錄報導，被錫勒（D. Schiller）稱之爲「客觀性模式」（pattern of objectivity）。而至於將事實有意而客觀地安排在倒金

字塔內，直至1865年，才見諸《前鋒報》。至1880年代，這種形式才逐漸流行起來，而至二十世紀之後，才演變成標準形式（Mindich, 1993）。另見：

Gramling, Oliver

1940　*AP: The Story of News*. N. Y.:　Farrar & Rinehart.

❶事實上在內戰期間，史丹頓極嚴厲地禁止新聞蒐集，報紙記者不能把報導直接地傳送給報社，而必得透過史丹頓的辦公室來傳遞，並且要通過檢查。印刷品不能寄到前線，史丹頓也經常拘捕記者及報務員。見：

Starr, Louis M.

1954　*Bohemian Brigade: Civil War Newsmen in Action*. N. Y.: Akopf.

❶事實上，英國就稱倒金字塔形的寫作結構爲「電報體」（telegraphese）。

❶已有人提出「存在的客觀性」（Existential Objectivity）之說，認爲新聞工作者，必需起碼明瞭，由客觀性、以及由傳統的「說出眞相」與「全然披露的報導」（full-disclosure reporting）等所 衍生而出的表面責任（pri'ma fa'cie），應是新聞工作者的重要道德規範（Black & Barney, 1992）。

參考書目

⑴中文參考書目

朱鑫　(民46)：〈客觀性〉,《報學》, 2卷2期 (12月)。臺北：中華民國
　新聞編輯人協會。

汪琪、彭家發　(1986)：《「時代」的經驗》。臺北：東大圖書公司。頁
　41〜4。

徐佳士　(1992)：〈該讓「客觀」死亡嗎?〉(媒體觀察專欄),《天下雜
　誌》, 第136期 (9月號)。臺北：天下雜誌社。頁88。

彭家發　(民75)：《小型報刊實務》。臺北：三民書局。

彭家發　(民81b)：《基礎新聞學》。臺北：三民書局。

楊日然　(民82)：〈新聞媒體的社會責任〉,《中華民國新聞評議委員會
　卅週年特刊》。臺北：中華民國新聞評議委員會。頁28。

《新聞學人》, 民81. 12。臺北：國立政治大學新聞系。對內發行刊物。

程之行譯　(民57)：〈新聞的眞實性〉,《報導》, 第4卷第1期 (12月號)。
　　　臺北：中華民國編輯人協會。頁88-90〔原著：Daw's, Elmer,
　　　1952, 'News and the Whole Truth," Atlantic Monthly
　　　(August).〕

鄭瑞城　(民72a)：《組織傳播》。臺北：三民書局。

⑵英文參考書目

Argyris, C.

1974　*Behind the Front Page.* San Francisco: Jossey-Bass.

Bagdikian, Ben H.

1974　*The Information Machiness.* N. Y.: Happer & Row Pub-
　　　lishers.

Bauer, R.

1964 "The Communication and the Audience," in L. A. Dexter & D. M. White eds., *People, Society and Mass Communication*. N. Y.: Free Press.

Becker, Samuel L.

1984 "Marxist Approaches to Media Studies: The British Experience," *Critical Studies in Mass Communication*, No. 1. pp.66-80.

Bennett, W. Lane.

1989 *News: The Politics of Illusion,* 2nd ed. N. Y.: Longman, Inc.

Berner, R. Thomas

1992 *The Process of Writing News*. Boston: Allyn & Bacon.

Black, Jay & Ralph Barney.

1993 "Journalism Ethics since Janet cooke," *Newspaper Research Journal,* Vols. 13 & 14, Nos. 4 & 1. (Fall 1992/ winter 1993).

Blankenburg, William B. & Ruth Walden.

1977 "Objectivity, Interpretation and Economy in Reporting," *Journalism Quartery*, Vol. 54, No. 3 (Autumn).

Bowers. D. R.

1967 "A Report on Activity By Publishers in Directing Newsroom Decision." *Journalism Quarterly*, Vol. 44, No. 1 (Spring) . pp. 43-52.

Breed, W.

1955 "Social Control in the Newsroom: A Functional Analysis", *Social Forces,* Vol. 37. pp. 109-116.

Brucker, Herbert

1969 "What's Wrong With Objectivity," *Saturday Night Review* (Oct., 11) . pp. 77-9.

Charnley, Michael V.

1975 *Reporting*, 3rd ed. N. Y.: Holt Rinehart and Winston.

Crawford, N. A.

1924 *Ethics of Journalism.* N. Y.: Alfred A. Knorf.

Connell, I.

1980 "Television News and the Social Contract," in S. Hall, D. Holson, A. Lowe & P.Willis, eds, *Culture, Media, Language: Working Papers in Cultural Studies, 1972-79.* London: Hutchison.

Dennis, E. E.

1986 "Social Responsibility, Representation and Reality," in D. Elliot, ed., *Responsible Journalism.* Calif.: Sage Publication, Inc.

Dorfman, R.

1984 "The Objective Posture," *The Quill.* pp. 29-32.

Epstein, E. J.

1975 *Between Fact and Fiction: The Problem of New Journalism.* N. Y.: Vintage Books.

1980 "Television News and the Social Contract," in S. Hall, D. Holson, A. Lowe & P.Willis, eds, *Culture, Media, Language: Working Papers in Cultural Studies, 1972-79.* London: Hutchison. pp.139-56.

Gerbner, George

1964 "Ideological Perspectives and Political Tendencies in News Reporting," *Journalism Quarterly*, Vol. 41, No.3 (Autumn) . pp. 495-508, 516.

Gitlin, Todd

1980 *The Whole World is Watching.* Berkeley, Calif: University of California Press.

Glasser, T. L.

1986 "Objectivity Precludes Responsibility," In Warren K, Agee etc., *Maincurrents in mass Communication.* N. Y.: Harpen & Row Publishers, Inc. p. 179.

Golding, P., & P. Elliott

1979 *Making the News.* London: Longman, Inc.

Goodwin, R.

1974 "Review of Mary McCarthy's 'The Mask of State'," *New York Times Book Review* (June, 30).

Gouldner, Alvin W.

1976 *The Dialectic of Ideology and Technology.* N. Y.: Seabury Press.

Habermas, J.

1971 *Knowledge and Human Interest.* Boston: Beacon Press.

1974 *Theory and Practice.* Boston: Beacon Press.

Hackett, Robert A.

1984 "Decline of a Paradigm? Bias & Objectivity in News Media Studies," *Critical Studies in Mass Communication,* Vol. 1, No. 3 (Sept.) pp. 229-59.

Hackett, Robert A.

1991　*News and Dissent: The Press and the Politics of Peace in Canada.* N. J.: Ablex Publishing Co.

Hage, Georges, et al

1976　*Newspapers on the Minnesota Frontier 1849--1860.* Minneapolis: Minnesota Historical Society.

Hankins, Sarah Russell.

1988　"Freedom and Constraint in Objective Local News Coverage," *Newspaper Research Journal,* Vol.9, No. 4 (Summer). pp. 85-97.

Hawpe, David

1984　"Point-of-view Journalism," *Editor & Publisher* (Sept., 18). pp. 18, 40.

Hofstteter, C. Richard

1976　*Bais in the News: Netwwork Television Coverage of the 1972 Election Campaign.* Columbus: Ohio State University Press.

Lippmann, Walter.

1922　*Public Opinion.* N. Y.: The Macmillian Co. (2nd. Printing, 1961)

Lippmann, Walter

1931　"Two Revolutions in the American Press." *Yale Review.* No. 20 (March). pp. 433-4441. (轉引自Streckfuss, 1990)。

MacDougall, Curtis D.

1971　*Interpretative Reporting,* 6th ed. N. Y.: The Macmillan Co.

Manoff, Robert Karl

1986　"Writing the News by Telling the 'story'," in Robert K. Manoff & Micheal Schudson, eds., *Reading the News*. N. Y.: Pantheon. p. 228.

Marcuse, H.

1964　*One-dimensional Man: Studies in the Ideology of Advanced Industrial Society*. Boston: Beacon Press.

〔劉繼譯 (1990)：《單向度的人》。臺北: 久大文化／桂冠圖書公司。〕

McDonald, Donald.

1975　"Is Objectivity Possible," In John C. Merrill & Ralph D. Barney, eds, *Ethics and The Press*. N. Y.: Hastings House. p. 69.

McQuail, D.

1983　*Mass Communication Theory*. Calif.: Sage Publication, Inc. pp. 45-6, 107.

Merrill, John C.

1985　"Is Ethical Journalism Simply Objective Reporting?," *Journalism Quarterly*, Vol. 62, No. 2 (Summer) , pp. 391-3.

1987　"Good Reporting and Ethics," *Journalism Education*. pp. 27-9.

1989　*The Dialectic in Journalism: Towarda a Responsible Use of Press Freedom*. Baton Ruge: Louisiana State University Press.

Mindich, David T. Z.

1993　"Edwin M. Stanton, the Inverted Pyramid, and Information Control," *Journalism Monographs*, No. 140

(August).

Miraldi, Robert

1989 "Objectivity and the New Muckraking: John L. Hess and the Nursing Home," *Journalism Monographs,* No. 115.

Molotch, H. & M. Lester.

1974 "Accidents, Scandals, and Routiness: Resources for Insurgent Methodology," In Gaye Tuchman ed., *The TV Establishment.* N. J.: Prentice-Hall. pp. 53~65.

Novak, Michael

1971 "The Inevitable Bias of Television," in Marvin Barrett, ed. *Survey of Broadcast Journalism 1970-1971.* N. Y.: Grosset & Dunlap.

Oates, Stephen B.

1977 *With Malice Toward None: The Life of Abraham Lin-coln.* N. Y.: Harper & Row.

1984 *Abraham Lincoln, The Man Behind the Myths.* N. Y.: Harper & Row.

Pember, Don R.

1977 *Mass Media in America,* 2nd ed. Chicago: Science Research Associates, Inc.

Phillips, E. Barlara

1977 "Approches to objectivity: Journalistic Versus Social Science Perspectives," in Paul M. Hirsch, Peter V. Miller & F. Gerald, eds. *Strategies for Communication Research.* Calif.: Sage Publications, Inc. (Sage Annual Reviews of Communication Research. Vol. 6).

Pippert, Wesley G.

1989 *A Ethics of News: A Reporter's Search for Truth*. Wa-
shington, D. C.: Georgetown University Press.

Polanyi, Michael

1962 *Personal Knowledge*. Chicago: University of Chicago
Press.

Porter, Philip W. & Norvan Neil Luxon.

1935 *The Reporter and the News*. N. Y.: Appleton-century
Co.

Rivers, William L.

1971 *The Mass Media*. N. Y.: Harper & Row.

Rivers, William L., Wilbur Schramm, & Clifford G. Christians

1980 *Responsibility in Mass Communication*, 3rd ed. N. Y.:
Harper & Row.

Robinson, Michael J., & Margaret A. Sheehan.

1983 *Over the Wine and on TV*. N. Y.: Russell Sage Founda-
tion. P.39.

Roshco, Bernard.

1975 *Newsmaking*. Chicago: University of Chicago Press.

Roshco, B.

1984 "The Evolution of News Content in the American
Press," in D. A. Graber ed., *Media Power in Politics*.
Washington, D. C.: Congressional Quarterly.

Schudson, M.

1978 *Discovering the New: A Social History of American
Newspaper*. N. Y.: Basic Books.

Sibert, Fred S., Theodore Petesson & Wilbur Schramm

1956　*Four Theories of the Press.* Urbrana University of Illinois Press. p.88.

Sigal, L. V.

1973　*Reporters and officials: The Organization and Politics of Newsmaking.* Lexington Mass: D. C. Heath & Co.

Skirrow, G.

1979　"Education and Television: Theory and Practice," in C. Gardenr, ed,. *Media, Politics and Culture: A Socialist View*. London: MacMillan. pp. 25-39.

Steel, Ronald

1980　*Walter Lippman and the American Century.* Boston: Little, Brown & Co.

Stephens, Mitchell.

1988　*A History of News: From the Drum to satelite.* N. Y.: Vikign Penguin Inc.

Streckfuss, Richard

1990　"Objectivity in Journalism: A Search and a Reassessment," *Journalism Quarterly*, Vol. 67, No. 4 (Winter) . pp. 973-81.

Tuchman, Gaye.

1972　"Objectivity as strategic Ritual: An Examination of Newspaper's Notions of Objectivity," *American Journal of Sociology,* Vol. 77. No. 4. pp. 660-679.

1978b "Professionalism as an Agent of Legitimation, *Journal of Communication,* Vol. 28, No. 2. pp. 106-12.

Warren, Carl.

1951 *Modern News Reporting,* Revised edition. N. Y.: Harper and Brothers.

White, D. M.

1964 "The Gatekeeper: A Case Study in the Selection of News," in L. A. Dexter & D. M. White eds., *People, Society and Mass Communication.* N. Y.: Free Press.

Williams, Alden.

1975 "Unbiased Study of Television News Bias," *Journal of Communication,* Vol. 25, No. 4. pp. 190-9.

第四章 客觀報導：我們由研究中發現了什麼？

持續了數十年的客觀性報導之爭，雖然迄今仍無平息或淡化的跡象，卻引發了不少學者研究的興趣。由1950年代開始，有關客觀性報導的研究陸續出現。相對其他傳播研究而言，在數量上雖然略遜，但若就質的層面而言，卻也能對客觀性觀念的釐清，頗有貢獻。此書的研究，也對實際新聞所應呈現的客觀程度，以及新聞人員對客觀報導所應抱持的態度等，皆有深入探討❶。

本章所討論的研究發現，以國外完成者為主。有關臺灣地區完成的相關研究，則一併歸入第五章闡釋。

一、對新聞報導分析的研究

有關客觀報導研究占據比例最大者，應屬有關新聞報導內容是否偏頗的討論。這些研究絕大多數採內容分析法，研究對象則是有爭議性的主題，尤其是有關選舉的消息。

早在1952年的美國總統選舉時，克林（W. Malcolm Klein）與麥戈比（Nathan Maccoby）兩人，就曾以內容分析法，抽取八家報紙分作兩類：一類偏向共和黨及其候選人，一類則偏向民主黨及其候選人，然後以34天時間，研究它們報導及新聞處理的偏見❷。結果發現，在分析的報紙當中，支持民主黨候選人史提芬遜（Adlai Stevenson）的報紙，無論在新聞價值、標題、版面位置、報導內容、照片及漫畫，以及其他資訊上，都比支持共和黨的艾森豪（Dwight Eisenhower）的報紙，更能公平的對待對方。換言之，支持史提芬遜的報紙，比較

不如支持艾森豪的報紙偏見；它們報導艾森豪新聞，比支持艾森豪的
報紙所報導史提芬遜的新聞爲多。而當年的選舉結果，則是艾森豪成
爲二十年來所選出的第一位共和黨籍總統（Klein & Maccoby, 1954）
❸。

　　新聞學者莫里爾（Merrill, 1965）曾用語意學定義法，研究《時
代雜誌》，如何塑造在1945年至1963年這十八年間，擔任總統的杜魯門
（Hanry Truman）、艾森豪、及甘迺迪（John Kennedy）的刻板
印象。結果發現，在所抽取的十篇分析樣本中，《時代雜誌》對杜魯門
的報導，有強烈負面偏見（unfavorable bias，即一面倒地報導壞的
事實部分）❹對艾森豪則有強烈的正面偏見（favorable bias，即一面
倒地報導好的事實部分）；而對甘迺迪的態度則較爲持平。莫里爾認
爲，《時代雜誌》經常在新聞中以社論式的新聞表達意見，並且用「各
種策略來使新聞偏頗，以引導讀者的想法」。

　　十四年之後，亦即1979年，費德勒（F. Fedler）等三位資深記者
將莫里爾的研究，用內容分析法重複進行調查。他們隨機抽取樣本，
各自分頭閱讀，檢視《時代雜誌》在甘迺迪總統遇弒死亡後，對繼任
的詹森（Lyndon B. Johson）、尼克森、福特（Gerald R. Ford）及
卡特（Jimmy Cater）等四位美國總統的報導是否偏頗 ❺（Felder,
Meeske & Hall, 1979）。

　　他們發現，《時代雜誌》對詹森的報導較爲持平，較爲擁護水門案
件前的尼克森，案發後則持較爲批判的態度。同時，《時代雜誌》比較
支持福特而反卡特。總的來說，《時代雜誌》的報導雖然有些偏見，·且
已經與以往有所不同，但基本上仍延續前時莫里爾所謂的偏見模式報
導新聞，並不重視客觀性 ❻。在1965年之後至1980年的十二年間，類
似的研究，所在多有。例如：

　　羅爾里（Dennis Lowry）在1971年使曾用語意學家早川（I. S.

Hayakawa) 所發展的三種陳述句形式：報導 (report)，推論 (infer-ence) 與判斷 (judgement)，研究安格紐副總統那篇著名的攻擊新聞界演講，是否已造成對新聞界的干預效果❼。他以隨機抽樣方法，將安格紐演講前後時期的電視新聞，做為研究樣本，並特別注意政府施政的相關報導。而結果發現，在安格紐演講之後，「標示出處的報導」 (attributed reports) 明顯地增加；不過，「非標籤性的推論」(un-labeled reference) 在新聞報導中，不管演講前後，都屬高比例❽。

1969年，史丹保 (G. H. Stempel III) 在研究中發現，在1960年代中的總統競選期間，如果候選人獲得有威望的報紙在社論上支持，他就會比對手得到更多的報導，占有更多的新聞版面。但如以兩黨為比較基礎，則民主與共和兩黨，所占新聞版面大致相等(Stempel III, 1969)。十年後，史丹保再對六大美國報紙深入研究，進一步證明報紙的社論支持性，對1980年民主、共和兩黨的總統競選報導的直接陳述內容，並沒有實質上的關連 (Stempel III, 1984)。

然而伊楓 (Efron, 1971) 對1968年總統競選活動的研究卻指稱，電子新聞的報導存有黨派偏見，明顯地偏向民主黨候選人韓福瑞 (Herbert H. Humphery)，而對共和黨的尼克森與無黨派、右翼的華萊士 (Henry A. Wallace) 均較持負面報導。不過，伊楓的研究方法及數據，隨後卻飽受抨擊，且有學者取用她的數據，照她的方法部分重作一次，卻得不到相同的結果 (Doll & Bradley, 1974; Epstein, 1974; Stevenson, Eisingen, Feinberg & Kotok, 1973)。學者且認為，即使她的數據可信，也可能有許多不同的解釋方法。如韋弗 (Weaver, 1972) 強調伊楓犯了漠視競選活動本身特質的錯誤——這些活動其實它早已與電視報導的新聞題材，產生了互動作用。也就是說，在政治意涵上，雖然報導題材對韓福瑞有利，但三位候選人各種造勢動作，無疑都以合乎電視新聞的需要為前提。

伊斯坦（Epstein, 1974: 269）也對伊楓這種電視網新聞保守性批評，頗有微詞。他認為，電子新聞媒體這種傾向自由左派的偏見，其實是源自紐約及華盛頓一小撮思想陳舊的新聞工作者，他們對政治的看法相同，一起強勢報導令執政當局尷尬的題材，然後給新聞定型，以符合自己的政治抱負。而當新聞素材並非分散地來自各地，而是集中一處如紐約或華府這種大都會，則是受到商業利益的影響，而非關乎政治因素。

另外，1960年代的政治性抗議活動，大多集中在紐約、華盛頓及芝加哥等地，電視網多得不成比例地報導這幾處的新聞，也合乎訴諸於閱聽人的條件——熟悉團體之間衝突。最後，電視網需要「全國化」，也使得廣播人員明顯地高估地方爭執的意義。總之，伊楓這項「別開生面」研究，可以說被批評得體無完膚。

蓋洛普公司曾於1973年做過一個包括偏見在內的媒介公眾意見調查，結果發現，全國接受訪查的人中，有46%認為媒介有偏見，另有45%則認為媒介沒有偏見（Gallup, 1975）❾。

荷斯達特（Hofstetter, 1976: 206）從事大規模的電視報導內容分析後，發現在1972年的總統選舉中，電視新聞並沒有明顯的黨派政治及結構性的偏見。他指出：「當電視網報導採系統性方式時，其間的差異是很輕微的。大多數的報導都是中立或模稜兩可的，而非有利或不利。某黨派得益時，通常又會被其他新聞節目所抵消」❿。

羅賓遜（Robinson, 1978, 1983）在研究1972年（及1980年）美國總統大選之新聞報導時⓫，也有和荷斯達特相同的發現，印證了「由政治學家所作的大部分實證研究，都找不到證據，說電視新聞內容有作政治性意涵」的說法（Robinson, 1978: 200）。

前章所述的漢瓊斯（Hankins, 1983），以八十四篇寫自1983年5月18日至6月21日的地方新聞報導為個案，用內容分析法並輔以深度訪

問，來研究丹佛市的市長競選新聞，以核驗客觀性報導是否受到：(1)記者的創意性及擁護新聞自由意識，以及(2)報紙意識形態及經濟能力所影響？

結果與羅賓遜（1983）及舒漢（Sheehan, 1983）的研究一樣，漢瓊斯並沒有獲得明顯，可以證明記者把意見寫入爭論內。他發現爭論性報導中，客觀性不但是一條守則，實際上更是至高無上的鐵律。但是漢瓊斯的確觀察到新聞組織內一個有趣的現象：記者在追求個人客觀性理想時，對個人自主權以及報紙運作的組織限制間，經常處於緊張狀態。她因而提出「記者／報紙」兩者之間的一個「自由／限制互動模式」（Freedom/Constraints Interaction Model），以解決此一問題。

上述針對媒介內容所作的計量分析，雖然有助於我們了解新聞報導在形式上平衡與否，但是卻有學者認為，研究者所應用的方法仍嫌粗糙。通常僅簡單地以「有利」、「不利」等兩分法區別報導的立場，或者測量記者報導某一黨派候選人的篇幅或播出時間，並不足以顯示新聞中字裡行間所隱藏的偏見（Hackett, 1984: 231）。何況，在電視新聞中，有時僅僅是記者聲調或表情，也可能產生引導的作用。

馬奎爾（McQuail, 1977）在一篇針對報紙內容分析的報告中，便指出了幾個一般內容分析所無法探測出來的「盲點」，其中包括：

△對某一方有利的明確論辯以及證據；

△技巧地使用辯論以及事實而不彰顯任何立場或偏好；

△在一篇純粹的事實報導中，使用具有色彩的措詞，使得報導傳達了清晰卻不明顯的價值判斷訊息；以及

△在純淨新聞中故意略去有利於某方的事實或論點。

以上這些計量研究所不易「探測」到的偏頗，顯示了研究方法的缺失。但是，熟悉新聞報導及處理流程的人不難明白，如果新聞人員

　　立意要在報導上作些手腳以偏袒某一方面，則無論是計量、或者是質
的研究方法，都不一定能明察秋毫。

　　僅是研究新聞報導是否平衡，就已經遭遇上述許多方法上的盲點；
要探究客觀性報導，在概念上的意義，無疑更是難上加難。也正因爲
如此，文獻中可以找到的相關研究數量，便遠較前者爲少。

　　截至目前，唯一能提供有關客觀性研究完整理論架構者，獨推瑞
典籍學者魏斯特斯托（Westerstahl, 1983）。爲有效地研究瑞典電視是
否達成了法律規定之必須嚴守中立公正的義務，魏斯特斯托首先將客
觀性的意涵，作了事實（factuality）與公正性（impartiality）的區
分，前者包括報導的眞實性（truth）與相關性（relevance），後者則
包括平衡或非黨派性（balance/un-partisanship）與中立的呈現
（neutral presentation）。接著，他又爲每一個面向設計了一套可以
測量的指標。經過馬奎爾（McQuail, 1992: 196, 203）的整理，魏斯
特斯托的客觀性研究架構可以用下圖來表現：

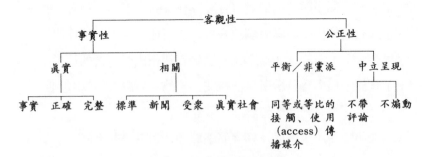

圖4-1　客觀性研究架構

　　根據魏斯特斯托的構想，事實的部分主要牽涉到記者的認知，而
在公正性的部分，才探討到判斷的問題。

魏斯特斯托與馬奎爾雖然花費了許多功夫，爲研究新聞報導的客觀性提供了相當完備的研究架構，然而，或許正因爲該架構牽涉的層面過廣，在實際應用上必須投入大量的時間與人力，因此直到今天，我們只見到局部地、針對子題的研究。這些研究的數量雖然不在少數，然而以完整理論架構研究客觀性的文獻，卻極爲少見。

二、針對法律訴訟案件（或事件）的分析研究

除了有關新聞報導內容的研究外，也有若干學者嘗試分析客觀性報導所引發的事件或法律訴訟案件。在臺灣地區，涉及平衡報導的訴訟案件，並不少見（羅文輝、法治斌，1993：9）。比較引人矚目的，則是近年《遠見雜誌》編輯何亞威被控誹謗的案子。

在民國79年12月號的《遠見雜誌》裡，何亞威執筆寫就了一篇「經濟變天　老闆變臉」的報導。文中主要敍述，企業老闆面對當時經濟不景氣環境所採取的一些措施，但文末則提到其時已宣布倒閉的花旗鞋業，並對該鞋廠老闆有以下陳述：

> 「……不務正業，勢必失去競爭力，花旗鞋業或許是例子之一。……他（老闆）身兼十個社團負責人或重要幹部，去年更斥資千萬參加國民黨內立委初選，結果只得兩百多票敗北……。」
> 　　……去年□□國內部分祇生產四萬多雙鞋，可說敗象早露。不務正業、忘情於金錢、權勢遊戲的企業秀場，猶如「扁擔與彩券」故事的再版……。

上述這些文字，因爲引起當事人不滿，進而提起自訴，控告何亞威損害名譽。案經法院二審定案，認爲何文有貶損他人之嫌，判決作者何亞威敗訴，判刑五個月（得科易罰金），不得緩刑。判決書中，臺

北地方法院法官許文章指出（摘要）：

「諷刺意味躍然紙上，且有以公司鉅額資本參選，卻僅得少數
票之評論，涉及□□□（老闆）之私德。……所引用之工業局
報告，……引用之後，誇大其詞、言過其實。……這段話語意
中已經有明顯貶損之意」⓬。

這項判決，令新聞界頗為震驚，對言論標準的拿捏，尤其感到棘
手(何亞威，民79；忻圃丁，民82；彭家發，民81a；《新聞評議》，第
204期；邱銘輝，1991；羅文輝、法治斌，民82)。新聞業界所嚴重關
切的問題是，臺灣地區法官審理新聞媒介被控告誹謗案件時，大多採
自由心證，對刑法三百十條及十一條規定的私德、公共利益、可受公
平之事（即適當等誹謗構成與免責要件），似乎缺乏明確的審裁準則，
而令新聞從業人員感到無所適從(羅文輝、法治斌，民82)。國立政治
大學新聞系曾就此一案件，邀請資深法官、律師、學者及記者等人，
舉辦了一場研討會，研究這篇報導案，是否真的構成誹謗，但與會諸
人，卻有許多不同看法。

前高等法院刑庭法官楊大器支持法官許文章的判決，認為何亞威
這篇報導的文字尖刻、不夠平實，而且是否出於善意，令人懷疑。

在政大新聞系講授新聞法規的漆敬堯教授，則不同意楊大器法官
觀點，認為何亞威這篇報導，在用字遣詞方面，並不算非常尖刻，文
中批評□□□之處，也有引述部分事實以為佐證。至於所使用「不務
正業」這四個字，是否具有惡意，值得商榷；其他諸如「斥資千萬，
參加國民黨立委初選，只得兩百多票」等語是否涉及公共利益，也值
得討論。如果這篇報導構成誹謗，其他足以構成誹謗的新聞報導，將
難以勝數。

　　在輔仁大學大傳系任教的尤英夫律師則認爲，何亞威這篇報導，
並不在攻擊他人，而且涉及當事人的文字只有幾句，文義也不明確，
而被判五個月有期徒刑，似乎太過嚴重（羅文輝、法治斌，民82）。

　　爲此，國立政治大學新聞所教授羅文輝與法律研究所所長法治斌，
合作進行了一個「新聞與誹謗」的研究，作成問卷，選取三十名臺灣
各地區在職法官作答（其中有二十八人寄回問卷，問卷回收率爲93.
3%）。結果發現，受訪法官中，對於新聞之是否涉及私德、是否與公
共利益有關、是否可受公評等問題，意見分歧，言人人殊，莫衷一是。
然而他們在審理案件時，顯然會把「平衡」、「意見與事實分離」及「指
出消息來源」等客觀報導原則，列爲評估新聞報導的考慮因素。受訪
法官傾向於認爲，採用客觀報導方式的稿件，比較屬於善意發表言論，
報導方式較爲適當，因此比較不足以構成誹謗（羅文輝、法治斌，民
82）❸。

　　在國外的類似例子，則非少見。如水門事件之後，《華盛頓郵報》
曾在報社編採守則中，力勸記者置身於報導事件之外，並說：「雖然自
水門一案之後，對本社或新聞界而言，已愈來愈難這麼作了，但記者
還是應該盡力做到旁觀者角色，遠離舞臺，報導歷史，而非製造歷史」
（引自彭家發，民81a：287）。對華盛頓郵報的負責人而言，水門案件
發展的過程中，誹謗陰影始終揮之不去，因此這段話恐怕也是有感而
發。何況就美國而言，誹謗法較他國更爲嚴謹，打誹謗官司固所在多
有，因爲偏見及報導不客觀而引起訴訟的，亦史不乏例。像爾尼斯(M.
L. Ennest)之控告美聯社一案，便是一個影響深遠例子。此外，1983
年美國發生兩起轟動一時的案例，誠足引述討論（引自彭家發，民
81b）。

1.魏斯摩蘭（William Westmoreland）控告CBS案

　　1982年底，CBS在著名的「六十分鐘」新聞節目中，播出一節名

為「盤算不到的敵人：一個越南的騙局」（The Uncounted Enemy: A Vietnam Deception）的報導。焦點在攻擊越戰時曾任越南派遣軍總司令的四星上將魏斯摩蘭，指控其在1967年對美國的百姓、甚至詹森總統，隱瞞了有關北越軍的真正實力，致令華府依據錯誤的情報，而做出錯誤決策。根據這一點，「六十分鐘」指控魏斯摩蘭與北越有「共謀」之嫌。在節目中，魏斯摩蘭被其時有「最令人害怕的盤問者」（the most feared questioner）之稱的記者華樂斯（Mike Wallace），問得窘態百出。

不過，其後經過一連串政府部門調查，能證明魏斯摩蘭有此「共謀」的事實和文件都非常少。另外，卻又發現該節目在製作過程中，有許多缺失，例如製作人曾將部分有利於魏斯摩蘭的資料棄而不用（此即偏見、不客觀）；為方便指責魏斯摩蘭，攝製過程亦有瑕疵。1982年春夏之間，美國《電視指南》（*TV Guide*）經過兩個月調查後，認為CBS在此節目中，扭曲與違反新聞準標，心態上存有偏見，引句斷章取義，某些指責情節又經過安排，故而加以譴責（*TV Guide*, May 29, 1982）。CBS內部調查，也發現CBS在此節目中，偏離了某些新聞部的習慣作法（Hulteng, 1985）。最後，CBS不得不承認，魏斯摩蘭行為並無不當，而且態度忠貞，而將他與「共謀論」連在一起，是不適當的⓮。

1983年底，魏斯摩蘭具狀控告CBS誹謗，並要求一億二千萬美元損害賠償（《中華日報》，民73. 10. 9.）。但身為公眾人物（public figure）的魏斯摩蘭因為在司法審理案中，未能證明CBS懷有真實惡意（factual malice），且打這場官司對公益也未能有所幫助（例如，如何申訴媒體），故而在1985年2月中，在全案尚未移送陪審團時，撤回告訴。在此案中，魏斯摩蘭花了近八百萬美元的訴訟費和兩年的寶貴時間(冷若水，民74)，但對新聞界客觀報導概念的釐清，顯然未有貢

獻。

2. 以色列國防部長夏隆（Ariel Sharon）控告《時代雜誌》

　　1983年3月21日出版的《時代雜誌》曾經報導，夏隆鼓動對黎巴嫩境內巴勒斯坦人展開大屠殺。報導刊出之後，《時代雜誌》承認報導有不確實之處，而曾加以更正；但夏隆不甘罷休，控告《時代》誹謗，要求五千萬美元賠償。歷經訴訟之後，1986年夏，經陪審團表決，認為《時代》報導的確不實，夏隆名譽也受到損害，但《時代》並沒有明知故犯，因此給於不起訴處分❺。夏隆的堅持令陪審團相信，《時代》曾汙蔑過他，應該還他清白。

　　在魏斯摩蘭、夏隆兩案發生之稍早，亦即1982年時，尚有一宗相當引人注目的案子，也頗值得一提。1979年元月時分，《華盛頓郵報》根據美孚石油公司（Mobil）總裁戴華拉維斯（William P. Tavoulareas）的女婿、眼科醫生皮洛（Phillip Piro）所提供資料，撰文報導戴華拉維斯濫用美孚公司的錢財與勢力，來扶植他的兒子（即皮洛之妻弟），使之成為一家船運公司股東。而打從那時候開始，在沒有公司招標的情況下，獨占了美孚公司所有船隻的營運，生意可觀，使他兒子在船運業上致富（Smolla, 1986）。另一篇報導，則引述當時眾議院能源委員會主席的話，認為戴氏可能對聯邦調查員提供了虛假事實，以致證詞有誤。戴華拉維斯便據此告《華盛頓郵報》誹謗。

　　同年七月底，華府聯邦地區法院陪審團認為，《郵報》有關戴氏報導，是屬於「惡意誹謗」，判決戴氏應得一百八十萬美元懲誡性賠償，二十五萬美元補償性賠償的鉅額罰金。《郵報》則力言無辜，認為報導基本上是正確的，而且事前準備工作，亦作得極為審慎。如果這項判決成立，可能使新聞機構再不敢作嚴肅的調查報導，盡量少登牽涉及複雜人事的新聞，以免惹上官司，遭受鉅額損失；最後吃虧的，還是讀者。

此案最後由主審的葛許法官（Cliver Gasch）以戴氏所提出的誹謗法律條文不足，未能提出「明顯而令人信服的證據」爲由，推翻陪審團判決，但嚴辭譴責《郵報》該文離公正、不偏的新聞報導，簡直差得太遠了（彭家發，民81b）❶。

美國名人中，影星玉婆伊麗莎白泰勒（Elizabeth Taylor）可能是打誹謗官司，而又獲得賠償最多的一個。例如，1990年1月下旬，發行四開大小的《國家詢問者報》（*National Enquirer*）不但報導她患了脫皮的狼瘡病，標題還寫著：「麗莎美麗的臉孔，因致命細菌而變形。醫生在驗出神祕病因後，下達防止自殺令。」同年四月，麗莎因爲肺癌住院，六月上旬，該報又在頭版大字標題寫著，「麗莎醫生震怒，她竟在醫院裡酗酒。」玉婆於是以《詢問者報》疏忽事實爲由，控告《詢問者報》，要求賠償兩千萬美元（*The China News*, Sept., 24, 1990）。1991年5月下旬，《詢問者報》付出數目不詳（但相信十分龐大）賠償金而雙方和解。

類似麗莎案件，近年在遠東地區，也發生過一起。1987年8月底，菲律賓又經歷了一次不成功的政變,其後《菲律賓明星報》（*Philippine Daily Star*）的一位專欄作家貝特傳（Luis Beltran），竟在專欄中，形容當時擔任總統的艾奎諾夫人（Corazon Aquino）爲膽小鬼，「在政變時，官邸炮火大作之際，躱到她的床底下。」

艾奎諾夫人立刻指責這是一則謊言，並邀請記者前往參觀她的臥房，證明床底下並無容身之處。隨後，就控告該報發行人及其他三名主管誹謗，要求四百萬披索的損害賠償(Philipine Peso，時值約十四萬二千美元)。歷經訴訟程序之後，至下臺時，艾奎諾夫人終於打贏了這場官司（*The China News*, Feb., 12, 1991: 4）。

上述各宗案件，不啻令人一次又一次地，懷疑到記者報導的客觀性，以及報導時所使用的技巧。

除了正式上了法庭的案子之外，新聞界所發生的一些事件，也促使我們對客觀新聞報導原則如何落實的問題，再作一番思考。在卡特總統執政期間，擔任新聞祕書的鮑爾（Powell），在卡特在1980年競選連任失敗後（雷根勝出），即曾憤而將在白宮四年來，與華盛頓記者打交道的嘔氣，於1984年，用實例寫成《報導的內幕》（*The Other Side of the Story*）一書出版，嚴厲批評白宮記者經常引用「不透露身分的消息來源」之主觀性意見使讀者誤認為是客觀立論，造成偏差。更遭的是，有時記者為了配合一己看法，不惜把別人的話，擅自更動修改，淪為「民意流氓」。此外，立騰堡（Lichtenberg, 1991）也曾經常深入分析過兩件案例的意涵。

這兩件案例都牽涉到記者的立場、背景與他人職責間，可能發生的利益衝突，影響報導的客觀性。其中之一，是1984年4月間，幾名《紐約時報》與《華盛頓郵報》的記者，因為參加了一項在華盛頓舉行的反墮胎遊行，而被上級指責，聲稱他們違反了報社有關利益衝突的政策。另外一件事情發生在同年二月，有四名「國會記者期刊資料室（Congressional Periodical Press Gallery）」執行委員會的委員，因為支持一項議案，要求記者必須透露他們收入的來源，方得使用資料室，結果遭到執行委員會除名。

這兩件事情引起美國新聞界廣泛的討論：記者也是人，應該享有人權。但是，記者享有人權是否會影響到記者的公正與客觀，從而損害公眾的利益？如果答案是肯定的，則記者自我約束的範圍又如何劃定才算合理❼？

根據上述問題，立騰堡設定了四個記者涉及程度之間的情況，並一一作了分析：

1. 記者應該嚴守中立，不應該在有爭議性的問題上有自己的意見。

立騰堡認為，這種說法有所繆誤。即使一個人可以沒有任何意見，

這也不是我們應該努力的目標；何況人本來就很自然地會有自己的意見。由理性的觀點出發，一名記者只要能夠秉持追求眞理的精神，以公正超然的態度，處理他所得到的資料與證據，便沒有甚麼需要顧慮的。何況，「持有意見」並不等同於「特殊的利害關係」。

2.涉入政治的記者必然有強烈的信念，因此不適宜當記者。

立騰堡認爲，這一個問題的癥結在於記者的信念，究竟在強到甚麼程度的時候，會影響到他作公正與客觀的報導。由於每個人對自己的信念，或信仰堅持的程度不同，因此也很難作統一的論斷。唯一可行之道，或許是由記者的主管根據他所寫的報導，判斷其中是否已有問題產生。不過，立騰堡指出，這麼作也並非完全沒有問題，因爲記者的主管也有他自己的偏見，何況報導的偏見往往不在於它說了甚麼，而在於它沒說甚麼。

3.記者在政治上的承諾，會使他們捲入複雜的人際關係，從而影響他們公正、確實報導新聞的能力。

對於這種情況，立騰堡認爲確是令人憂慮，因爲很少人能夠將公、私截然劃分。當記者所報導的事情，牽涉到他們的朋友、親人與同志時，公正與客觀的立場便很難維持了。

4.記者涉足政治，將造成偏頗與利益衝突的印象，因此應該予以禁止。

記者在私下所作的承諾，可能並不爲旁人所知。但是，一旦他們公開地、積極地參予到政治活動之中，所牽涉的問題，就不再僅僅是他們自己是否能夠維持公私分明的超然立場，而是他們身邊的人——包括讀者、聽衆、觀衆以及他們所採訪的對象等——認爲記者是否不再公正。一些採訪對象，可能會因爲記者身處「對方陣營」而拒絕接受訪問，讀者也可能不再相信新聞報導。

因此，也有人主張，這些「第三者」的看法未必正確。在這樣的情況下，又何苦爲不正確的外界印象，限制記者的自由？立騰堡認爲，

「不正確」並不代表我們就可以置之不理，何況，任何會損害新聞報導可信度的因素，都應該排除。

立騰堡認為，上述對於新聞記者涉入政治事件的看法，有幾個必須考慮的變數，其間包括了記者的活動是公開，抑或私下進行？以及記者的活動與他報導的新聞間的關聯，以及新聞機構的性質。如果記者的活動是私下進行，或與他們採訪的路線無關，或是讀者、觀眾群原本便十分有限，所作的判斷也可能會有不同。

立騰堡的分析雖然是她個人的看法，但是卻也指出了新聞人員將客觀報導原則落實到實務工作的過程當中，所經常碰上的一些灰色地帶。美國新聞界所發生的事件，在別的地方也可能發生；在國內，類似的例子俯拾皆是。以中國大陸發生的學生民主運動為例，許多記者面臨了角色認定的問題：他們究竟應該以作「人」，還是應該以作「記者」的身分採訪報導？如果是作「人」為先，則他們可能會輕易涉入學運，導致報導完全偏向學生；但如果他們以作「記者」為先，則一個冷靜、甚至冷酷的旁觀者角色，有時又令他們陷入「見死不救」的掙扎之中。何況，在極為混亂的狀況之下，可能連記者自己也無法掌握他是否要、或不要涉入新聞事件的本身。

「六四天安門事件」之後，學運領袖之一的王丹被補。當時擔任自立報系記者的黃德北，因為被懷疑洩露王丹的行蹤給中共當局，而受到香港媒體的強烈攻擊。一名記者如果主動這麼做，不但是違背新聞人員的基本倫理，也違反作人的誠信原則。然而根據黃德北事後的陳述(王雪玲，民78)，當王丹的司機朋友約他會面時，他並不知道會見到王丹本人，以至於以後的發展，包括兩人見面、被跟縱、以及他個人與王丹先後被補，都已經不是他所能掌握的。而他所透露給中共的訊息，也是王丹本人的授意。

由於王丹被釋放後，迄未對他當時被補的情況做公開說明，因此

黃德北在整個事件中所扮演的角色，也一直無法澄清。然而事過境遷，回想當初，許多當時赴大陸採訪的記者，私下並不否認他們曾經受到感染，而「逾越」記者的本分，參與學運。中共當局也不放棄機會，以六四事件中，港、臺媒體所發布的一些錯誤的消息爲證據，「教導」大陸民衆不能採信這些媒體的報導。

類似的情況，也在其他的新聞報導領域裡發生。較爲常見的，是牽涉到環保、政治，甚至投資活動的路線。除了投資活動所涉及的，是記者個人的利益之外，其他類型的涉入，多少也反映了記者對自己角色的定位，這方面的問題，將在下面詳述。

立騰堡指出了新聞人員在實踐客觀報導原則時，所可能遭遇的問題。她由實踐的觀點，來釐清大原則的意涵，自是有其獨到之處。然而這些分析，純粹是針對假設的情境而發，立論又缺乏法律、或學理上的依據，甚至於也沒有實際的資料爲佐證，難免顯得薄弱。例如，她認爲記者涉入政治活動是否可以接受，有部分要視他們所涉入的方式，是公開抑或不公開，或是新聞人員本身是知名、或不是知名人士而定。但是公開爲之的涉入方式，與不公開的涉入方式，對客觀報導原則的影響，究竟有何不同？又爲何不同？立騰堡並未解釋。更重要的是，新聞工作人員本身，對於立騰堡所舉出的假設情況該如何判斷？這些仍然有待我們回答的問題。

三、針對新聞人員所作的分析研究

客觀報導的原則，無論是可能或不可能達成、可取或不可取，最終還是要看新聞人員的態度。因此，他們的意向，也是新聞傳播者所關心的對象。過去，有關新聞人員的調查研究主題，涵蓋的範圍頗爲廣泛，有不少試圖了解他們的意識形態、對媒介、或新聞工作人員角色的看法，也有些探測他們對客觀性原則所抱持的態度。前項主題雖

然不在探討客觀性，卻與新聞工作人員對客觀性看法有直接的關連。

1. 新聞工作者意識形態

　　專長意識形態研究的政治學者立克特和羅特曼（Lichter & Rothman, 1981），曾經調查全美主要報紙、雜誌、以及電視網兩百四十名記者對社會各種問題以及外交政策的看法。他們發現，和公司企業的主管相比，受訪者比較更傾向一種「後資產階級」（postbourgeris）的價值觀，而且也較一般民眾更支持民主黨。但在另外一個類似研究中（Epstein, 1974），卻沒有發現受訪的記者有任何一貫的意識形態。

　　1986年春，立克特與羅特曼再對全美兩百四十名任職於全國性傳播媒體的記者和廣播員作一項廣泛調查，結果發現，自1964年至76年的歷次總統大選中，平均竟有86%受訪者投票給民主黨候選人的[13]。而若以堅持己見，以及對某些既定問題(例如墮胎、環境保護)，作爲新聞報導時的取捨與處理態度而論，則大多數記者都會自詡爲「自由派」，而只有不足四分之一的受訪者自認屬於「保守派」（引自彭家發，民81b）。

　　因此，政治學者魯賓遜（Michael Robinson）曾針對上述的研究評論說，以最後成品來看，電視臺似乎喜歡冷嘲熱諷，但是缺乏自由作風；不過，從長遠來看，美國新聞界對（掌政）的每個人都存有偏見，而且大體上程度都差不多（引自彭家發，民81b）。

2. 記者對媒介角色的認知

　　詹士棟（W. C. Johnstone）等人（引自藤淑芬，民81：228）針對美國一千三百餘名記者進行電話訪談，調查他們對媒體角色的看法。結果發現，有六成以上的受訪者認爲，兩項具有「倡導」意味的功能非常重要，包括「調查政府聲明和所說的話」，和「提供複雜問題的分析與解釋」。

　　統計分析的結果，果然發現受訪者在媒介應該扮演的功能上，有

兩種不同的看法。有部分記者認為，媒介應該「儘速將資訊傳給大眾」、「在事實尚未認清時，保持超然」、「注意大眾有興趣的新聞」，與「提供娛樂與消遣」——以上這些均屬較偏向「守門」理念的看法。另外，也有部分受訪者認為，調查、分析與討論才是新聞媒介最重要的功能。而影響受訪者態度的主要因素，則是他們的年齡、與工作環境。年紀輕，在都市工作，以及與同儕關係較密切者，較容易發展出參與和倡導型理念。

正如前所述，由於上述研究進行時，正值「水門案件」發生，美國尼克森政府在媒介的嚴厲撻伐之下，搖搖欲墜。不但政府的威信降到谷底，相對地，媒介維護正義、揭發不法的情緒則十分高昂。在這種情況之下，記者對倡導理論的支持，不難理解。

3.新聞記者如何看他們的角色

另外一部分的研究，則針對記者本身角色的認定，並據此討論他們對客觀性的態度。一如前章所述，早在1955年時，即有諸如「編輯室社會控制」研究（Breed, 1955）。1964年時，則有懷特（D. M. White）之守門人研究，以及鮑華（R. Bauer, 1964）之新聞系學生參考團體行為之研究。而詹諾維次（Janowitz, 1975: 618）更將記者粗分為守門人（gatekeeper）與倡導者（advocate）兩種類型，前者重視客觀報導的原則，認為事實與意見之間有明顯的區別，並且認定新聞是一門專業。根據詹諾維次的觀察，第一次世界大戰之後興起的「守門者」型新聞人員，到了1960年代開始有了競爭的對象，也就是他所名之為「倡導者」類型的記者。這一類型的記者認為客觀不可能達成，而記者的工作主要是呈現不同的意見與觀念，尤其是應該為弱勢團體發言，提醒當權者全力分配不均的後果，並且凸顯社會與政治變革的阻礙。相對於目標只在幫助社會大眾瞭解環境，培養他們本身判斷能力的「守門者」觀念，詹諾維次認為倡導者更象執法者。

這兩種類型記者的不同, 不但顯現在他們對本身角色的認定上, 也反映在他們對媒介功能的看法、以及他們對處理工作的態度上。例如, 一次針對一千名記者進行的調查訪問就發現, 倡導者對於他們專業角色的執著, 可能凌架他們作爲一個公民的義務。這些約占20%的受訪者表示, 如果他們手中的資料能使一名被告無罪釋放的話, 他們不會提供給檢方使用。也就是說, 這些記者認爲, 即使他們所知道的事情是和起訴嫌犯有關, 他也不一定會協助司法單位辦案。他們認爲自己有義務保障他們的消息來源, 尤其是那些受迫害的社會團體。

1980年代, 亦即上述研究相隔七、八年後, 歐美國家學者開始進行針對新聞人員的較大規模跨國性研究。1982年, 爲了研究英德兩國記者與公衆關係, 唐斯璧 (Wolfgang Donsbach) 採用1971年時麥里略 (Jack M. McLeod) 與查斐 (Steven H. Chaffee) 在研究人際傳播時, 所發展出來的家庭傳播模式⑲, 並從西德戰後的第一家民意調查所(Institut fur Demoskopie Allensbach), 曼茵斯大學的公衆研究所 (the Institut fur Publizistik at the University of Mainz), 以及英國李斯特大學的大衆傳播研究中心 (the Centre for Mass Communication Research at the University of Leicester) 等處取得資料, 以西德記者四百五十名, 英國記者四百零五名爲樣本, 針對幾個主題作調查。其中包括: 分析受訪者所觀察到的記者與公衆、以及記者之間對社會議題意見上的差距, 受訪者對於公衆的印象, 他們所觀察到的、公衆對媒介的看法、以及他們心目中的記者的角色 (Donsbach, 1983)。

這項比較研究結果發現, 只有五分之一受訪的德國新聞工作者承認, 在新聞工作者與閱聽大衆之間, 有頗爲可觀的意見差距⑳。相對地, 受訪的英國新聞記者在解釋他們與公衆的差異上, 卻是涇渭分明: 41%認爲沒有差異, 而40%則認爲有差異。此外, 許多受訪者認爲較之

一般公眾，記者更寬容、更投入，也更不保守（Donsbach, 1983）。

如果我們把這個結果對照受訪者對於記者角色的認知，就頗值得玩味。在十個不同的記者任務當中，唐斯壁發現，排名第一的是「反映民瘼」；有九成五的德國記者認同。其次才是「中立的報導事件」與「民主護衛者」，有八成左右的受訪者支持。在英國記者方面，排名第一的，卻是「中立的報導事件」，有九成受訪者選了這一項；其次則是「民主的護衛者」，「反映民瘼」與其他三項，同列第三名。一些較具「鼓吹型」價值的專業角色，如「推動新觀念」與「為弱勢團體作發言人」在兩個樣本都得到了六成至七成受訪者的支持。相對的，「反映公眾的想法」則在德國（46%）與英國（61%）受訪者當中得到更低的支持。

由上述結果分析，無論德國或英國的受訪者，都對新聞媒體反映社會大眾意見的功能，沒有太大的興趣，這與他們對公眾評價根本不高顯然有些關係。因此，記者一方面肯定新聞工作者立場中立的重要性，一方面卻將他們的任務定位在一個較公眾更高的位階上，例如「護衛者」、「代言人」、或「推動者」。值得注意的，是有七成以上的英國受訪者認為記者的任務是教育及娛樂公眾。

針對上述發現，唐斯壁指出，自由社會中的新聞工作者，與他們所服務的公眾，事實上有著不同的價值系統。新聞工作者常自以為是精英分子，為一群智慧或政治理念不如他們的公眾工作。雖然大多數記者不承認他們與公眾意見有出入，但是當新聞工作者將他們的意見，與他們的讀者、聽眾與觀眾的意見做比較時，「不吻合」（negative congruency）的情形，便立刻顯現出來。

但是就客觀性原則的討論而言，唐斯壁研究最大的啟示，可能是顯現記者中立報導與鼓吹觀念間的矛盾。由第二章客觀性原則觀念演變的討論中，我們可以確定，在理論層次上，這兩者截然不同，也無

法妥協。但是在新聞工作人員的心目中，認同的程度容或有別，基本上兩者卻是並立、同時存在。這種現象對於理論上爭辯的意義究竟是什麼，是研究人員所不能忽視。

1986年，柯契爾（Kocher, 1986）針對英國與德國記者作了另一項調查，目的在了解他們對本身角色以及新聞倫理的看法，並且分析他們報導的內容。

在前述的背景之下，兩國受訪記者也呈現了明顯的不同看法：德國的受訪者較英國的受訪者更認同「倡導者」的理念，包括批判濫權者，以及為弱勢族群說話。相對地，有更大比例的英國記者認為，他們的職責在於教育與娛樂公眾、反映民意、以及中立報導事件。唯一較不易解釋的，是有更多的英國記者認為，記者是在政治上具有影響力的人。值得注意的，是兩國的受訪者中都有三分之二以上的人肯定記者應該中立地報導事件、維護民主，以及批判濫權者。這個比例再度肯定上述唐斯壁研究的發現，也就是「守門」與「倡導者」雖然在學理上是截然不同的概念，在現實環境中，它們卻同時存在。

4.新聞人員對客觀性，或客觀報導的看法。

儘管有了上述許許多多、各種不同層次研究，但是用實證方法來研究新聞工作者對客觀性的看法的討論，顯然相當薄弱。傳播學者大多傾向於分析新聞客觀性的概念內涵，卻甚少研究新聞工作者對於客觀性的看法。

針對新聞人員所作的客觀性實證研究，最早的經典之作恐怕要算是羅斯坦（C. Rosten, 1937）在1935至36年間，為了他的博士論文在華盛頓所作的研究。當時，他訪問了駐在華府的七十名特派員，而問卷中的第一題（如下例）便質疑客觀性報導的可能性（參見何穎怡，1993: 158; Donsbach & Klett, 1993）：

「客觀幾乎是不可能的。你每天讀你的報，注意社論，部分報導

受到稱讚，部分受到責備批評。你可感覺到（報紙的）政策，打從心理驅使你的報導偏向某方❷。」

　　結果在接受訪問的特派員中，贊成這種說法的有四十二人（60%），反對的二十四人（34.29%），另有四人不確定。根據問卷的結果，羅斯坦認為客觀報導毋寧說只是一個夢想。羅斯坦的結論反映了多數人的意見，但是我們不能否認的是，也有三分之一以上的受訪者，認為客觀報導仍然可能。

　　但根據菲律斯（Phillips, 1977）在1974年對日報記者及編輯所作的一項抽樣研究，發現在受訪對象中肯定新聞業該堅持客觀性規範的高達98%。所以，她認為從這一研究以及其他探討中，可以確定客觀性規範已成為新聞業定義邏輯（defining logic）的核心。即以受訪記者來說，他們的內心習慣、態度、甚至個人個性，都念念不忘客觀性報導理念。這個理念，起碼可以令記者在處理新聞時，有所依據，並進而評審其工作的執行效果。

　　菲律斯（Phillips, 1977）為了探討新聞界是如何遵守、或「七折八扣」（negotiate）地對待客觀性規則，以一種多樣性的研究方法調查探討這一概念，包括：

　　(1)*親身觀察（participant-observation）與訪問。*

　　菲律斯用十三個月時間，伴同記者處理他們的報導。其所駐足範圍，包括一個日報編輯室，兩個商業廣播電臺，一個位於中型都市的商業電視附屬臺。她又在幾個東北部城市，訪問某些新聞來源及新聞工作者。

　　(2)*以非隨機樣本，進行地區性調查。*

　　樣本包括：(a)一百六十五個廣播電臺、電視臺及報刊的新聞蒐集及處理者❷；(b)將社會學系、新聞學系，護理系的畢業生及高中報刊編輯等，分成四組作為比較研究；以及(c)使用諸如分析記者的筆記，幹

部的備忘錄與公布欄公布事項等等靜觀方法（unobtrusive mea-
sures）。

　　菲律斯發現，對新聞工作自主權看法的調查數據，與作者的專業
考察（field work observation）所得大有出入。在她的日報考察中，
編輯、版面編輯與記者經常抱怨，他們的工作缺乏自主；但在實證調
查研究中，超過60%的受訪人則表示他們的工作有極大自主權。此外，
作者並且發現新聞工作人員不認爲他的同業理所當然地和社會科學家
一樣，可以認知到諸如價值觀、個人選擇，以及在工作上不中立、不
避免價值觀等情況。98%的受訪者並且將客觀性界定爲「公平」（fair-
ness）及「平衡」（balance），而避開了隔離、中立及證據等問題。

　　菲律斯認爲，由她研究得到的結果來看，新聞工作者已成爲一部
抄寫機，只是記錄，而非評估事件。

　　近年來較具規模的研究，則首推1985年時，布爾貢（James　K.
Burgoon）等人爲紐約報業廣告局（Newspaper　Advertising
Bureau）所做的研究。在這個研究中，96%受訪的新聞工作者提到「正
確」，另有62%受訪者認爲「公平」（impartiality）是優良新聞報導的
品質（Burgoon et al., 1985）。

　　翌年，亦即1986年，韋弗（David Weaver）與衛爾浩（Cleveland
C. Wilhoit）兩人則嘗試從新聞工作者對角色的認知角度，間接歸納出
他們如何考慮客觀性。但結果發現，就美國記者來說，他們認爲調查
與解釋的工作，比爭取讀者更爲重要（Weaver & Wilhoit, 1986）。

　　不過，韋弗及衛爾浩所做的研究，時間也約在水門事件之後，調
查報導正當得令之際，所得的結果恐怕難免會受到影響㉓。所以費遜夏
（James Flach senhaar）與范特利（Jonathan Friendly）於1989
年對美國一百零四位編輯所做的調查，即發現他們認爲「如何作到客
觀」最重要，新聞教育機構在訓練未來新聞工作人員時，也應該集中

火力來施敎（Flachsenhaar & Friendly, 1989）。然而，這項調查研究，並未眞正調查出編輯們對客觀性的觀念是什麼。

另一項大規模的跨國性研究，是1990年由唐斯壁對諸如西德、奧地利、西班牙、英國、美國、加拿大及澳洲等二十二個國家的新聞系學生做的調查(Donsbach, 1990)。結果發現，西德、奧地利及西班牙等歐洲大陸學生，相對於英國、美國、加拿大及澳大利亞等英語系國家的學生而言，更少提及客觀性是優秀新聞工作者的一項重要倫理。

1992年，唐斯壁爲了研究不同國家中的新聞工作人員對客觀性概念及其重要程度的看法，又再與克略特（Bettina Klett）以郵寄問卷方法，設計相同的問卷項目，調查評核優良新聞報導的準則，並且以「沒有主觀性」（no subjectivity）、「公平呈現」(fair representation)、「公正的懷疑」(fair scepticism)、「鐵般事實」(hard facts)、以及「價值判斷」(value judgement)等五大項目，針對美國、英國、德國(前西德)、義大利及瑞典等五國六百名新聞工作人員，進行調查研究❷。

唐斯壁與克略特發現，幾乎所有受訪者都認爲客觀性是一項重要而不可或缺的專業價值。各國記者當中，又以美國記者給予這個規範的評價最高。話雖如此，四個國家受訪者對於客觀性一詞的瞭解卻大異其趣。大致上來說，英美兩國記者較強調，新聞媒介的功能只是利益團體與公衆間共用的消息傳遞工具，而歐洲大陸的新聞工作者則傾向於調查這些利益團體的主張，以及政治現象背後的事實。

受訪者對客觀性意涵的瞭解不但不一，而且也影響他們對客觀性重要性的評價。對客觀性愈持諸如避免主觀、公平地呈現所有政治性觀點之類傳統性看法的記者，對客觀性的評價也愈高。相反地，愈是積極、愈有調查觀念的記者，對他們而言，客觀性就不是那麼重要。

此外，德國以及其他國家爲數不多的記者，對於客觀性的看法，

也受他們的年齡及政治立場所影響。愈是年輕、愈左傾的記者，愈會強調他所謂的客觀性，是指拋開一切官樣文章，在政治鬥爭中，找出真真正正的事實。英美兩國記者中，則看不出這種態度。此外，受訪者對媒介所扮演的角色，也影響他們對客觀性的看法：愈是不贊同新聞媒體自詡爲公平與不偏見的受訪者，就愈不重視客觀性，也愈傾向於將客觀性解釋爲拋開官樣文章，找出背後的事實。

值得注意的是，所有四個國家的受訪者都認爲，他們的新聞機構，已提供了足夠的客觀性新聞。不過英美兩國的新聞工作者，對他們的新聞機構評價較高，而義大利則否。除了美國之外，上述情形是受到新聞工作者的政治立場（相對於他們的新聞媒體編輯立場而言）的高度影響。

唐斯璧及克略特兩人認爲，客觀性這一古典專業規範，仍然存活在西方的新聞界中。只是在不同的「專業文化」（professional culture）中，新聞工作人員對客觀性的解釋可能並不完全一致（Donsach & Klett, 1993）。

這些針對記者意識形態、媒介角色認知、以及對客觀性原則看法所作的研究，有助於我們瞭解新聞人員的一些想法。然而，我們並不見得能夠直接由他們的想法，推測在實際報導新聞時他們是否會（或者能）依照自己的想法去做。正如哈克特（Hackett, 1984）所說，記者或編輯是獨立的個人，但是他們也受制於他們工作的組織、所採訪的對象，甚至於讀者、觀衆、以及整個社會環境。在討論客觀報導的實踐時，外在的因素是研究者所不能忽略的事實。

四、其他相關研究：正確性

在理論上，正確性與客觀性是新聞學中兩個各自獨立的概念。但是客觀性原則當中經常被提及的要素，是求證的精神與事實的報導，

這些都與新聞報導的正確性有關。而在魏斯特斯托（參見McQuail, 1992）所設計的客觀性理論架構中，更把正確性明白列入了客觀性研究的範疇。因此，我們有必要在此處對正確性的相關研究作一簡單介紹。

1985年底，美國蓋洛普所做的一個「民眾與新聞界」全國性調查中，顯示大多數人還是信任主要新聞媒體。而在新聞正確性方面，有51%受訪者認為新聞界報導正確(34%認為新聞界「經常不正確」)，也有37%認為新聞界立場相當超然（Editor & Publisher, Jan., 18, 1986）㉕。

我國一位資深新聞工作者在赴美考察過之後，指出美國新聞界的標準作業過程的最大特色，是所謂的平衡報導；任何爭論性新聞，一定尋求兩造的意見。美國新聞界瞭解要做到完全客觀極不可能，因此退而求其正確（accuracy）與公平（Fair）（呂志翔，民82）。可見正確性與公平性，已成為客觀性的兩個內涵重要因素。誠如國立政治大學新聞學系教授羅文輝所說，正確與公正是新聞記者及報紙的最重要資產（羅文輝，民77）。

在美國學界中，最先進行正確性研究者，當推1936年時參萊（Charnley, 1973）所做的研究。為了瞭解新聞報導錯誤的比例、類型及原因，他以基本上屬於消息來源取向的研究法，從明尼阿波利斯（Minneapolis）三家日報的一千則純新聞作為研究樣本，其中一個研究項目是新聞中的人名、職稱、年齡、地址、地方、時間日期、引語、文法及拼字之類客觀性（objective）錯誤。結果發現，上述客觀性錯誤是僅次於包括標題不正確、過度強調或強調不及(underemphasis/ overemphasis)、與省略等主觀意義的錯誤，其中尤以人名、地名及職稱最易犯錯。

布朗（Brown）於1965年，依參萊之方法，研究奧克拉荷馬州

(Oklahoma)的四十二家周報, 但將參萊所訂之項目修訂, 加入「各種事實錯誤」, 並將意義錯誤類增列「未包括重要資訊」, 及「新聞未作公平及客觀寫作」兩項。結果發現, 兩百則新聞樣本中, 有40.5%有錯, 錯誤最多的依次為「各種事實錯誤」、引語及意義錯誤 (Brown, 1965)。

巴里 (Berry Jr., 1967) 則於1967年, 研究舊金山 (San Francisco) 灣區三家日報的兩百七十則新聞正確情形。他將前述兩項研究的項目, 大幅合併刪改、粗分為「主觀性錯誤」(subjective error) 與「客觀性錯誤」(objective error) 兩類。主觀性錯誤是指誤解新聞, 或增刪了新聞標題的主題、副題, 而客觀性錯誤則指新聞從業人員在作業上無心所犯的誤失, 諸如人名、地名及數字的錯誤。結果發現, 主觀性錯誤顯著地多於客觀性錯誤。

勞倫斯 (Gary C. Lawrence) 與桂爾 (David L. Grey) 在1968年時, 又根據巴里的研究, 對加州紅木市的地方報紙進行後續性調查, 並將巴里的客觀性錯誤與主觀性錯誤項目劃分清楚, 即:

　△客觀性錯誤: 如發生錯字、名稱、印刷、人名、姓名、年齡、時間、日期或數字等情形, 有違實情的錯誤。

　△主觀性錯誤: 指當記者必須以「主觀」的判斷, 來決定最接近或最符合真實的報導, 卻與消息來源、讀者所認知的真實發生差異。而衡量的項目有: 意義錯誤、省略、遺漏、太過強調 (或不足) 等等 (Lawrence & Grey, 1969)。勞倫斯與桂爾所建立的「錯誤類型」, 成為往後研究新聞正確性的學者所樂於採用的基礎。例如, 坦克特與賴仁, 將他們的「錯誤類型」發展成四十二個錯誤項目, 用以調查科學新聞報導的正確性(Tankard Jr., & Ryan, 1974)❷⑥。

其後，1977年時，賴仁又與奧雲（D. Owen）應用他與坦克特所發展出來的「錯誤類型」，修正為三十六個項目，用以調查大城市社會新聞的正確性。他們以全美八大家報紙全月分的六千六百三十八則社會新聞，作為調查分析的內容。結果發現，社會新聞所犯的錯誤，多於其他新聞所犯的錯誤；而主觀性錯誤，則大於客觀性錯誤。另外，遺漏相關資訊及未能將複雜資料適當解釋，是最常見之錯誤（Ryan & Owen, 1977）❷。摩亞（Barbara Moore）與辛高他利（M. Singletary）兩人，曾檢視美國ABC、CBS及NBC三臺電視網的科學新聞報導正確性，結果亦發現，報導中遺漏相關資訊是最常見的錯誤（Moore & Singletary, 1985）。

在臺灣地區，最先做正確性研究的學者，首推徐佳士教授。他以民國61年12月臺北市的《中央日報》、《聯合報》及《大華晚報（已停刊）》等三家報紙兩百則純新聞為分析樣本，研究我國報紙新聞報導的正確性、新聞報導所發生的錯誤比例及類型，以及造成主觀性錯誤的原因。結果發現，報紙新聞報導主觀性錯誤最多的項目，依次為過分強調、意義錯誤、遺漏及強調不足等（徐佳士，民63）。這個發現，與上述勞倫斯及桂爾兩人的研究結果，大致相同。

孫曼蘋稍後則以《中央日報》、《臺灣新生報》、《聯合報》、《中國時報》及《大華晚報（已停刊）》等四家報紙的一百八十則科學新聞，為分析樣本，調查科學新聞的正確性，並撰寫她的碩士論文。結果發現，科學新聞的正確程度，只有25.5%，其中意義錯誤及遺漏相關重要事實等主觀性錯誤最多（孫曼蘋，民65）。

國立政治大學新聞系教授陳世敏，曾沿用相同研究方法，調查八家日報有關臺灣省政府之新聞報導八十七則。結果發現，70%新聞有錯誤，而主觀性錯誤又大於客觀性錯誤（陳世敏，民69）❷。

另一位國立政治大學新聞系教授鄭瑞城，稍後為瞭解新聞性質與

新聞正確性的關聯, 便以《中央日報》、《聯合報》、《中國時報》、《自立晚報》及《大華晚報 (已停刊)》五報之四百五十四則新聞爲樣本, 分別檢視諸如政治、社會等七類新聞性質、消息來源及記者個人因素等對報紙新聞正確性的影響。結果發現, 遺漏重要事實, 是所有錯誤中最嚴重也是最常犯的錯誤 (鄭瑞城, 民72b)。

至於由於記者個人因素, 而造成錯誤研究, 也有若干直接間接研究。如艾特活 (Atwood, 1966) 以實驗法所作的研究, 即發現記者經常以不同方式及態度, 來處理消息來源所提供的資訊, 如此常會造成錯誤❷。舒梅克 (Shoemaker, 1984) 在研究政治新聞中是否存有偏見時, 從七家報紙中, 選出一百五十二則新聞爲樣本進行內容分析, 又同時對報導該則新聞的記者進行訪問, 以瞭解他對該政治團體的認知。結果發現, 新聞記者對某一政治團體的偏差性看法, 會影響到他對這些團體的合理性認知, 也會在新聞內容, 賦予該團體合理性角色。

就臺灣地區來說, 國立政治大學新聞所研究生劉蕙苓, 曾將民國66年及76年的報紙內容加以分析, 藉以探討消息來源背景與被處理方式之關連性。結果發現, 消息來源人物的職業背景, 對記者處理消息的方式, 有顯著性影響。政府官員所受到的處理, 往往最爲有利, 且行政部門的消息來源人物, 在記者處理的顯著程度上, 高於其他非行政部門的消息來源人物 (劉蕙苓, 民78) ❸。

另一位文化大學新聞所研究生劉萍, 亦曾分析臺灣地區新聞報導正確性。她將新聞呈現來源的方式, 劃分爲有利, 中立及不利等三類, 藉此測量新聞記者呈現消息來源的方式, 與消息來源對新聞正確性評估兩者之間關係。結果發現, 在新聞中, 被以有利方式呈現的消息來源, 在評估新聞的數字, 以及主觀性的正確程度時, 會認爲兩者的正確程度俱高 (劉萍, 民81)。

綜合過去所作研究, 我們大致可以得到一個印象, 就是新聞報導

或許可以由科學的方法，測量其客觀程度。而媒介之報導也確實有不客觀、甚至造成纏訟多年的結局，這些都是媒介工作者應該加以注意的地方。

在新聞工作人員心目中，客觀性原則可能並沒有一個統一且明確的定義。雖然近年來受到「倡導」、或「鼓吹」理念的挑戰，以及在可能性、必要性各方面的質疑，客觀性原則仍然受到大多數人的肯定。我們可以說，作為一種新聞專業理念，客觀性原則的地位似乎並沒有受到太大影響。

最有趣的發現，則可能是有關客觀性原則在理論上截然不同、甚至相互排斥的意涵，（如中立報導與鼓吹觀念），居然能夠在新聞工作人員心目中「和平共存」。然而，另一些研究也曾發現，帶頭主張解釋性報導與客觀性原則無衝突的《時代週刊》，卻有持續報導偏頗的情形發生(見前節介紹)。這是否意味解釋性或調查報導終究無法與客觀性原則水乳交融，還是《時代週刊》在落實客觀性原則上仍有偏差，有待進一步探究。

另外，值得注意的是，歐德等地的研究發現（如：年紀輕、政治態度左傾、或是在大都市工作的新聞人員對客觀性支持的程度也比較低)，這究竟係暫時性現象，代表客觀性概念將逐漸淘汰，抑或可推論至其他社會，代表未來發展的趨勢，值得我們持續觀察。

注釋

❶例如，本書前述之《新聞的眞實性》（Elmer, 1952）及《客觀存廢論》（Macrorie, 1959）等諸篇，皆是從意見抒發層面探討客觀性。

❷本研究所稱之「偏見」，可定義爲：在兩分報紙中，頭版新聞報導兩候選人的分配比例上，存有之差異，大於碰巧（by chance alone）所產生者。也就是說，是新聞比例或平均數的差別。

❸《新聞季刊》同期另有一篇同類研究：

Batlin, Robert

1954　"San Francisco Newspaper's Campaingn Coverage: 1896, 1952," *Journalism Quarterly,* Vol. 31, No. 2 (Summer).

此研究分別以三藩市1896, 1952的三家報紙作研究（其中一家相同），並以1896年時競選總統之民主黨拜仁（William J. Bryan）與共和黨之麥堅尼（William McKinley）作比較（結果同樣爲共和黨之麥堅尼勝出）。研究發現，此三家報紙在1952年時對兩黨之新聞處理，較諸1896年時，更爲平均。

❹莫里爾將偏見分成六類：(1)「甚麼人說甚麼話」（attribution bias），如「杜魯門咆哮說」；(2)「形容詞偏見」（adjective bias），如「艾森豪溫和的說話態度」；(3)「副詞（助動詞）偏見」（adverbial bias）；如「杜魯門草率地說」；(4)「有話就說」（outright opinion），如「一個不受歡迎的人（杜魯門）把另一個受歡迎的人（麥克阿瑟將軍）解職，象這種情況，是很少見的」；(5)「文脈偏見」（contextual bias），整段或通篇報導，都充滿偏見；以及(6)「照片偏見」（photographic bias），指照片所給人的印象，包括說明的寫法。當《時代雜誌》支持某人時，總是，說話「溫馨」，或者「快樂的笑容」；而對於它不支持的人，則說話「冷酷」，或者「滿臉怒容」（Hulteng, 1985）。難怪乎曾任《時代》編輯的馬修斯（Matthews, 1960）說：「《時代》雜誌在政治「新聞」中扭曲、猜測、偏頗情形，在我看來似乎超越政治的界限，也違反了新聞倫理」。

❺卡特總統任期至1980年，而後由雷根（Ronald Reagan）繼任。

❻費德勒等人指出《時代雜誌》的風格，仍然是：(1)繼續使用一些技巧，引導讀者對新聞的意見，且在一般新聞專欄中，也加入評論；(2)使用半小說式語法（semifictionalized language pattern），來導引讀者對新聞事件的想法（Felder, Meeske & Hall, 1979）。

另外，值得一提的是，前章所述史提芬遜（Stevenson & Green, 1980）等人，在北卡羅萊那大學對七十三名「語藝學概論」課大學生所作有關，1976年總統選舉企畫活動的新聞採訪偏見調查，也特意從《時代雜誌》和《紐約時報》各

選四則新聞報導，作爲研究素材。這些素材也分成相對兩份：一篇是通常有利（favorable）於卡特的新聞，另一篇卻相反（unfavorable）；對福特的研究資料亦同。但史提芬遜對研究資料主要解釋是，新聞消息者認爲新聞偏見的原因，完全是因爲與他們已存在腦海中資料有矛盾之處，因而引起一種評估反應。見：

Stevenson, Robert L. & Mark T. Greene

1980 "A Reconsideration of Bias in the News," *Journalism Quarterly*, Vol. 57, No. 1 (Spring). pp. 115-21.

❼羅爾里將安格紐在講詞中對新聞界的主要批評，整理如下：⑴一小撮人……，張舞著一雙自由的手，去呈現並解釋我們國家的大事；這些人是電視新聞的播報員、評論員及製作人；⑵所有的誹謗與攻擊，來自「新聞界的特權庇護殿堂裡」；以及⑶四千萬美國人，每晚所看到的新聞，操控在僅僅只須對雇主負責的一小撮人手上，一再地被一群有偏見的播報者所過濾（Lowry, 1971）。見：

Lowry, D.T.

1971 "Agnew and the Network TV News: A before/after Content Analysis," *Journalism Quarterly*, Vol. 78, No. 2 (Summer), pp. 205-210.

❽史瓦燕（Werner Severin J.）與坦克特（Jame W. Tankard, Jr.）兩人在《傳播理論》一書中，對「非標籤性推論」，並未引例介紹，而只介紹了「標籤性的推論」的例句：他一定六呎二吋高（標籤性），而且身體其他部分也可能很長（推論）。因此，非標籤性推論，應該是沒有以參考性的標籤作爲指標（如本例六呎二吋高），就遽而作推論。史瓦燕兩人在書中更從語意學觀點出發，認爲人因爲有無意識的「投射性」思考（unconcious projection）之故〔例如，某人說「這橘子很苦」，（這種個人的感受，在別人心目中卻可能覺得橘子很甜〕，任何一個陳述都難免帶有主觀成分。要做到客觀十分困難，記者唯一可以做的，是使用經得起查證的報導語言（Severin & Tankard, Jr., 1984）。見：

Severin, W.J. & J.W. Tankard, Jr.

1984 *Communication Theories—Origin, Methods, Use.* N.Y. & London: Longman, Inc.

❾傳播研究者也經常加入政治與偏見之類專題研究，得出的論據是，在稍早的新聞報導中，還看不出大規模而有系統地爲某黨派或候選人造勢（favoring），且打壓其他黨派或候選人的報導，只有一些屬資訊不足的現象（uninformed）而已。見：

Stevenson, L. Richard et al.

1973 "Untwisting The News Twisters: a Replication of Efron's

Study," *Journalism Quarterly,* Vol. 50, No.2 (Summer). pp. 211-19.

Patterson, Thomas E. & Robert D. McClure

1976　*The Unseening Eye.* N.Y.: G.P. Putman's Sons.

⑩1972年是尼克森競選連任之年。

⑪1980年當年，是卡特與雷根競選，結果雷根勝出。

⑫何亞威的主要答辯是：爭取立委失敗，乃衆所周知事實。……花旗公司年產四萬雙鞋，是從工業局的報告中獲悉，並非憑空捏造。……「不務正業」是指本行工作不做，卻去做其他事情之意義，是事實論述，而毫無詆毀評價之意義。……。何亞威律師主要答辯：……也許斥資千萬稍微高估，但看不出作者有諷刺意味與以公司資本參選的描述。……花旗全年生產四萬雙是客觀事實，未說明它的營業額多寡，並不妨害這項事實的存在。……文章的結論，乃泛指企業失利原因，非特指個人，法官認為這些話是貶損□□□，恐怕也有商榷的餘地。……

⑬羅文輝、法治斌兩敎授在研究中，依平衡報導、意見與事實分離、引述消息來源及將此三大原則合併運用，分別將何亞威報導原稿改寫，以供受訪法官塡寫問卷時之依據，頗堪新聞報導客觀性做法之參考：

(1)刪去：「不務正業，勢必失去競爭力，花旗鞋業或許是例子之一。……因為做鞋最重要的是按時交貨，海外投資時曾要的就是考慮效率問題，結果□□□卻在國內沒有做好，重心外移不順的情況下兩頭落空。」(意見與事實分離)
　　(或將此段一筆帶過為：「因此投資並不順利」)。

(2)加上：「但□□□本人認為，經商不景氣才是造成他生意失敗的主要原因。他說，他絕未耽誤國民黨立委初選，沒有化公司一毛錢。雖然他平常熱心為社會服務，但他為耽誤花旗鞋業的業務。□□□指出，去年花旗鞋業營業收入達一億七千多萬元，應足一證明他並未疏忽本業。實在是由於國內外經濟部景氣，才迫使花旗鞋業宣布停業」(平衡)

(3)將「可說敗象早露」一語，改為「營業狀況也不理想」。(有受訪法官認為，「不務正業」一語，應改為「多角化經營」)(修辭)。

(4)加入消息來源：如「但是與□□□認識十多年的業者□□□說，……，『不務正業，勢必失去競爭力，花旗鞋業或許是例子之一。』」／「對外投資也不順利，鞋業公會理事□□□分析，……。」(來源)。這樣處理的原因，是基於下列對原告之新聞查證屬實：

(a)在民國76年同時兼十個社團負責人或重要幹部；

(b)參加國民黨黨內立委初選共獲兩百多票屬實(但是否斥資千萬參選，則無法查證)；

(c)花旗鞋業由他親自宣布停業：

(d)該鞋業確由原有三個廠、員工一千多人縮減為一個廠、一百多個員工；

(e)該鞋業海外投資業績不佳；

(f)根據經濟部工業局資料，該鞋業78年（即何亞威文中之「去年」）的國內部共生產四萬多雙鞋。而根據該公司之財務審計報告書資料，該鞋業當年全年營業收入為一億七千九百三十一萬餘元。另外，何亞威文中所引述之消息來源及言論，雖未標示出處，但經查證屬實（羅文輝、法治斌，民82）。換言之，何亞威文中資料，並沒有捏造。

1985年初，美國《哈潑雜誌》（Harper's Monthly），曾由當時總編輯納普漢（Lewis H. Lapham），主持了一個針對「自由的新聞界之價值」的討論專題，其中若干出席者言論，將之引證何亞威一案，可能有所啟發（引自彭家發，民81a）：

△《紐約客》（*New Yorker*）作家費茲卓羅（Frances Fitzgerald）：記者不論如何報導、如何嚴守中立，都免不了影響決策——記者在取捨資料之際，必然是主觀的。所謂「立場客觀」等新聞道德準則，其實都是過往約定成俗的產物。讀者無法肯定所讀到的消息，是否「真理」，是否真正「客觀」，但至少可以肯定，記者會訪問某些人，詢問某些問題，然後以某種方式撰寫報導，期間都遵守著一定的正確及公平原則。

△《哈潑雜誌》作家卡普（Walter Karp）：記者固然應該以客觀一詞報導事實，但實際一詞似乎太崇高了。……新聞事業的理念，是提供「普及新聞」。若想充分了解美國公眾生活，不可完全依賴報紙，而記者知道訊息後，就不該隱瞞民眾；然而，吾人新聞規範卻常導致此種現象。吾人似乎有一不成文規定，記者不能在一般新聞報導中，推斷公眾人物言行的動機，只有在個別情況時方可如此。記者也不可以把兩件事湊在一起引伸，至少不可以由他自己引伸。

△《紐約時報》專欄作家域克（Tom Wicker）：應該讓記者將自己知識經驗，都寫入新聞報導中，免除他疲於奔命，尋求相反意見，以求平衡之苦。但既有的新聞規範，因為跟整個新聞界為誰所控制、新聞機構為誰所有，他們的利益又如何等等，有著密切關係，故能屹立不移。新聞界故不該以民眾代言人自居，但在有些情況下，在民眾力有所未逮之處，作為民眾喉舌，發揮新聞界適切代議功能時，記者也可以擔負代言人角色。

❹在聽證過程中，越戰時擔任國防部長的麥納瑪拉（Robert S. McNamara）（時任世界銀行總裁）承認，早在1965年時，他就看得出，美國不可能在軍事上贏得越戰。但是，當年他在美國參議院的一個委員會上，接受質詢時，因為相信季辛吉（Henry A. Kissinger）所述，認為也許能夠透過外交途徑，斡旋和平，故而堅決否認越戰是個「不求勝利的戰爭」，而非刻意在隱瞞（*Time*, Dec, 24,

1984)。

季辛格其後於1973年，出任尼克森的國務卿。麥納瑪拉曾於1967年時，在五角大廈（國防部）成立專責小組，探討美國如何、及爲何深深介入戰爭。1968年秋天，完成了三千餘頁、四十七冊的「五角大廈文件」（*Pentagon Paper*）。1971年時，《紐約時報》獲得這分報告撰寫人之一的艾森柏格（Dan Esien-burger）所提供的部分文字及文件，自同年6月13日起，在該報連載，就是著名的《越戰報告書》。當時曾引起美國聯邦司法部向紐約聯邦地方法院，以繼續刊登這分文件，將會使得美國國防及國家安全受到立即與不可彌補傷害爲理由，申請禁制令，要永遠禁止《紐約時報》刊載。

結果，《紐約時報》以報告書是歷史資料，不會影響國家安全的新聞自由爲理由，而在同年6月底打贏官司，得以繼續刊登，亦誠當年大事。

⓯據傳夏隆化了近三百多萬美元打這場官司，其後兩造於庭外和解，《時代》並給夏隆二十萬美元象徵性賠償（引自彭家發，民81a）。

⓰史丹福大學法律系教授范克廉(Marc Franklin)曾統計過，由1976-1983年間，在美國境內所發生過的一百零六宗大誹謗案中，達85%是記者敗訴；而且，幾乎有二十四宗被判賠償總數超過一億美元。而自1972年起，高等法院即對新聞界失去信心。《時代雜誌》資深特派員史托勒（Peter Stoler）在所著的《與新聞界之戰》（*The War Against the Press*）一書中，也同時指出，自1976至1986年間十年內，在一百零六宗主要誹謗案件，有85%是新聞界敗訴，其中二十件以上罰款超過一百萬美元。而從1972至86年間的四件上訴誹謗案，則全是新聞界敗訴。故芝加哥一位律師指出，民眾已感到「爲了賺塊錢，報界是可收買的」、「他們死不認錯」、「他們無藥可救」、及「經常找人來做靶」（*Times*, Dec., 12, 1983）。社會大眾在無奈之餘，似乎也樂於見到誹謗案件的成立，以懲處新聞界。

⓱美國另有幾宗類似發人深省事件：

(a)1963年時，越戰正酣，佛教和尚經常在西貢街頭自焚。當時美聯社屬下兩名記者鮑尼（Malcolm Browne）與阿奈特（Peter Arnett）兩人，目睹這種自我奉獻祭體(immortation)，於是拍攝了下來，傳到世界各地去，致令舉世譁然。而兩人對之所以如此做，則各有說詞：

△鮑尼：我一向認爲新聞人員的責任，是觀察與報告，而不是去改變它⋯⋯。就責任而言，我將整個恐怖過程拍了下來，並儘量將圖文轉播到美聯社新聞網去。如果不是這樣，新聞人員工作又該如何認定？

△1971年時，阿奈特終於承認：他只要衝上前去，把和尚的汽油踢開，即可防止那種自焚事件的發生。但他力言，作爲人類一分子，他想這樣做；但身爲一名記者，他不可以這樣做。和尚自焚是戰爭的一種影象，這些照片，或許

正足以顯示這種恐怖衝突。所以在1960年代中，鮑尼及阿奈特的做法，尚未引起很大爭議。但隨著時間變遷，不禁會有人問，他們的攝影機，真的沒有鼓勵和尚自焚？他們兩人不該試著去制止他們嗎？他們能想像得到他們的照片，會產生那樣意想不到的影響嗎？（《新聞評議》，第102期；Goodwin, 1987）

美國俄亥俄州中間鎮一名在車行做鈑金、身上滿是油漬的技工，某日突然被一點火屑，而引致全身著火，卻恰好為該鎮《中間鎮雜誌》（*Middletown Journal*）攝影記者馬藩理（Greg Mahany）所看見。他頓時忘了手中有攝影機，也顧不得可以得到獨家（單頭）（single shot）機會，立刻協助該名技工把火弄熄，挽救了那位技工生命。他認為：這還怎能拍得下去，救人要緊嘛！這是道德良心，不是叫人袖手旁觀（引自彭家發，民81a）。

(b)1983年3月上旬一個晚上，在美國阿拉巴馬州之安尼斯頓鎮（Anniston），有一名過去曾有精神不穩定記錄的三十七歲、失業的屋頂修補工人安德魯斯，在傑克信維爾廣場，喝個酩酊爛醉後，撥個電話給該市唯一的WHMA-TV（第十四頻道電視臺）說：「你若想看某人自盡，請於十分鐘內，到傑克信維爾廣場來」，以抗議失業之苦。WHMA-TV知道，攝影機出現將是對這「新聞」的鼓勵，而縱然當時判斷只不過是個惡作劇，還是以電話通知了警方。安德魯在半個小時內，一共打了三通電話給WHMA-TV，WHMA-TV指出，他們曾與警方聯繫四次，並堅稱曾與警方協議，以攝影機為餌，引出打電話的人，以便利警方救援。在距離接獲第一通電話的一個半小時候，他們終於出動跑道場，準備好燈光和攝影機（警方說，他們到達廣場時，並沒有通時他們）。

安德魯斯果然出現，走向攝影人員。三十歲攝影師西蒙斯及十八歲的音效師哈瑞斯，本想叫他停止，他卻反而連叫他們不要過來。當他劃一根火柴移向顯然灑了易燃液的胸前時，攝影人員也同時啟動了攝影機。連劃兩根火柴都熄了之後，安德魯斯於是蹣跚地走向放著燃油處，往身上潑了些，又再回到攝影機前蹲下，再劃第三根火柴，順手將之靠近左大腿。此次燃起了一撮火花，隨即擴散起來。幾秒鐘後，西蒙斯對年輕的音效師說：「哈瑞斯，把火熄滅。」哈瑞斯終於忍不住，上前用記事簿幫他拍打火燄，但似乎太遲了一點，整個人燒成火球一樣。攝影機仍然對著他，幸虧有義消趕過來，把火熄滅，但安德魯斯已嚴重灼傷。（*San Franciso Chronicle*, March, 10, 1983: 23）。WHMA-TV於次日晚間，將此則新聞剪輯播出，螢光幕上只出現意外之後面的畫面。CBS, ABC, NBC亦陸續將此事件片段地播出，因而引起全國注意，也紛紛指責賽門及哈瑞斯：

△新聞同業指出，為甚麼安德魯斯花了近三十七秒，想點火自焚之後，他們才

去阻止他？（他們兩人說：以為警察已經藏在附近，會衝出來阻止他。）

△哥倫比亞新聞學院教授弗瑞（曾任CBS新聞部主任）認為：該臺不考慮該則「新聞」是否具有社會價值，就逕予播出是不對的，此不啻是偷窺行徑。

△電視新聞主管指責WHMA-TV，准許其部屬告訴警察及安德魯斯，將派員到現場　錄影是有欠周詳的做法。美國廣播電視新聞部主管協會主席則強調，他的部屬絕不會成為警察抓嫌犯的工具。而架起攝影機來引起事件，更是絕對不道德的。（WHMA-TV有一不成文做法，若遇到類似本次事件時，要與警方聯繫）。

△CBS新聞部主任認為，在上述情況下，應將人性置於專業精神之上。（CBS有一項工作方針：當攝影機可能引發危機時，則不得使用。）

△《紐約時報》評論說，當時在場攝影人員，是否該再積極地採取行動，阻止此宗意外發生，即使拍不到甚麼，亦在所不惜？而WHMA-TV攝影隊，又是否是因為要製作新聞，而搶先跑到那兒去呢？〔西蒙斯說，他的工作是在事件發生時加以記錄。(*Time,* March, 21, 1983: 84)。〕

△當地《安尼斯頓明星報》(*Anniston Star*) 在社論中指出，如果攝影人員能放下他們的器材，強行制止，這件悲劇將不致發生——但他們並沒有這樣做(*Newsweek,* March, 21, 1983: 53)。由上述各項評論中，已顯示出美國新聞界，對於新聞工作行徑的認可，已從絕對冷靜 (pure dispassion)，而邁向可以接受有同情心當兒 (an admission of compassion)。

⓲不過，自1964年至76年間的三任總統中，民主黨黨員只有詹森一人出任總統(之前則仍為民主黨的甘迺迪)，其餘兩任分別為共和黨的尼克森和福特 (程國強，民77)。

⓳麥里略與查斐參考模式的兩人認知關係 (cognitive relations between the two individuals) 的變項包括：(a)協議 (agreement)，即兩人態度之間，對某一事件的的一致性程度；(b)正確 (accuracy)，一個對另外一個人，在態度上認知的準確程度；(c)一致 (congruency)。唐斯壁稱這個模式為「雙指引式模式」(coorientation model)。

1972年時，馬丁 (Rolph Martin K.) 等人，也曾應用此一研究架構，來研究威斯康新一張日報的新聞工作者與讀者對諸如學生動亂，以及公眾對新聞業界等問題的看法。見：

Martin, Ralph K. et al

1972 "Opinion Agreement and Accuracy Between Editors and Their Readers," *Journalism Quarterly,* Vol. 49, No. 2 (Summer). pp. 460-468.

⓴根據研究發現，新聞工作者與公眾之間，在社會及政治態度上確實有存在差異。

而德人紐曼（Noelle-Neuman）及葉靈鏘（H. Mathias Kepplinger）兩人的研究，新聞工作者在評量政治及社會爭論時其所持的態度，也就有異於較爲保守的公衆。見：

Noelle-Neuman, Elisabeths & H. Mathias Kepplinger

1982　"Report on the Study in the Federal Republic of Germany," in *Communication in the Community: an International Study on the Role of the Mass Media in Serving Communities.* (Report and Papers on Mass Communication, Paris UNESCO, pp.20-30.) (轉引自Donsbach, 1982)。

㉑原文是："It is almost impossible to be objective. You read your paper, notice its editorial, get praised for some stories, criticized for other. You 'sense policy' and are psychologically driven to slant you stories accordingly." (Donsbach & Klett, 1993: 2ff)。

㉒樣本雖然爲非隨機選出，但其特性則以詹士棟（Johnstone, et al., 1974）等人在研究時所抽取之美國新聞工作者隨機抽樣大型樣本爲準（Phillips, 1977）。

㉓不過，根據祝建華（Jian-Hua Zhu）研究，只有少數新聞工作人員認爲，新聞界是反政府或反貿易的——雖然自水門案件後，這一部分的人口比例，已時有增加（Zhu, 1990）。見：

Zhu, Jian-Hua

1990　"Recent Trends in Adversarial Attitudes Among American Newspaper Journalists: A Cohort Analysis," *Journalism Quarterly,* Vol. 67, No. 4 (Winter). pp. 992-1004.

㉔唐斯璧與伽略特在發表此研究成果時，只有部分資料，而該研究尚在進行當中，其中尚有日本資料。此研究計畫是由馬高基金會（Markle Foundation）、德國研究協會（German Research Association, DFG），以及紐約哥倫比亞大學甘奈媒體研究中心（Gannett Center for Media Studies）〔已易名爲媒體研究自由論壇中心（Freedon Forum Center for Media Studies）〕等數個機構，所共同贊助。研究計畫則是由研究計畫督導彼德信（Thomas E. Patterson）共同參與，亦是本研究計畫報告的掛名撰寫人。

㉕在同一研究中，有53%受訪者認爲，新聞機構經常受有力人士與社會團體影響，依程度是：聯邦政府（78%），工商企業（70%），廣告客戶（65%），以及公會（62%）（E & D. Jan., 18, 1986）。

㉖坦克特及賴里在研究中，發現科學新聞的錯誤比例值非常高，平均每則報導有6.22個錯誤量（Tankard, Jr. & Ryan, 1974）。

㉗賴仁與奧雲的研究（Ryan & Owen, 1977）發現，社會新聞平均每則報導有3.
11個錯誤量，正確性很低。

㉘張崇仁，亦曾於民國68年，使用前述詹士棟等人（Johnstone, Slawski &
Bowman, 1976）測量記者專業意理的量表，對三十六名文化大學新聞系學生
進行調查，完成政治大學新聞研究所碩士論文。結果發現，在專業意理上傾向
於參與的學生，會在報導中作分析或解釋；傾向於中立的學生，多以「純新聞」
報導。另外，持參與者專業意理的學生，在報導正確、客觀、趣味、以及可信
度方面的表現，優於持中立者專業意理的學生。

㉙艾特活的研究尚且發現，當記者認爲消息來源可信度低時，就會在寫作內容中，
介紹有關消息來源的參考資料，並且經常引述消息來源的言論，以表示新聞內
容是消息來源的論點，並不代表記者的看法（Atwood,1966）。不過，這正是合
於純新聞客觀性報導的規範的作法。

㉚史坦柏與柯柏生（Stempel, III & Culbertson, 1984）兩人曾研究報紙如何處
理醫藥新聞的消息來源。他們是以顯著度（新聞中消息來源被提及的次數）與
支配性（dominance）（消息新聞來源的談話是否被引述，或是否經常在報導
中被引述）這兩個指標進行。結果發現，就此兩者而言，醫生均高於一般行政
人員。

參考書目

⑴中文參考書目

王雪玲 (民78)：〈曾慧燕Ｖs黃德北——假如你是黃德北，你怎麼辦〉，《新聞會訊》，第165期(10月23日)。臺北：國立政治大學新聞系。對內刊物。

何亞威(民79)：〈經濟變天、老闆變臉〉，《遠見雜誌》，12月號。臺北：遠見雜誌社。

呂志翔 (民82)：〈英每報業新聞採訪與自律之研究——中華民國報界之省思〉，《第二屆中華民國傑出新聞人員研究獎得獎人研習報告》。臺北：中華民國新聞評議委員會。

忻圃丁 (民82)：〈政大新研所、法研所專題研究發現——客觀新聞報導可以避免誹謗訴訟〉，《新聞鏡周刊》，第236期(5月17～23日)。臺北：新聞鏡雜誌社。頁12-14。

冷若水(民74)：《美國的新聞與政治》。臺北：中華民國新聞編輯協會。

何穎怡譯 (1993)：《探索新聞：美國報業社會史》。臺北：遠流。

彭家發 (民81a)：《新聞論》。臺北：三民書局。

彭家發 (民81b)：《基礎新聞學》。臺北：三民書局。

徐佳士 (民63)：〈我國報紙新聞「主觀性錯誤」研究〉，《新聞學研究》，第13期 (5月)。臺北：國立政治大學新聞所。

孫曼蘋(民65)：《我國報紙科學新聞正確性之研究》。臺北：國立政治大學新聞所碩士論文。

邱銘輝 (1991)：〈一句「不務正業」竟然判刑五個月：《遠見雜誌》記者被控損害名譽罪成立〉，《新新聞周刊》。臺北：新新聞雜誌社。

陳世敏(民69)：《臺北市主要日報地方版內容分析》。臺北：中華民國新聞評議委員會編印。

—

劉萍(民81)：《臺灣地區報紙新聞正確性之探析》。臺北：文化大學新聞所碩士論文。

劉蕙苓(民78)：《報紙消息來源人物之背景與被處理方式之分析》。臺北：國立政治大學新聞所碩士論文。

藤淑芬譯(民81)：《大眾傳播的恆久話題》。臺北：遠流出版事業公司。
〔原著：Dennis, E. E., D. M. Gullmon & A. H. Ismach, 1978.〕

羅文輝(民77)：〈正確與公正是報紙最重要的資產〉，《媒介批評》。臺北：臺灣商務印書館。

羅文輝、法治斌(民82)：《新聞報導與誹謗》(亞洲協會專題研究報告)。臺北：國立政治大學新聞及法律研究所。

鄭瑞城 (民72b)：《報紙新聞報導之正確性研究》。臺北：國立政治大學新聞所 (國科會七十年度專題研究報告)。

(2)英文參考書目

Atwood, Erwin L.

1966　"The Effects of Incongruity Between Soucre and Message Credibility. *Journalism Quarterly,* Vol. 43, No. 1 (Spring), pp. 90-94.

Berry Jr., F. C.

1967　"A Study of Accuracy in Local News Stories of Three Dailies," *Journalism Quarterly,* Vol. 44, No. 3 (Autumn). pp. 482-90.

Breed, W.

1955　"Social Control in the Newsroom: A Funetional Analysis," *Social Forces.* Vol. 37. pp. 109-116

Burgoon, James K. et at.

1985　*Survey Report for the Newspaper Advertising Bureau.*

N. Y. (Unpublished Manuscript). (轉引自Donsbach & Klett, 1993)。

Charnley, Michael.

1975　*Reporting,* 3rd ed. N. Y.: Holt Rinehart and Winston.

Denzin, N. K. ed.

1974　*Sociological Methods.* Chicago: Aldine.

Donsbach, Wolfgang

1983　"Journalists' Conceptions of Their Audience: Comparative Indicators for the way British and German Journalists Define Their Relations to the Public," *Gazette,* Vol. 32. pp.19-36.

Donsbach, Wolfgang & Bettina Klett

1993　"Subjective Objectivity. How Journalists in Four Countries Define a Key Term of Their Profession," *Gazette,* Vol. 51, No. 1. pp. 53-83.

Efron, E.

1972　*The News Twisters.* Los Angeles: Nash.

Epstein E. J.

1974　*News from Nowhere.* N. Y: Vintage Books/Random House.

Fedler, F., M. Meeske & J. Hall

1979　"Time Magazine Revisited: Presidential Stereostypes Persist," *Journalism Quarterly,* Vol. 56, No. 2 (Summer). pp. 353-9.

Flachsenhaar, James & Jonathan Friendly

1989　"What Editors Want: Writers and Skeptics," Report of

the APME Journalism Education Committee, Oct, 10.

Gallup, George

1975　"The Public Appraises the Newspapers," in Galen Rarick, ed., *News Research for Better Newspapers*, Vol. 7, American Newspaper Publishers Association Foundation.

Hackett, Robert A.

1984　"Decline of a Paradigm? Bias & Objectivity in News Media Studies," *Critical Studies in Mass Communication*, Vol. 1, No. 3 (Sept.). pp. 229-59.

Hankins, Sarah Russell.

1988　"Freedom and Constraint in Objective Local News Coverage," *Newspapaer Research Journal*, Vol, 9, No. 4 (Summer). pp. 85-97.

Janowitz, M.

1975　"Professional Models in Journalism: The Gatekeeperand Advocate," *Journalism Quarterly*, Vol. 52, No. 4 (Winter). pp. 618-26, 662.

Klein, Malcom W. & Nathan Maccoby

1954　"Newspaper Objectivity in The 1952 Campaign," *Journalism Quarterly*, Vol. 31, No.3 (Summer). pp. 285-96.

Kocher, Renate

1986　"Bloodhounds or Missionaries: Role Definitions of German and British Journalists," *European Journal of Communication*. Vol. 1, pp. 43-64.

Lichter, S. R., & S. Rothman

1981 "Media and Business Elites," *Public Opinion,* Vol. 4, No. 5. pp. 42-6, 59-60.

Lichtenberg, J.

1991 "In Defense of Objectivity," in James Curran & Michael Garevitch, *Mass Media & Society.* N. Y.: Edward Arnold. p. 216.

McLeod, Jack M. & Steven H. Chaffee

1971 "The Construction of Social Reality," in J. T. Tedeschi, ed., *The Social Influence Processes.* Chicago: University of Chicago Press.

McQuail, D.

1977 *The Analysis of Newspaper: Content Study for the Royal Commission on the Press.* London: Her Majesty's Stationery Office.

1992 *Media Performance.* London: Sage Publications. Inc.

Merrill, J. C.

1965 "How Time Stereotyped Three U. S. Presidents," *Journalism Quarterly,* Vol. 42, No. 2 (Summer) pp. 563-70.

Moore, Barbara & Michael Singletary

1985 "Scientific Sources' Perceptions of Network News Accuracy," *Journalism Quarterly,* Vol. 62, No. 4 (Winter). pp. 816-23.

Phillips, E. Barbara.

1977 "Approaches to Objectivity: Journalictic vs. Social Science Perspectives," in Paul M. Hirsch et al., eds., *Strategies for Communication Research.* Calif: Sage Publications Inc. (Sage Annual Reviews of Communication Research Vol. 6.)

Robinson, M. J.

1978 "Future Television News Research: Beyond Edward Jay Epstein," in W. Adams & F. Schreibman, eds., *Television Network News: Issues in Content Research.* Washington: George Washington University.

Robinson, M. J. & Margaret A. Sheehar.

1983 "Just How Liberal is the News? 1980 Revisited," *Public Opinion,* Vol. 6, No. 1. pp. 55-60.

Rosten, Leo C.

1937 *The Washington Correspondents.* N.Y.: Harcourt Brace. (轉引自何穎怡，1993: 158)

Rosengren, K. Erik

1980 "Bias in News: Methods and Concepts," *Mass Communication Review Yearbook,* Vol. 1. Beverly Hills, Calif: Sage. Publications, Inc.

Ryan, M. & D. Ower

1977 "An Accuracy Survey of Metropolitan Newspaper Coverage of Social Issues," *Journalism Quarterly,* Vol. 54, No. 1 (Spring). pp. 27-32.

Severin, Werner J. & James W. Tankard, Jr.

1984 *Communication Theories: Origin, Methods, Use.* N.Y. & London: Longman, Inc.

Shoemaker, P. J.

1984 "Media Treatment of Deviant Political Groups," *Jour-

nalism Quarterly, Vol. 61, No. 1 (Spring). pp. 66-75.

Smolla, Rodney A.

1986 *Suing The Press.* N. Y.: Oxford University Press.

Stempel III, G.H.

1969 "The Prestige Press Meets the Third-Party Challenge," *Journalism Quarterly,* Vol. 46, No. 3 (Autumn). pp. 699-706

Stempel III, G. H. & Hugh M. Culberston.

1984 "The Prominance and Dominance of News Sources in Newspaper Medical Coverage," *Journalism Quarterly,* Vol. 61, No. 3 (Autumn). pp. 671-8.

Stevenson R. L., Eisinger, R. A., Feinberg, B. M., & Kotok, A. B.

1973 "Untwisting The news twisters: A replication of Efron's study", *Journalism Quarterly,* Vol. 40, No. 2 (Summer). pp. 211-9.

Steveson, Robert L. & Mark T. Greene.

1980 "A Reconsideration of Bias in the News," *Journalism Quarterly,* Vol. 58, No. 1(Spring). pp. 115-121.

Tankard Jr., James W. & Ryan Michael

1974 "News Source Perceptions of Accuracy of Science Coverage," *Journalism Quarterly,* Vol. 51, No. 2 (Summer). pp. 219-26.

Weaver, P. H.

1972 "Is Television News Biased," *The Public Interest,* Vol. 26. pp. 57-74.

Westerstahl, J.

1983 "Objective News Reporting", *Communication Research* , Vol. 10, pp. 403-24.

White, D. M..

1964 "The Gatekeeper: A Case Study in the Selection of News," in L. A. Dexter & D. M. White eds., *People. Society and Mass Communication.*N.Y.: Free Press. pp. 160-71.

第五章 臺灣地區媒介的客觀性報導

在臺灣地區，客觀性原則亦廣載於新聞規範與媒介守則之中（詳見第一章），受重視的程度不亞於國外。然而，與國外類似的問題也存在國內的媒介；鄭瑞城（民72a）就曾指出，大眾媒介用以展現客觀事實的資源常受到拘限，以致無法充分展現事實的原貌。

有關臺灣地區新聞客觀性的討論與研究，在數量上雖然不如國外之多，卻可以幫助我們了解客觀性原則實踐的情形，以及新聞工作人員本身對有關客觀性問題的看法。此外，作者分析新聞評議會裁決案例、以及在民國82年夏，針對國內報紙新聞記者及編輯所作的問卷調查結果，亦將一併討論。

一、由媒介內容的分析看客觀性原則的實踐

客觀性原則，雖然已經明白宣示於我國新聞界的各種重要信條當中，但卻與國外一樣，新聞工作人員經常會受到各種因素影響，而無法完全以客觀原則報導新聞。這種情況，在爭議事件上最容易凸顯出來。

是否應該在臺灣地區興建核能發電廠議題，一度是民國70年代後期，主管能源者與環保人士的激烈爭執焦點。謝瀛春（民77）發現，受到當時環保意識抬頭，環境記者多支持反對興建核電廠之立場，以致在報導核電新聞、以及國際核電廠事件時，未能遵守科學新聞報導的客觀公正基本原則。

同樣的問題，出現在民國76年3月初的「環山事件」社會新聞報

導中。林照眞發現（民76）《聯合報》和《中國時報》，兩報雖都是臺灣地區發行量號稱過百萬分的民營大報，但基於競爭關係，在新聞內容報導上每多爭議。而在意氣之下，不免逾越新聞客觀性規範和原則。

　　事情起於民國76年3月3日，《聯合報》在一則獨家頭條新聞中，報導了環山部落在過去一年中，共有五十餘人死亡的事件，並歸納出「農藥遺毒」可能爲這一密集死亡事件的主因。翌日，該報在追述這一事件時，雖然提到「農藥和酗酒疑爲不幸禍首」，但就整個報導脈絡而言，焦點還是在農藥；酗酒因素只是略略帶過。在3月7日的後續報導中，新聞栓（news peg）開始推展至生態環境以及農藥管理與毒害等問題上。

　　失了先機的《中國時報》在沈默了五天之後，開始與《聯合報》短兵相接，一場筆戰，就此開打。3月8號，《聯合報》以多日來一貫脈絡，報導劇毒化學品的管理問題，並指出「農委會深表重視，將採因應措施」。但《中國時報》在當日的報導當中，以農委會爲消息來源，指稱《聯合報》3日之「去年一整年，環山部落共死了五十餘人」的報導內容，和當地戶政事務所、管區派出所的統計結果不符，「令人難以理解」。

　　3月9日，《聯合報》即以平等村村長的談話，予以反擊，指陳「該部落遭遇巨變，主管農政機構持冷淡態度、推卸責任、令人心痛」，並且指出山下族人因爲擔心連番報導會影響到蘋果和水梨的價格，才改口說部落青年是酗酒而死。另外，《聯合報》又刊出一篇「劇毒化學品的管理問題」的特搞。翌日，《中國時報》卻引用臺中衛生局的調查報告，指出所謂農藥使用不當，使環山部落青年相繼死亡的報導並不確實，並擺開陣勢，以特稿「誰是劊子手，應速作鑑定」，向《聯合報》挑戰。兩天以後，《中國時報》以訪問國立臺灣大學公共衛生研究所副教授林宜長的一篇報導，再度指出農藥是否爲死亡主要原因，「專家認

爲有待化驗」。

此後的報導中，兩報仍然各自引證，堅持立場。3月13日《聯合報》引用參考文獻，提出農藥與肝病關聯的証據，並指責「某報」爲農藥開脫罪名，「令人費解」。但是《中國時報》4月11日又刊出訪問林宜長特稿，明指「農藥使用不是元兇」，再強調「……學者認爲與飲酒關係較大，實地研究檢驗，發現農藥並無直接關係」。

報端的筆戰雖然結束，但是負責環山事件報導的《聯合報》記者楊憲宏（1987）在《當代雜誌》（第十三期）爲文，指稱《中國時報》弄擰了林宜長的意思，林宜長曾經去函《中國時報》要求更正，並且在電話中告訴他，他從來未使用過「農藥使用不是元兇」如此肯定的句語。一場「農藥與米酒的戰爭」（吳志新，民76），至是方告偃旗息鼓。

綜觀此次筆戰，不但兩報投下了不少人力與版面資源，「戰火」並且波及到被採訪的政府單位、部落民眾與專家。但是對讀者而言，這樣的報導已經流於「獨家」、「反獨家」的面子之爭，而且報導中你來我往，相互指責，眞理卻並未「愈辯愈明」。這種意氣用事的競爭，很難令新聞工作人員坦然面對事實，阻礙了「客觀性」原則的落實❶。

新聞媒介間的競爭之外，政治立場有時也會傷害客觀性報導的原則。民國75年11月底的臺北桃園「機場事件」，就是一個引人注目的例子（林照眞，民國76）。

當時正值選舉期間，「無黨籍人士」（大多爲日後之民進黨成員）11月間宣稱具有入境證照之許信良，將於日內自菲律賓搭機回臺。30日一早，部分參加增額中央民意代表選舉的無黨籍人士，即在各地廣播，謂許信良等人將於當天早上十點返抵機場，並呼籲群眾聚集在機場外圍，以聲援許信良入境。由於交通受阻，在警民對峙十一個小時之後，警方爲試圖突破封鎖，而與群眾發生衝突。在意外事件中，一

名男子頭部受傷。針對這場衝突，臺北若干立場迥異的報章對此事及後續報導，呈現了兩極化傾向。代表國民黨立場的《中央日報》強調群眾滋事的一面，而自許爲無黨無派的《自立晚報》則有不同的觀察。

以12月1日的報導爲例，《中央日報》強調有人「……以紅色顏料倒在自己身上，企圖煽動群眾，以及群眾投擲石塊，警方被迫才噴消防水喉……。中正機場警察並未毆人，警方請民眾勿聽信謠言。」

但是同一天《自立晚報》的報導是：「當群眾中有人企圖推倒鐵絲網時，一輛消防車即噴出紅色水柱。……群眾一邊後退，一邊則先投擲石塊，守在鐵絲網後的警察人員亦向群眾擲石塊。……三名警察及多名群眾，混亂中分被擊傷。民進黨譴責破壞警車行爲，要求毋枉毋縱。」

對照兩家報紙短短的不及百字敍述中，至少有兩件事實的「再呈現」完全不同：《中央日報》記者所看到的紅色液體，是由在場群眾自己潑在身上，但《自立晚報》記者看到的，卻是由消防車噴出來。至於消防車噴水與群眾投擲石塊，《中央日報》說是投石塊在先，但《自立晚報》卻說是噴水在先。較之上例中，新聞記者將受訪者說辭強作詮釋，這一回記者連事實的認定都沒有任何共識；呈現給讀者的，可以說是新聞版的羅生門。

類似的情況，不但在具有爭議性的政治、或社會事件發生時經常可見，選舉時，社會上往往也是意見紛云，新聞報導各說各話。對於讀者而言，這種情況所帶來的好處，恐怕遠不及困擾來得多；因爲讀者既沒有能力、也不可能親自查證每一件事實。意見的多元化固然可以促進民主發展，同一件事實「多種版本」卻模糊了事實眞相。雖然讀者可以由不同的版本中「拼湊」事實，這種情況卻絕非常態。長久而言，對媒介、對社會的負面影響，更是難以估計。潘家慶（民77）就曾指出，「選戰的最大輸家是新聞媒介」，因爲社會大眾覺得新聞媒

介某些報導上的失衡，跳脫客觀性規範，已使媒介信度降到谷底。

　　民國76年元月政府宣布解嚴，77年報紙家數及頁數不得增加的報禁限制，也隨之解除。影響所及，報紙張數增加，言論尺度也較前放寬，但是媒介的報導究竟是否更客觀、抑或更不客觀，則迭有批評（見第一章），但無定論。根據王石番（民79）在全臺灣各地區對民衆所作抽樣調查結果，回答有閱報的受訪者當中，有四成以上（42.4%）認爲報禁解除後，報紙報導較前更爲客觀；認爲差不多的，有三成（34.8%），但是也有五分之一以上（22.9%）的受訪者認爲較前更不客觀。比較受訪者的人口統計背景，以教育程度高、女性、從事專門職業、以及居住東部者較認爲報紙報導不客觀。

　　由上述的調查結果來看，雖然有五分之一以上的受訪者認爲報紙報導不客觀，認爲報導客觀的卻仍占多數。但是由另一個指標，新聞評議委員會裁決案件的記錄，卻顯示了明顯的差異。

　　中華民國新聞評議委員會成立於民國63年，爲確保新聞倫理的實踐，受理各項針對新聞媒介或新聞報導的申訴案件，並由組成評議會的八個新聞團體所推舉的十一位評議委員，對申訴案作出裁決（參見彭家發，民81b: 17）。裁決的結果雖然不具法律效力，但是由於評議會立場超然，仍然受到學界及業界重視。而從申訴案的類別、數量與比例，也可以看出新聞界所存在的一些重要問題。

　　根據新聞評議會七十七年度工作報告（《新聞評議》，179期，78.11.1.），在新評會第四、五屆評議委員任內（71.9.～77.8.），六年間通過陳訴、檢舉及主動評議案，共七十件；而民國77年第六屆委員到任、亦即報禁開放之後一年間（77.10.7.～78.10.6.），即通過上述三案總件數三十四件，幾爲前兩屆之半數。而在評議時，「報業道德規範」第二節「新聞報導」條款引用的次數也最多（12次），而有違其中第（一）條客觀確實事項者，共六次，居引用次數最高頻率的第三位（見表5-1）。

在第六屆評議委員任期的第二年度中(78. 10. 7.～79. 10. 6.)，根據新評會之「年度工作報告」(《新聞評議》，第193期，81. 1. 1.)，前述三類被裁決成立之案件，有二十八件，有違「報業道德規範」之客觀事實項者，亦爲六次，但卻躍升爲引用次數最高頻率之次位。第七屆評議委員會於民國80年10月15日就職(《新聞評議》，第203期，80. 11. 12.)，其第一年度 (80. 10. 15.～81. 10. 14.) 所處理過之前述二類案件中，被裁定成立的陳訴案、檢舉案及主動評議案，共計三十二件，而「報業道德規範」之客觀事實項引用次數，已達十七次之多，躍居爲第一位 (《新聞評議》，第218期，82. 2. 10.)。而在《新聞評議》自218期至227期 (82. 2. 10.～82. 11. 10.) 十期中，至少有四件陳訴成立之評議案件，被認定爲違反客觀眞實。

表5-1　新聞評議會有關客觀性申訴案

年分	申訴案數量	客觀事實引用次數	裁決違背者數量	排名
民71～77	70	—*	—	—
民77～78	34	12	6	3
民78～79	28	—	6	1
民80～81	32	17	—	—

* 資料欠詳

資料來源：《新聞評議》179至218期。

由上述數字，我們可以觀察到幾個發展趨勢：解嚴之後，申訴案件的數量雖然沒有持續增加，但是和解嚴之前的六年相比，每年平均卻增加了三倍左右，不可謂不多。而裁決確實違背新聞道德規範的案件中，也以違背客觀事實的比例爲最高。很顯然的，如果我們將客觀性作較爲廣義的解釋，則因客觀問題而提出申訴的案件所占的比例將

更大。

　　嚴格說，新聞評議的申訴案雖然是極具價值的參考資料，卻不具有代表性。原因也很簡單：並不是每一次違背客觀性原則的事例，都會被提到新聞評議會申訴。因此要了解新聞界對客觀性尊重的程度究竟如何，新聞工作人員本身的態度就成爲重要的依據。

　　在臺灣地區，李月華於民國75年所完成的碩士論文，可能是有關新聞人員對客觀報導態度較完整、深入的一項研究❷。這項問卷調查的對象，包括了臺北地區七家日報與晚報的記者與編輯，共一百八十九人，所問的問題涵蓋了受訪者對客觀報導意涵的認知與態度，以及可能影響客觀報導的因素。

　　調查結果顯示，大部分的受訪者認爲「絕對客觀」是不可能的，但是他們並不同意「客觀」爲不可能、或難以達成；也不同意記者主觀的看法必然會注入報導的觀點。但是對於客觀報導在實際編採工作中的作法，則只有兩項陳述受到受訪者較多的支持，包括「客觀新聞必須避免怨恨、扭曲等情緒性觀點或不正當目的」以及「客觀就是每一個新聞主題均有兩面、甚至多面，而各意見均可獲得充分陳述的機會」。其他向被認爲是客觀報導的要素，例如拋開記者個人的意見，不偏不倚、與正確的報導，以及指出消息來源等，都沒有獲得受訪新聞工作人員重視。至於可能影響客觀性的因素，較爲重要的依次是人格類型，報社的政治立場，新聞人員的政治型態、文化背景、專業知識、智力與社會閱歷等原因（李月華，民75）。

　　由李月華的研究，我們可以得知國內主要綜合性報紙的記者與編輯，對客觀性報導的態度，大致上與李普曼所持觀點頗爲一致：他們承認主觀難以避免，但是客觀也不是絕對不可能：持強烈懷疑論點的新聞工作人員，似乎僅占少數。可惜的是，由於問卷中有些題目因措詞關係，即連研究者本人也無法「解讀」答案。例如，有關客觀報導

的應然性，問題是這樣問的：「『客觀』只是一種道德上的期許，要求記者在寫作時儘量確守正確、平衡、公正等原則」。完全贊同這種說法的人固然會填「同意」，不贊同的原因卻可能南轅北轍：受訪者或認為客觀是一種比道德上的期許更重要、更具體的概念與原則，或者他根本不認為客觀足以稱得上是一種道德上的期許。

由於這些技術上的問題，使李月華的研究，未能提供研究上更明確的資料，頗為可惜；但是她的論文也凸顯出這方面研究的重要性。誠然，單憑個人的認知與態度無法完全決定新聞的客觀程度，但對守在第一線上的新聞人員而言，他們的想法，對於新聞的選擇、處理與呈現方面，卻仍然具有相當大的影響力。

二、研究結果簡述

國內新聞界在解嚴與報禁解除之後所面臨的改變頗大；社會上多元化、自由化的氣氛也對相對而言，較為保守、呆板的客觀性原則帶來了更大的挑戰。為了解國內新聞工作人員對客觀性的了解與態度，作者於民國82年8月底至9月中，針對全省十家報社共469名記者與編輯，進行了一項問卷調查(問卷見附錄二)。調查的統計數據與初步結果已經列入附錄三，在此僅就意涵作進一步討論。

1.受訪者對客觀性原則意涵的解釋

由過去的文獻來看，無論是學者或業界，對於客觀性的意涵都沒有一致的共識。同樣的情況，也在此次問卷調查中發現；任何答案都沒有被超過三分之一的受訪者提及。相較之下，最常在答案中出現的是「公正、平衡」與「不涉及個人主觀的報導」。另外，「查證屬實」與「完整」則有不到百分之十的受訪者提及。

以上述發現和較早針對美國新聞人員(Phillips, 1977)，以及最近針對四個歐美國家記者（Donsbach and Klett, 1993）所作的研究比

較，「公平、公正」同樣為最多受訪者所支持，但是在臺灣地區的受訪
者當中，有較唐斯壁研究更大比例的新聞人員認為「不涉及主觀」也
是客觀性重要的意涵。相對來說，與菲律斯研究的受訪者一樣，本國
新聞人員不重視新聞內容是否「事實確鑿」。

　　在實務的層次上而言，個人主觀可以引導新聞工作人員對事實做
選擇性的呈現，因此要實踐客觀性原則，不涉及主觀似乎較「忠於事
實」的報導更為重要。但是由近年來向新聞評議會提出的申訴案內容
來看，有些國內新聞工作人員不但未能排除個人主觀，甚至連報導的
內容是否確實，也已經不再關心；這個現象令人不得不對客觀性的意
涵再作思考。

2.新聞客觀性原則的重要性

　　根據此次調查結果，在六個新聞寫作原則當中，客觀性並沒有受
到最多數受訪者的支持。但是如果我們將客觀性原則作較為廣義的解
釋，將公正、正確與完整一併納入考慮，則客觀性原則就成為九成以
上受訪者心目中最重要的新聞寫作原則。這種對客觀性原則的肯定，
在另外兩個問題上也得到證實：包括客觀性報導是否應該為新聞工作
人員努力的目標、以及是否應該在專業教育中強調。我們同時發現，
有較大比例的年輕和未受過新聞專業訓練的受訪者，不贊同客觀性應
該是努力的目標。

　　回顧過去針對新聞工作人員所作的意見調查，客觀性原則曾經被
置諸腦後（Weaver and Wilhoit, 1986），但是也有許多其他的調查
發現客觀性受到絕大多數受訪者的支持（Donsbach and Klett, 1993;
Phillips, 1977;　Senhaar and Friendly, 1989）。或許我們可以由調
查的時機、樣本大小、甚至問題措辭的方式來解釋所得結果相互矛盾
的情形。但是根據唐斯壁與克略特所作的跨國研究、以及作者的調查
結果，客觀性原則或許受到挑戰，但是歷經考驗後，仍然能夠得到大

多數新聞工作者的支持，應無庸置疑。

3.實踐新聞客觀原則的可能性

在這一個具有高度爭議性的問題上，仍有三分之二的受訪者持肯定的態度，但不容否認的，也有三分之一表示懷疑。尤其值得注意的，是有較多受過新聞專業訓練的受訪者肯定實踐客觀性原則的可能。另外年紀較長的受訪者持肯定態度的比例，比年輕者大。這個結果與前述發現（有較大比例的年輕受訪者不贊同客觀性原則）應屬實相互呼應。顯示客觀性原則是資深工作人員較爲肯定的規範；如果確實如此，未來客觀性受重視的程度是否會逐漸降低，也值得再思。

李月華的研究（民75）在客觀性的可能性方面，是以五點量表（Likert Scale）的方式測量，結果雖然無法得知有多少受訪者持肯定、或否定的態度，但是由所得的平均數判斷(平均數=1.9；5代表同意「客觀是不可能」的觀點)，受訪者傾向不同意「客觀性是不可能」的說法。李月華並未就此一單項與年齡、或專業背景作相關分析，所以我們無法得知這兩個因素是否也同樣影響受訪者的態度。

在國外，1936年羅斯坦對駐華盛頓特派員所作的研究，發現有六成的受訪者都認定客觀性原則不可能實現，與臺灣地區所得到的結果正巧相反。但是由方法的觀點來看，羅斯坦的問題似有導引答案的缺失。近年來國外的實證研究，則較少對客觀性原則可能與否的問題，再作檢討。

4.客觀性與負責任的報導、新聞的詮釋與分析及調查報導是否矛盾?

客觀性原則是否必然導致膚淺、不負責任的報導，是過去爭議頗多的另一個焦點(參見第二章)。亨利魯斯雖然不認爲兩者有衝突，但是作爲解釋性報導表率的《時代週刊》，卻一再被發現報導不符合客觀性的要求(參見第四章)，難免令人疑惑，客觀性報導與解釋性新聞間是否的確杆格不合。

　　在此次的研究中，大多數受訪者認爲客觀性原則與深度報導或負責任的報導並沒有矛盾或衝突。依回答「沒有矛盾」受訪者的比例來看，最沒有矛盾的是負責任的新聞報導，次爲調查報導。至於新聞的詮釋與分析，則有近三成的受訪者認爲有矛盾；但與回答「沒有矛盾」的受訪者相比，仍爲少數。

　　由上述答案我們可以得知，對國內絕大多數實際從事新聞工作的人而言，客觀性原則雖然將提供專業性意見的責任轉嫁到專家身上，卻不意味著記者因此可以不必負責。相反地，記者仍然必須確定他的報導確實有據。事實上，在專業記者的制度之下，記者雖然不能成爲專家中的專家，卻常扮演著「外行中的專家」角色。因此，以專家爲消息來源，新聞人員同樣必須負責。

　　至於水門案件之後廣爲風行的調查報導，雖然十分強調揭發政治或社會表象之下的眞相，卻同樣必須講求確實証據，不能說完全違背客觀性原則。唯有詮釋新聞意涵時，容易牽涉到個人的主觀意見與看法，因此有較多的受訪者認爲與客觀性原則相互矛盾。

5.記者的任務

　　由於新聞工作人員對本身任務及對媒介角色的認知，與他們對客觀性的看法有相當密切的關連，因此此次研究參考了唐斯壁（Donsbach, 1983）在1983三年所做的研究，列出九項記者的任務，由受訪者勾選他們的同意度（見附錄四，表十一）。結果發現，得到最多數受訪者支持者，正是客觀性原則所主張之「中立報導」，其次始爲反映民意、與擁護民主。最不受支持的，則是娛樂公衆、推動記者認爲重要的理念，以及提供意見、幫助別人。

　　進一步分析發現，這九項任務在受訪新聞人員心目中，其實可以粗分成兩種不同性質的工作目標：一類爲鼓吹型的記者任務，包括提供意見幫助別人、推動記者認爲重要的理念、作弱勢團體的代言人、

以及發揮影響力等；另一類則將記者任務定位在反映事實與意見上，包括中立報導、反映民意、擁護民主與教育民眾。受訪者對於同一類別中不同的項目，大致秉持了相同的態度。這個發現同時證實了早先文獻所稱，記者依其理念，可分爲鼓吹型及守門型（或把關型）的說法（參見第二章）。

如果我們將上述發現對照唐斯壁針對德國與英國記者所作的調查（Donsbach, 1983），可以發現「秉持中立報導事件」也是英國記者最爲認同的任務。德國記者雖然認爲反映民瘼更爲重要，中立報導卻也高居第二位。相對的，娛樂公眾（entertain the public）在臺灣得到最低的認同。此外，德國與臺灣受訪者認同度都相當低的「教育」任務，在英國卻得到74%的受訪者認同，也頗堪玩味。

6.記者與編輯涉入政治事件程度是否會危害客觀性原則

爲了保持中立，新聞工作人員究竟應該對於與工作相關的事務保持多大距離，始終是個難以定論的問題。在第四章我們提到，立騰堡曾經分析了四種程度不同的涉入狀況，並且就其對客觀性可能的影響，作了鼓勵、或不鼓勵的建議（Lichtenberg, 1991）。

對於這四種狀況，本研究中的受訪者大致上保持了與立騰堡同樣的看法，而且記者與編輯對於兩種職務的要求，也沒有明顯的不同。大多數的受訪記者與編輯均認爲積極從事與新聞任務相關的活動、或作消極的承諾，都應避免或禁止。受訪者對於新聞人員以行動表達認同(如加入政黨)最爲寬容，但是對於立騰堡認爲易不造成問題的「對有爭議的事情有自己看法」，多數的受訪者反而認爲不妥。可能的解釋是受訪者將加入政黨或宗教組織視爲是一種人權，不應被剝奪，但是對事情有定見，卻可能導致認知以及報導的偏差，因此應該避免。至於立騰堡所考慮的，「人不可能對事情沒有自己的看法」，受訪者似乎並不以爲意。

　　由認知的觀點來看，要求個人保持完全沒有意見的狀況幾乎不可能。因此，新聞工作人員所應該注意的，或許是在有意見的同時，保持開放與中立的態度；如果意見已經成爲偏見，自然也不可能實踐客觀性的原則了。

7.受訪者對於國內實踐客觀性原則、以及新聞界達成專業理想的滿意程度

　　對於在實際工作中自己是否可以作到客觀性的要求，大多數受訪者持肯定的態度，只有極少數認爲自己不可能滿足客觀性的要求。根據受訪者的觀察，大多數同業也相當重視客觀性原則；認爲同業不重視的，只有不到五分之一的受訪者。這個結果和歐美地區新聞人員的調查結果相仿(Donsbach and Klett, 1993)。此外，與解嚴之前的新聞客觀報導相比，有一半以上的受訪者認爲新聞報導更客觀，另有五分之一卻認爲反而退步了；這個結果與早先王石番敎授對一般民眾所作的調查結果頗爲接近。

　　至於新聞難以客觀的原因，有七成以上的受訪者歸咎於報社立場和個人意識形態；此外也有許多受訪者認爲專業素養、人格特質與個人文化背景是使新聞報導不易客觀的原因。與李月華（民75）調查所得結果比較，人格因素的重要性明顯降低。相對的，報社立場卻躍居第一位，成爲受訪者心目中新聞報導不客觀最主要的原因。

　　固然，一次訪問的結果不足以下定論，但是由這一項發現來看，解嚴之後，危害客觀性原則者，似乎不是個別的新聞工作人員，而是新聞媒介。這對於報業主導權由政、「金」掛帥的臺灣而言，毋寧是另一個警訊。

　　此外，對於國內新聞界實現專業理想的情況，則有一半以上表示不滿意；滿意的只有7%。這個結果又與學歷有密切的關連；學歷愈高的受訪者，也愈傾向對現況不滿。

綜觀上述調查結果，我們可以確定，國內在解嚴之後，多數的報業新聞工作人員仍然肯定客觀性原則的可行性與重要性。他們不認為客觀性原則與深度報導（或負責任的報導）之間有任何衝突。但由數據中所顯現的幾個現象，包括年輕、不具專業背景受訪者對於客觀性價值以及可行性的態度、部分受訪者認為解嚴之後新聞更不客觀、以及影響新聞客觀性的組織等因素來看，客觀性報導的未來演變值得後續研究繼續探討。

注釋

❶記者工作自主權（autonomy），對新聞報導客觀性亦頗有影響。鮑華士
（Bowers, 1967）研究發現，報業發行人因本身的興趣及背景，易對自己報紙
的新聞部門「特別」關注；而當事件發生地點愈近或新聞愈具爭議性時，發行
人對新聞干預愈多。發行人常明白地表達自己對新聞內容、及應如何呈現
（display）新聞之看法。

西高文（Sigelman, 1973）則認為，科層組織，如記者之上司，會對新聞品質
作「品管檢查」（quality-control check），因而影響到新聞報導觀點。《聯合
報》與《中國時報》兩報系因競爭關係，向有心結（《新聞鏡》，第256期），未
知在此事報導上，層峰意見是否是個中介因素似堪研究。參閱：

黃天才（民82）：〈心中有自由，筆下有責任——由王惕老退休兼憶諸賢對新聞
事業的貢獻〉，《新聞鏡》，第256期（10月4～10日），頁22。

Bowers, D. R.

1967 "A Report on Activity by Publishers in Directing Newsroom
Deciscion," *Journalism Quarterly,* Vol. 44, No. 1 (Spring). pp. 43
～52.

Sigelman, L.

1973 "Reporting the News: An Organization Analysis," *American
Journal of Sociology,* No.79. pp.132～51.

❷在李月華的碩士論文之前，當然也有客觀性的相關研究與介紹。例如，早在民
國46年時，朱鑫已在《報學》為文介紹〈新聞的客觀性〉（2卷2期，12月，頁36-8）。
而報界前輩曾虛白先生，更及時繙譯了麥克里羅（Ken Macrorie）所撰寫的
〈客觀存廢論〉（Objectivity: Dead or Alive）。該文登於1959年春季的新聞
季刊》（*Journalism Querterly*），曾文則登於《報學》第2卷第5期上（民48，
9月），詳見前說。

參考書目

(1)中文參考書目

王石番 (民79):〈臺灣地區民眾對報紙內容評價民意調查報告書〉上、
　　下,《民意》(新聞信), 第150期 (6月)、152期 (8月)。臺北:
　　民意月刊社。

何穎怡譯 (1993):《探索新聞: 美國報業社會史》。臺北: 遠流。

李月華(民75):《我國報社編採工作者新聞客觀性認知之研究》。臺北:
　　國立政治大學新聞所碩士論文。

林照眞(民76):《新聞報導實例探討新聞客觀性之體現》。臺北: 國立
　　政治大學新聞所碩士論文。

彭家發 (民81b):《基礎新聞學》。臺北: 三民書局。

黃新生(民76):《媒介批評——理論與方法》。臺北: 五南圖書出版公
　　司。

吳志新(民76):〈農藥與米酒的戰爭〉,《新新聞周刊》(3月23~9日)。
　　臺北: 新新聞周刊社。頁71~2。

鄭瑞城 (民72a):《報紙新聞報導之正確性研究》。臺北: 國立政治大
　　學新聞所 (行政院國科會七十年度專題研究報告)。

謝瀛春 (民77):〈傳播媒體做到公正客觀了嗎?〉, 國立政治大學新聞
　　系主編,《媒介批評》。臺北: 臺灣商務印書館。頁105~6。

(2)英文參考書目

Defleur, M. L. & E. E. Dennis

1981　*Understanding Mass Communication.* Boston: Honght-
　　on Mifflin Co.

Dennis, E. E., & William L. Rivers.

1974　*Other Voices: The New Journalism in American.* San

Francisco: Canfild.

Donsbach, Wolfgang.

1983　"Journalists' Conceptions of Their Audience. Comparative Indicators for the way British and German Journalists Define Their Relations to the Public," *Gazette,* Vol, 32. pp. 19-36.

Donsbach, Wolfgang & Bettina Klett.

1993　"Subjective Objectivity. How Journalists in Four Countries Define a Key Term of Their Profession," *Gazette,* Vol. 51, No. 1. pp. 53-83.

Flachsenhaar, James & Jonathan Friendly.

1989　"What Editors Want: Writers and Skeptics," Report of The APME Journalism Education Committee, Oct, 10.

Gans, H. J.

1979　*Deciding What's News.* N.Y.: Free Press.

Hackett, R. A.

1991　*News and Dissent: The Press and the Politics of Peace of Canada.* N.J.: Ablex Publishing Co.

Lichtenberg, J.

1991　"In Defense of Objectivity," in James Carran & Michael Garevitch, *Mass Media & Socitey.* N.Y.: Edward Arnold. p.216.

Phillips, E. Barbara.

1977　"Approaches to Objectivity: Journalistic vs. Social Science Perspectives," in Paul M. Hirsch et al., eds., *Strategies for Communication Research.* Calif: Sage Publications, Inc. (Sage Annual Reviews of Communication Research Vol. 6)

Rosenthal, A.

1987 "Minding Our Own Business," *New York Times* (April, 12.)

Rosten, L. C.

1937 *The Washington Correspondents.* N.Y.: Harcourt Brace.

Schudson, M.

1978 *Discovering the News: A Social History of American Newspaper.* N.Y.: Basic Books.

Tuchman, Gage.

1972 "Objectivity as Strategic Ritual: An Examination of Newspaper's Nations of Objectivity," *American Journal of Sociology,* Vol. 77, No. 4. pp. 660-79.

Weaver, David & C. Cleveland Wilhoit

1986 *The American Journalist. A Portrait of U. S. Newspapers and Their Work.* Bloomington: Indiana University Press.

第六章　客觀性寫作的形式條件

時至今日，客觀性理念仍然不斷受著各種抨擊，有些更顯得十分激烈；有些學者認爲客觀性根本是智慧上不可能達成的要求。尤有甚者如前章所述，有人認爲全是個騙局，只是一種「策略性儀式」(Tuchman, 1972)，是新聞界用以搪塞批評以及質疑的手段。也就是說，既然主觀在事實上無法避免，就令人懷疑它的效用。正如舒德遜所指出 (何穎怡, 1993: 160)：

> 一旦新聞界接受了新聞呈現很難克服的主觀限制之後，客觀在新聞界就淪爲純理想了。

對某些新聞人員而言，「純理想」與「夢想」之間，不過一線之隔。研究新聞報導的學者羅斯坦甚至直言：「新聞學的客觀性並不比夢境的客觀性更可能達成」(Rosten, 1937: 5)。面對這種不調和的局面，狄弗勒與丹尼斯有過這樣的描寫 (Defleur & Dennis, 1981: 431)：

> 1950年，《華盛頓郵報》的巴斯 (Alan Barth) 傲然寫道：「客觀性是美國新聞界最光榮的傳統」。十九年之後《哈堡快報》的卜拉克仍持相同的說法：「只要我們高舉客觀性的旗幟，就可以把工作作好……」。然而，與此同時，客觀性的理想也飽受物議。1960年代末期，許多人批評說：「客觀性不存在。人類不能完全客觀，每個人都是主觀的，新聞工作者並不例外」。NBC的布林

克列(David Brinkly)，甚至認為客觀是無法達到的目標，於是呼籲記者改以公平作為標準。」

批評的儘管批評，基於前述社會道德理念、新聞事業的目標、新聞機構的榮譽感、新聞教育機構的認同與鼓吹、新聞工作者的技術性成就、甚至新聞學者的批評與督促、以及閱聽人的需求等等因素，在目前、或者可見的將來，爭議了近半個世紀的客觀性新聞報導方式，仍將是新聞報導形式的主流，似無持乎龜箸。如果這個看法不悖情理，餘下來的問題便是，到底客觀性新聞報導的形式條件標準何在？

實踐客觀性原則的方法

事實上，今天大多數的人都同意，百分之百的客觀難以達到。芬蘭新聞學教授希瑪納斯（Hemanus, 1976）認為，記者無論如何小心謹慎地客觀報導，也不能對「客觀性」打包票。不過，他認為只要有「客觀性真實」的存在，則客觀新聞還是有可能產生的。換句話說，只要前提成立，則我們還是可以經由實務上的方法與技巧，來盡量努力。客觀性新聞應該是由它的執行方式來定義其成敗關鍵；不在於新聞記者的素質，而在於原則的掌握。這些原則包括

1.忠於事實

根據丹尼斯與狄弗勒（Dennis & Defleur, 1991）的觀察，記者通常將客觀報導的原則化約成以下三個寫作方針：

(1)意見與事實分離；

(2)呈現的新聞不含感情；

(3)努力作到公正、平衡、並給予雙方回應的機會，以提供閱聽人全部的資訊。

此外，羅文輝與法治斌（民82）在談到客觀報導意涵時，綜合博

耶、丹尼斯等人的研究結果，又歸納爲四項可以實踐的要點：

⑴平衡與公正地呈現事件或問題的全貌。

⑵正確的報導。

⑶把意見與事實分離，使報導得以中立且不含主觀感情。

⑷適當引述雙方或各方論點。

　　上述兩套原則大多強調事實與意見的分離，和平衡、正確的報導。假如僅從相信「事實」、崇尚「事實」的理念出發（Schudson, 1978），也就是將「事實」與「意見」劃分，除去個人的價值觀（Gans, 1979），則客觀性新聞報導的形式條件，就不難界定。例如，擔任過《紐約時報》編輯多年的盧森紹（Rosenthal, 1987）就曾說過：

　　「當吾人能做到純客觀性時（pristine objectivity），他們卻視之爲理所當然。每位新聞工作者永無止境地追求公正，而他們玩這種把戲，有夠得上老練。把你所寫的新聞中人物名字，換上你的名字，如果你膽敢說，事實的確如此，但我將受到傷害，而裡頭又沒有影射或匿名攻擊的話，你的報導就是公正的。如果不是這樣，重寫一次」。

2.正確性與可靠的消息來源

　　但事實上，達到客觀性的要求卻並非如此簡單。事實與意見的分離之外，正確性、以及有助於達到正確性目的的「可驗證性」（testability）也是重要的考慮。在希瑪納斯歸納執行客觀性的「次因子群」（sub-factors）中，第一項便是可驗證性，其次才是眞實性（truthfulness）以及資訊性（informativeness）❶。

　　「可驗證性」雖然是科學方法上的概念，在新聞寫作上卻也可以找出實踐的方法。哈克特（Hackett, 1991）就曾經特別指出，客觀性報導應該經常運用檔案報導的方式（documentary reporting），好使記者得以將可以看到的、有實際證據支持的，而且又是經過「被認可」的事實，傳輸給大眾。

　　檔案是新聞的來源之一，記者也可能由別處獲得新聞。但不論新聞的價值如何，記者都有義務確定來源的可靠性。哈克特（Hackett, 1991）曾經指出，無論是消息或評論，記者必須尋找適合的消息來源，諸如擁有專業知識的人，機構的代表，或者是報導事件的當事者。

3.平衡處理資訊

　　在上述丹尼斯與狄弗勒、羅文輝與法治斌所提出的客觀性原則中，另一重要實踐要素是平衡處理新聞報導。但是此處所指的平衡，顯然與傳統客觀性所要求的表面平衡有別，而應該更接近克萊德曼（Stephen Klaidman）與彪燦（Tom L. Beauchamp）的解釋。

　　克萊德曼與彪燦從執行的道德層面去解釋客觀性，認爲記者有義務與新聞保持一段「專業距離」（a professional distance），又從而引伸出客觀性包括「平衡」的概念（Klaidman & Beauchamp, 1978）。不過，克萊德曼與彪燦所說的在「思索和報導上的平衡」，並非爲了平衡而強作平衡；他們指的是「理性的平衡」（balance of reason），也就是使用一種公平的程序，對事件或議題的各種不同立場，妥作衡量和比較。所以，如果記者只是肯定事件中各造存有差異，則縱然用上了「一套等量齊觀的引語」（a set of balanced quotations），也不見得就等於澄清了報導中的事件，或達到了平衡的目標。

4.祛除偏見

　　除了把不客觀歸於欠缺適當的消息來源外（Walker, 1989），也有學者用「偏見」（bias）來反證客觀性的種種條件。因爲偏見報導不但將事實扭曲，更偏離了諸如正確、客觀和平衡之類的價值。所以，一則報導會存有偏見，其中被歪曲了的資訊，一定與作者或編輯的價值觀有關（Klaidman & Beauchamp, 1978）。但是，所謂偏見又是甚麼呢？

　　研究美國威斯康辛州報刊自1852～1916年總統、副總統競選報導

有素的邵當勞（Shaw, 1967），發展了一個「偏頗（biased）新聞」與「非偏頗（unbiased）新聞」的操作定義：

> 一則偏頗新聞就是……文中包含了價值觀的敍述，致令讀者……產生正面或負面感覺的整體印象。而一則非偏頗新聞，不管在價值觀的敍述上，使用包含了形容詞、副（助動）詞、名詞、動詞、片語甚或整句陳述，卻不會產生類似正面或負面的感覺（頁 5）。

伊楓（Efron, 1974）在她的《歪曲新聞的人》（*The News Twisters*）一書中，一開始就提及偏見是「帶有特殊意涵的語彙」，是「在特殊的政治情境中，一種特殊型態的選擇過程」；要分析它，就必得清楚地了解甚麼叫政治性偏見，以及它的肇因何在（頁4）。賴非凡（Ernest W. Lefever）在評論CBS報導越南電視新聞上，也用「偏見」一詞，以突顯其「反權威」、「反既存體制」的公然偏頗（引自Williams, 1975）❷。

一般人會將偏見視爲「在新聞節目中的不公平」現象，特別是扯謊、扭曲，以及誇大其辭（Hofstetter, 1976）。但在消費者主義抬頭，閱聽人責任興起的年代中，史提芬遜與關尼（Steveson & Greene, 1980）在研究選舉新聞偏見時就已指出，若從讀者立場去衡量，可能「偏見就是不正確」的說法已經不管用了。他們認爲，在選舉中，所謂的新聞偏見是有系統地對某個候選人、某黨、政爭的某一方，長時間地給予差別待遇；也就是說，在意見市場中，偏見是未能同等地對待所有聲音。

不過，媒介若是同等對待所有競爭者，勉強給予他們同等版面、時段和內容，則又會招致批評，指責媒介扭曲了實際上存在的差異

——這又是另一種的偏見。所以，以偏見來論證客觀性，有時會鑽入牛角尖裡，有欠周延。

5.完整性

丹尼斯與韋化（Dennis & River, 1974）曾經說過，最好的客觀報導，是涵蓋一個事件所有面向的報導。準此而言，有些新聞學者曾經嘗試歸納出客觀性新聞報導在寫作上的一些形式條件（黃新生，民76; Dorfman, 1984; Turow, 1984）：

△以倒金字塔結構，在首段（導言）摘述基本事實；

△以「五何」來報導（what, when, who, why, where and how）；

△以第三人稱（語氣）來報導；

△強調可以查證的事實；

△不採取立場；

△至少表達新聞故事的兩面。

我國傳播學者、也是資深新聞工作者黃新生，認為這樣的作法行之有年，已成為新聞製作的一個例行程序；而所謂之新聞報導客觀性，就是指記者依照這套程序蒐集事實。也就是說，新聞工作者所謂的客觀性，等於是支配工作的例行規則；而且唯有遵行這套形式規則，才能談客觀性（黃新生，民76）。

總而言之，講求周延的人，可以在上述「實踐客觀性原則的要素」清單上，繼續發展下去。而嚴格來說，本來就沒有人能夠明確地指出，究竟有多少要素是實踐客觀性所不能或缺者。同樣的，也沒有人能保証即使作到上述的每一點，客觀性的目標就必然可以達成。如前所述，經過擾擾嚷嚷的數十年，事實上大多數人已經認識到要達到完全客觀並不可能。但是，在此處所不能不強調的一點，是百分之百的客觀不可能，但並不意味我們應該將這項原則拋諸腦後，其理由顯而易見。

首先，客觀性過去所招致的批評當中，包括膚淺與不負責任的報

導態度，可以說是原則在落實到新聞工作的過程中，產生偏差的結果，不能視爲拋棄原則的理由。何況，根據本章上述的討論，這些缺點並非沒有改進的可能。客觀性原則的價值，應該在於其完整的體現。

其次，客觀性原則雖然不可能完全實現，但是作爲新聞業努力的目標而言，其要求並非不合理。事實上，環顧四周，我們時時刻刻努力、希望達成、卻又幾乎從未達成的目標不勝枚舉。以法律的訂定與施行而言，人類社會的公理與正義是它的終極目標。然而自有人類歷史以來，似乎還沒有任何一套法律、或法律制度，能夠被公認是百分之百地達成了它的使命。但是，我們並沒有看到人們因此而排斥公理與正義。

由客觀性原則在炮聲隆隆中存續不絕的事實來看，至少在最近的將來，它將繼續保持其獨特的專業地位。而最主要的原因，可能還不只是上述的兩項，而是人類本性中，便有不斷追求眞理的慾望，而客觀性原則正巧符合了這種慾望的要求。

注釋

❶希瑪納斯指出芬蘭廣播公司（Finnish Broadcasting Company）已將新聞資訊性準則，列為芬蘭廣播電視臺的守則（guiding principles），其中包括兩大要點：⑴新聞之重要性，在於其所報導之事項，不管直接或間接是否影響到閱聽人的生活。至於閱聽人本身，是否知曉這種影響，則不必擔心。⑵新聞必需有一定的重要性。也就是，它必需是可能影響到最多數的閱聽人，才是新聞。所以，如果影響只及少數人的生活的事件，就沒有甚麼新聞價值了。

❷說也奇怪，曾經在英文《讀者文摘》（*the Reader's Digest*, No.104）為文，認為電視新聞充滿偏見的伊史坦（Epstein, 1973），卻並沒為偏見下一定義，只提出電視的「傳播偏見（communication bias）」，是一種主張。由於媒介本身的特性，例如，使用帶有價值字眼，與必有選擇性製碼過程（selective encoding）等，所以有些學者接受了「電視是無法避免偏見」的「宿命」（given）看法（Frank, 1973），因而希望透過媒介本身特性之內在因素，以及正式及非正式的外在社會機關守則，來改善偏見，使之成為一定程度的「可以忍受的偏見」（tolerable bias）（Barrom, 1971: Williams, 1975）。參閱：

Barrom, Jerome

1971 "From Fainess to Access," in Marvin Barett, ed., *Survey of Broadcast Journalism 1970-1971.* N.Y.: Crosset & Dunlap.

Epstein, Edward Jay

1973 *News from Nowhere: Television and the News.* N.Y.: Random House.

1974 "The Strange, Tilted World of TV Network News," *Reader's Digest* No.104（Feb.）. pp. 142-6.

Frank, Robert S.

1973 *Message Dimensions of Television News.* Mass.: D. C. Heath.

在歐美新聞學上，偏見一詞是指"bias"，而非"prejudice"，因為後者是「對一個人表示嫌惡和敵視的態度，只因為他屬於某一個群體，就認為他也有那個群體所有的、討厭的特質」。見汪琪譯（民62）：《偏見的故事》。臺北：三山出版社。（原著：G. W. Allport, *The Nature of Prejudice*）。

參考書目

(1)中文參考書目

何穎怡譯（1993）《探索新聞：美國報業社會史》。臺北：遠流。

黃新生（民76）：《媒介批評——理論與方法》。臺北：五南。

羅文輝、法治斌(民82)：《新聞報導與誹謗》(亞洲協會專題研究報告)。
　　　臺北：國立政治大學新聞及法律研究所。

(2)英文參考書目

Defleur, Melrin & E. E. Dennis.

1981　*Understanding Mass Communication.* Boston: Honght-
　　　on Mifflin Co.

Dennis, E. E. & William L. Rivers

1974　*Other Voices: The New Journalism in America.* San
　　　Franciso: Canfield.

Dorfman, R.

1984　"The Objective Posture," *The Quill.* pp. 29-32.

Efron Edith.

1972　*The News Twisters.* Los Angeles: Nash.

Gans, Herbert J.

1979　*Deciding What's News.* N.Y.: Free Press.

Greene, Mark T. & Stevenson, R. L.

1980　"A Reconsideration of Bias in the News," *Journalism
　　　Quaterly,* Vol. 57, No. 1 (Spring). pp. 115-121.

Hackett, R. A.

1991　*News and Dissent: The Press and the Politics of Peace
　　　in Canada.* N. J.: Ablex Publishing Co.

Hemanus, Perttic.

1976 "Objectiving in News Transmission," *Journal of Com-munication*, Vol. 26, No. 3 (Antumn). pp. 102-107.

Hofstetter, C. Richard.

1976 *Bias in the News Network Television News Ckoverage of the 1972 Election Campaign.* Columbus: Ohio State University Press. p. 206.

Klaidman, Stephen & Tom L. Bearchamp.

1987 The *Virtuous Journalist.* N.Y.: Oxford University Press. pp. 44-50.

Rosenthal, A.

1987 "Minding Our Own Business," *New York Times* (April, 12).

Rosten, Leo C.

1937 *The Washington Correspondents.* N.Y.: Narcourt Brace.
(轉引自何穎怡, 1993: 158)

Schudson, M.

1978 *Discovering the News: A social History of American Newspaper.* N. Y.: Basic Books.

Shaw, Donald L.

1967 "News Bias and the Telegraph: A Study of Historical Change," *Journalism Quarterly,* Vol. 44, No. 1 (Spring). p. 5.

Tuchman, Gaye.

1972 "Objectivity as Strategic Ritual: An Examination of Newspaper's Nations of Objectivity." American; *Jour-*

nal of Sociology, Vol. 77, No. 4, pp. 660-79.

Turow, J.

1984　*Meida Industries: The Production of News and Enter-tainment.* N. Y.: Longman, Inc.

Williams, Alden.

1975　"Unbiased Study of Television News Bigs," *Journal of Communication,* Vol. 25, No. 4 (Winter), pp. 190-9.

Walker, Leeanna

1989　"Priest Admits Lying About Development," *Editor & Publisher* (Aug., 19). p. 4.

附錄一(A)：民國71年12月1日～76年12月1日（《新聞評議》月刊第96期～156期），新評會所決議之報導內容，欠公正客觀事件一覽簡表：

1. 期別：98期／72. 2. 1.
事件：雷電華傳播公司陳訴《聯合報》記者專稿（71. 8. 22.，第12版），指責中國電視公司節目「週三掃描線」為廠商作宣傳，流於「節目廣告化」，並指責當時節目部經理王世綱任用子弟兵負責製作該節目。

問題語句摘舉：……王世綱『內舉不避親』，安排為自己所有的……製作工作／以王世綱子弟兵負責製作的……／最近更在友臺間引起『節目廣告化』之譏／

決議：裁定失實、不客觀，違反「中華民國報業道德規範」第二、「新聞報導」第一條之規定──（故）新聞評論應求公正客觀。

2. 期別：106期／72. 10. 1.
事件：臺灣省桃園市敏盛醫院陳訴《民眾日報》報導該綜合醫院，一連串之醫療糾紛報導中（72. 5. 18），報導失實，有違新聞報導客觀公正原則。

問題語句摘舉：楊敏盛醫院醫死病患／把病患醫死了不還錢／（標題）／在短短的二年期間，竟發生數件醫療糾紛，其中不外醫師本身操守不良，亦成醫治過程失錯等／說不定抬棺抗議／

裁決：裁定失實、不客觀，違反「中國新聞記者信條」第五條及「報業規範」第一、第二條──（故）新聞報導應保持超然公正立場。

3.期別：113期／73. 5. 1.

事件：臺南縣南鯤鯓代天府管理委員會陳訴《中華日報》南部版報導
　　　「南鯤鯓廟義警，打人引起非議」(72. 10. 5, 第8版)等之新聞
　　　報導不實。

問題語句摘舉：……義警人員，明爲維持交通管制，實際上則欺壓良
　　　　　　　民……／一名兜售香紙者，被……值勤的義務警察，
　　　　　　　打成重傷，……很多情民都同情被害人，紛紛指責義
　　　　　　　警太狠，尤其對管委會當義警傷人後不聞不問，表示
　　　　　　　相當憤慨，……利用義警欺壓, 不是管理的方法……／

裁決：片面之詞，違反「報業道德規範」——(故) 報導紛爭之事應注
　　　意平衡。

4.期別：132期／74. 12. 1.

事件：臺北縣警察局永和分局，陳訴《中國時報》，於74年3月至4月間，
　　　刊載該報駐永和市記者，八篇涉及該局及分局長之報導，涉嫌
　　　誣衊，人身攻擊，歪曲失實，以及未予平衡報導。

問題語句摘舉：永和警分局長太搶功，被指嚴重影響基層刑警士氣／
　　　　　　　偵辦大案樣樣慢半拍，永和刑警個個沒面子，分局長
　　　　　　　神秘問案啥都沒問出／熱心義警掀『家醜』,竟被取消
　　　　　　　職務／

裁決：《中國時報》未顧及另一說法，違反「道德規範」——(故) 報
　　　導公衆事務應注意公正平衡。

5.期別：143期／75. 11. 1.

事件：宜蘭警分局長，陳訴《臺灣新生報》報導宜蘭與礁溪交界處一
　　　宗感情糾紛情殺案時，報導不實（〈宜花東版〉75. 7. 21., 第5

版）。

問題語句摘舉：情殺案燙手山竿，警方偵辦相推諉／

裁決：《新生報》未適當反映警方觀點，有失公正客觀，違反「報業道
　　　德規範」。

6. 期別：148期／民76. 4. 1.

事件：臺東縣長陳訴《臺灣時報》「縣長罵鄉長」之新聞及特稿內容不
　　　實（75. 12. 1, 第7版）。

問題語句摘舉：選舉時不聽話　縣長罵大武鄉長（烏賊）　大武地方
　　　　　　　建設　從此沒經費／選舉恩恩怨怨禍延地方　縣長鄉
　　　　　　　長對罵貽人笑柄／

裁決：未兼顧涉及紛爭雙方當事人之說詞，違反「報業道德規範」
　　　──（故）新聞報導不得偏頗。

7. 期別：150期／76. 6. 1.

事件：藝術學院蔡奎一、北師專郭長揚及輔大陳莉琳三位教授，陳訴
　　　《中國時報》報導「桃園縣音樂比賽」兒童鋼琴組初賽之新聞，
　　　謂「受教子弟參加比賽，指導老師當評審　裁判一度不曾迴避
　　　門生　家長誤為護航議論紛紛」（75. 12. 19, 第6版），報導不
　　　實。

問題語句摘舉：評審顯有不公／評分不無受影響之嫌

裁決：初賽時有蔡教授學生參賽，蔡教授並未迴避，故蔡教授投訴部
　　　分不成立；至謂郭、陳兩位教授「評分不無受影響之嫌」，「顯
　　　有不公」，則失於主觀，有欠公允，裁決成立──（故）新聞報
　　　導應公正客觀。

8.期別：152期／76. 8. 1.

事件：宜蘭縣便當（飯盒）商人，陳訴《臺灣新聞報》礁溪記者涉嫌以不實特稿，公報私怨，謂渠「濫竽充數／便當學子遭殃／營養午餐變了樣家長震怒／食不下嚥學子營養不良盼校方改善」（76. 3. 3, 第7版），並非事實。

問題語句摘舉：……最近發現所售便當有營養不良現象，竟有如喪家辦喪事所提供的點心炒飯……／□姓家長（實即該記者與該校亦有心結）極為不滿的表示，……礁溪國小竟罔顧學童的生命安全，實有草菅人命之虞……／

裁決：投訴成立，違反「報業道德規範」新聞記者對涉及本身利益之事件，在自己服務的報紙撰寫新聞報導夾敘夾議，顯有利用記者地位攻擊他人之嫌，悖乎公正客觀之立場。——(故)記者報導涉及本身事件應公正客觀。

9.期別：152期／76. 8. 1.

事件：桃園縣議員黃女士，陳訴《民眾日報》以只刊其姓氏方式，刊登「民代假公濟私」新聞，涉嫌誹謗她及作人身攻擊（76. 3. 12, 桃竹苗版）。

問題語句摘要：民代假公濟私，廠商難敵特權，泰山壓頂／黃姓女縣議員……經常活動於各單位……／多位合法廠商業者由於經常被黃姓女議員切斷生意……／……經常利用職務上關係，向縣政府、市公所等單位『推薦』體育用品或是紀念品訂製，使得其他合法廠商業者失去『公平竟爭』機會／……利用本身職權來『壓人』……令許多承辦的庶務人員不得不從命／

裁決：未述明當事人之全名，有違新聞寫作原則，跡近逃避責任；新

聞未經查證，缺乏當事人說詞，即行刊出，違反「報業道德規
範」——（故）新聞未經查證屬實應暫緩刊出。

附錄一⑻: 民國77年元月10日～81元月10日（《新聞評議》
月刊第157期～217期），新評會所決議之報導內
容，欠公正客觀事件一覽表

1. 期別: 161期／77. 5. 1.

事件: 澎湖縣議會陳訴《臺灣新生報》(76. 12. 8, 21.)、《青年日報》
(76. 12. 8.) 兩報，報導澎湖縣公共車船管理處經費問題時，
有「歪曲失實」、「用詞欠當」之嫌。

問題語句摘舉: 以……撤換現任處長□□□為要脅……／任由縣議員
……操縱議案審理／……採『玉石俱焚』的態度
……／此一公私不分作法……／……以懲罰縣府未遵
照某位議員的意思……／

裁決: 違反「報業道德規範」──(故) 新聞報導應避免主觀論斷。

2. 期別: 166期／77. 10. 1.

事件: 前立法委員周大業，陳訴《聯合報》連續刊登新聞及特稿 (76.
7. 16～77. 3. 28)，報導有關臺北縣政府徵用其妻、子所有之地
路、地上物之補償，及他與攤販間糾紛等問題，「混淆視聽」、
「違反平衡公正原則」、「嚴重傷害當事人之聲譽」。

問題語句摘舉: 地主領了補償，一走了之? 縣府貿然發放，埋下糾
紛!／周大業不見了,市公所大輸家／承租戶違約? 沒
收保證金! 周大業寄發存證函，攤販看了一頭霧水／

裁決: 未向周大業查詢求證，遽以為文報導，有誤導作用，對陳訴人
有欠公平，違反「報業道德規範」──(故) 新聞標題不得有誤
導作用。

3. 期別：167期／77. 11. 1.

事件：臺南縣東山鄉南溪村五地主，陳訴《臺灣時報》在報導龜重溪堤防徵收用地新聞及撰寫特稿時(77. 3. 13, 20, 22)，歪曲事實，並作不恰當推論。

問題語句摘舉：……據悉除了『錢』的問題之外，恐有意氣用事因素……據側面了解顯有『獅子大開口』的意思……是『另有意思』，可能係『爲反對而反對』／……部分係認爲鄉公所所提補償金額太少，或因『某種緣故』而反對者……／部分地主『惡意缺席』／

裁決：推論過當，未給當事人表白立場機會，違反「報業道德規範」──(故) 新聞報導不應作不恰當推論。

4. 期別：169期／78. 1. 1.

事件：中華電視臺 (華視) 節目部經理，陳訴《中央日報》詆誨該臺爲提高連續劇「命運的鎖鍊」一劇的收視率，而「不擇手段欺騙觀衆」(77. 9. 4, 5, 6)，涉嫌報導不實。

問題語句摘舉：命劇開天窗，爲這回事；製作人瞎扯，胡亂耍噱頭／……所引起的風波，其實從頭至尾都是華視節目部與製作人……兩人聯手策劃的宣傳伎倆……／炒新聞穿幫，(節目部經理)挨罵；面子掛不住，乾脆提辭呈／宣傳伎倆，目前已被新聞界揭發／……並誇大其實，渲染有開天窗的可能／

裁決：所報導缺乏新聞來源，報導夾敍夾議，新聞中加入個人意見並作嚴厲批評，標題太過煽情，對陳訴人有欠公平，違反「報業道德歸範」。

5.期別： 173期／78.5.1.

事件： 臺北市議會陳訴《中時晚報》(78.1.28.)，在報導還在調查中
之榮星（花園）開發投資舞弊案時，涉嫌主觀認定某議員受賄，
圖利他人瀆法行爲。

問題語句摘舉： 與……有可疑財物來往關係，……收過支票，否認涉
案／……而被列爲偵辦榮星案『特定對象』的市議員
……／此次扯上『榮星案』，……頻頻叫屈，……和榮
星案有關，使許多人大吃一驚／

裁決： 主觀認定，違反「報業道德規範」──（故）新聞眞象未明前應
暫緩報導。

6.期別： 174期／78.6..1.

事件： 新評會主動評議《自立早報》一篇該報北京特派員在北京發稿
之特稿〈採訪沒兩手，胡攪第一流〉(78.4.22,第2版)，指陳
該稿以偏概全，夾敍夾議，且語多渲染有損他人名譽。

問題語句摘舉：(有關以偏概全、有失客觀公正部分)： ……長期以來，
臺灣的官營新聞媒體一直扮演著統一思想言論……／
臺灣的官方新聞媒體……報導大陸群衆運動……不惜
顚倒是非黑白／大多數臺灣官方記者也總是受同行輕
視或同情，一般民營報社記者早已認定官方記者不可
能有理想的表現／……使得這些官方記者……顯得寒
傖甚多，不禁令人覺得非常可憐／一向慣於服從『按
指定方針』報導的官方記者，是沒有膽量不服從上面
的命另。……『閹割』過的官方記者，可能也不敢到
群衆運動的現場進行採訪，一如他們在臺灣一樣／

裁決： 違反「報業道德規範」──（故）新聞記者應有高尙品格，不挾

私報仇，不揭人陰私。

7.期別：178期／78.10.1.㈠

事件：國防部軍事新聞通訊社（軍聞社）陳訴《自立早報》在緩頰天
　　　相出版公司刊行之《九〇年代臺灣前途主導人物》之〈軍人篇〉
　　　涉法問題時（78.6.20，第1版），謂「軍方干涉新聞自由」，
　　　該書資料完全根據軍聞社發布資料爲主，不涉及軍事機密之說
　　　法不實，妨害其名譽，並不作更正處理。該社從未發布過國軍
　　　將校人物誌新聞。

問題語句摘舉：欲加之罪，何患無詞　根據軍聞社資料撰寫成書，何
　　　　　　　干軍機／

裁決：未向軍聞社求證，片面採信、引用被控妨害軍機的天相出版公
　　　司相關人士說法，忽視軍聞社辨白與說明機會，違反「報業道
　　　德規範」——（故）媒體應維護平衡報導的眞精神。

8.期別：178期／78.10.11.㈡

事件：新評會主動評議《臺灣時報》僞造（當時）民進黨臺北縣候選
　　　人，前往三芝鄉拜訪李登輝總統尊翁李金龍老先生之「圖與文」
　　　一幅（78.8.28，第2版）。

問題語句摘舉：……昨日下午專程到……，兩人問話家常，相談甚歡，
　　　　　　　李老先生說到高興處豎起大姆指說一聲『讚』（行）／

裁決：照片爲移花接木，經竄改後刊出；說明長達一百二十字，全爲
　　　僞造，違反「報業道德規範」——（故）新聞首重客觀眞實。

9.期別：180期／78.12.1.

事件：新評會主動評議78年8月10日爆發「第一高爾夫球場弊案」（球

場弊案），其用地取得，懷疑有人情關說及官商勾結成分，其後，某些報紙報導洵不知客觀爲何物。

問題語句摘舉：……已有『關說前科』應立即更換職務╱……他還有甚麼資格再當法務部長？╱天讚我不讚……實應認眞考慮去留之道╱部長爲何拭汗

裁決：違反「報業道德規範」──（故）新聞報導應力求客觀翔實：未判決案件宜避免暗示臆測，以免誤導大衆影響公平審判。

10. 期別：180期／78. 12. 1.

事件：新評會主動評議某些媒介，在報導78年8月上旬，發生在南太平洋涉及大陸船員的「東群壹號漁船命案」之後續新聞時，僅憑其單方面之對嫌犯訪問，即競相刊播之缺失。

問題語句摘舉：（以報刊爲例）：面對鏡頭激動悔恨腿發軟，三大陸漁郎對未來茫茫然（《青年日報》，78. 8. 8, 第5 版，標題）╱……更不時低頭拭淚，似乎有著無限的悔恨與委屈（《青年日報》，同前，內文）╱魚刀戳破三個夢，親情、戀情、前程，……爲改變命運而奮鬥卻面對不可知的未來（《聯合報》，78. 8. 9, 第3 版，標題）╱……一出機場……想到大陸女友……母親……忍不住掩面痛哭（《聯合報》，同前，內文）╱

裁決：僭越司法，可能妨害讀者對客觀事實的瞭解，進而產生錯覺，違反「報業道德規範」──（故）新聞應報導應避免激情感性。

11. 期別：183期／79. 3. 1.

事件：李敖陳訴《自由時報》，刊登「李換（煥）『鴨子划水』，高！」之不實報導（78. 10. 28, 第2 版），對其孤傲形象，有所詆謗。

問題語句摘舉：……日前，東北籍國代……取媳婦時，李煥夫婦破例
　　　　　　　　到場祝賀。席間，李敖突然出現，並和李煥親切擁抱，
　　　　　　　　引起現場一陣騷動／

裁決：此報導未經求證，以訛傳訛，並非事實，違反「報業道德規範」
　　　——（故）新聞報導應本實事求是。

12. 期別：191期／79. 11. 1.

事件：臺灣北區電信管理局一羅姓女業務員，陳訴《聯合報》(79. 2.
　　　6, 第9版) 在報導她與別人發生糾紛時，作片面引述，新聞不
　　　予查證，即遽以報導。

問題語句摘舉：□女指責羅女利用上班時間溜班炒股票／羅女礙於
　　　　　　　　「公務員壓力」同意賠償□女兩萬元／

裁決：內容失實，違反「報業道德規範」——（故）媒體應遵守平衡報
　　　導原則。

13. 期別：201期／80. 9. 10.(一)

事件：花蓮憲兵司令部陳訴《自由時報》花蓮記者，在報導花蓮憲兵
　　　隊與花蓮縣警局玉里派出所，在緝捕逃兵，以致憲、警發生衝
　　　突時(79. 12. 2, 第7版)，未向憲兵隊求證，即作臆測報導，與
　　　事實不符。

問題語句摘舉：……是誰捉到，幹員、憲兵起爭執／……在雙方僵持
　　　　　　　　五個多小時後，經憲警上級協調之下／憲兵隊露出口
　　　　　　　　風，說……要算他們捉的，他們才要收／

裁決：只引述派出所片面之詞，未向花蓮憲兵司令部求證，給予公平
　　　說明機會，即遽以報導可能對他人造成傷害，違反「報業道德
　　　規範」。

14. 期別：201期／80. 9. 10.㈡

事件：花蓮鳳林電信局局長陳訴《更生日報》記者，以筆名因私怨而用徐姓用戶爲新聞中受害人(實即記者本人)，爲文報導(80. 4. 11, 第4版)，損害其名譽。

問題語句摘舉：一向爲電話用戶所詬病的鳳林電信局／這位局長因理虧惱羞成怒，竟以找警察來嚇唬用戶／一般用戶認爲此種對用戶不禮貌的動作，實在太過分了／據了解，過去鳳林地方人士……曾多次加以指責／

裁決：記者對僅關係本人之事，未避嫌而化名報導，公器私用，用字遣詞情緒化，有失公正立場，違反「報業道德規範」。

15. 期別：202期／80. 10. 10.㈠

事件：高雄田寮鄉鄉民十二人，共同陳訴《中國時報》報導臺灣水泥公司設廠事情之五篇報導俱不實在，經裁定兩篇成立，其中一篇〈改口贊同雖略增，反對聲浪仍不小；臺泥設廠，仍充滿變數〉特稿（79. 10. 6, 第14版），裁定違反「報業道德規範」。

問題語句摘舉：臺泥設廠地點的南安村歡迎臺泥設廠／

裁決：對民意查證不足，用字過於肯定，違反「報業道德規範」。

16. 期別：202期／80. 10. 10.㈡

事件：臺北憲兵司令部陳訴，《臺灣時報》報導臺北憲（兵）調（查）組，在提供一名許姓情節重大流氓的臺灣區唱片工業同業公會理事長時，擺烏龍亂開槍捉錯人而走漏風聲(80. 5. 27, 第5版)，爲不實報導。

問題語句摘舉：憲調組捉錯人走漏風聲／因憲調組人員擺烏龍，未認

清對象就亂抓／……憲兵調查組人員，因良莠不齊素
質較低，在上級績效壓力下，往往未能客觀認定即予
提報／

裁決：查證疏忽，報導錯誤，加入主觀意見與用詞不當，違反「報業
　　　道德規範」。

17.期別：203期／80. 11. 10.

事件：財團法人中華民國陽光社會服利基金會(陽光基金會，陳訴《自
　　　由時報》報導該會挪用鋐光爆炸案受害者捐款，未作專款專用)
　　　（79. 10. 16, 第9 版），係杜撰之新聞，混淆視聽。

問題語句摘舉：……捐款、傳挪為私用／……調查局……將針對『陽
　　　　　　　光基金會』是否擅自挪用捐款到其他名目上，以中飽
　　　　　　　私囊方式圖利／

裁決：報導與事實相違，標題不當，違反「報業道德規範」。

18.期別：206期／81. 2. 10.

事件：臺灣石油工會陳訴《聯合報》，報導 (時任) 行政院長郝柏村之
　　　邀約勞工代表座談新聞，謂「可能 『放炮』 的工會幹部免來　勞
　　　委會過濾座談名單　民進黨新潮流系積極活動的工會　未在邀
　　　請之列」(80. 9. 8, 第2版)，非屬事實。

問題語句摘舉：……而原先由勞方連線出身的石油工會理事長□□
　　　　　　　□，這次也在資方支持下當選理事長／

裁決：新聞文義不明，會引起其中存有因果關係之虞，違反「報業道
　　　德規範」。

19.期別：207期／81. 3. 10.㈠

事件：桃園縣警察局楊梅分局陳訴《太平洋日報》，在報導該局一楊姓
　　　員警離奇失蹤時，謂渠爲『安公子』之說法，報導不實(80.9.
　　　15, 第14 版)。

問題語句摘舉：……縣警局以楊員工作壓力過重造成精神異常失蹤做
　　　　　　　爲理由，對外交代，……昨天有民衆反映指出，楊員
　　　　　　　曾涉有吸食安非他命(香港稱爲「弗得」)一年的惡習，
　　　　　　　據他們推測楊員在開車回家途中已先涉嫌吸食『安
　　　　　　　仔』上路，因安仔發作才……不知走到那裡。／

裁決：暗示楊員失蹤與吸安（毒）有關，不察事實，推諉責任，違反
　　　「報業道德規範」。

20.期別： 207期／81. 3. 10.(二)

事件：臺北市一位林女士陳訴《聯合晚報》，在報導她與前夫打爭奪女
　　　兒監護權官司時，謂她「借夫生子引發骨肉爭奪戰，只要孩子
　　　不要婚姻，新女性打贏官司，圓了"媽媽夢"」與事實不符，影
　　　響其名譽。

問題語句摘舉：借夫生子／過度丈夫／借精生子／……起源於住在臺
　　　　　　　北市和平東路二段的一名林姓女子，與臺北市內湖區
　　　　　　　姜姓男子言明，兩人結婚後所生子女歸女方，隨即離
　　　　　　　婚。／

裁決：未經查證，違反專業責任，此案屬個人隱私，非關公共利益，
　　　扭曲事實，揭露住處，用語傷人，違反「報業道德規範」。

21.期別： 208期／81. 4. 10.

事件：財團法人中華民國消費者文教基金會（消基會）陳訴《自立晚
　　　報》報導該會「賣地產　傳利益輸送疑案」報導不實（80. 11.

3, 第9 版), 影響會譽。

問題語句摘舉：傳部分董監事運用職權, 擬以低價購買房地, 遭人非
　　　　　　　議／……居然也會發生『利益輸送』疑案, 引起該會
　　　　　　　職員及義工的不滿／……部分有心的董監事『覬覦』
　　　　　　　仁愛路檢驗中心的產地……各方的運作白熱化, 消息
　　　　　　　才曝了光, 並引發消基會內部的不滿情緒／消基會一
　　　　　　　位資料員工指出……／證實這件脫產糾紛的一分董事
　　　　　　　則表示……。／

裁決：標題渲染傳聞, 內文未作合理的平衡報導, 易誤導讀者認知,
　　　違反「報業道德規範」。

22.期別：211期／81. 7. 10.

事件：高雄縣大樹鄉興田村何姓村民陳訴人陳訴,《民眾日報》報導其
　　　家族之房至糾紛,「孫女婿借屋住　　『老』丈人索討　兩女婿控
　　　告竊盜　獲不起訴」報導不實　(81. 4. 2, 第16 版)。

問題語句摘舉：……因陳訴人不滿父親欲向其女婿……索回借住的房
　　　　　　　子, 陳訴人夥同女婿控告父親涉嫌盜竊、妨害自由,
　　　　　　　全案經檢察官偵結不起訴。／……而兒子……卻與女
　　　　　　　婿……一鼻孔出氣／……兒子控告父親卻引起非議／

裁決：此為太岳父與孫女婿之兩造官司, 處在中間之陳訴人(是人子,
　　　又是岳父) 並未涉入司法訴訟,《民眾日報》作片面報導, 未經
　　　查證, 查訊亦未終結, 即貿然刊登司法判決, 報導失實, 違反
　　　「報業道德規範」。

餘波：何姓陳訴人又以同一事件, 再向新評會陳訴高雄《中國晨報》,
　　　報導「兒子攜孫女婿聯手控告老父」, 為不實之報導 (81. 4. 2,
　　　第8 版) 。新評會亦裁定該報在此則報導中, 夾敍夾議, 加以

個人意見，有失客觀，違反「報業道德規範」，故陳訴成立（213
期，81.9.10.）。（《中國晨報》謂該項消息，是得自高雄市一友
報記者。）

23. 期別：214期／81.10.10.㈠

事件：臺北《民生報》以大陸舞蹈家楊麗萍來臺活動之邀請及主辦單
位身分，陳訴《中國時報》在報導該報舉辦之「楊麗萍座談會」
新聞時，謂「衆人空等待，不見伊人來　楊麗萍座談擺烏龍」
爲不實報導（81.5.2，文化版）。

問題語句摘舉：……但主辦單位在毫無預告的情況下，卻突然取消該
　　　　　　　　項活動，……多位舞蹈及傳播界人士昨天均撲了個空
　　　　　　　　……讓國內媒體痴痴地等外，昨天主辦單位擺的大烏
　　　　　　　　龍……／

裁決：主辦單位是將原定在福華飯店現場，臨時改在不遠處之客中作
茶藝館舉行，似未及時周知其他媒體；惟《時報》記者發現有
異之後，未加查證，即確定《民生報》失約逕行報導，以致內
容失實，違反「報業道德規範」。（按：當天在茶藝館作採訪的
除《民生報》外尙有同報系之《聯合報》。）

24. 期別：214期／81.10.10.㈡

事件：臺北市長發工程公司陳姓負責人，陳訴《自由時報》，報導「親
郝（柏村，江蘇鹽城人）工商人士　分食捷運大餅」之新聞內
容（81.5.6，第1版），報導不實，無中生有。

問題語句摘舉：捷運局和立（法）院消息指出：「鹽城派」工程公司壟
　　　　　　　　斷一標數億的冷凍空調預算，一陳姓人士更承包了近
　　　　　　　　百億工程；執政黨多爲高層人士也傳涉入／據了解，

　　　爲數逾四千億元以上的臺北捷運局預算大餅，目前已
　　　由工程界的『鹽城派』(親郝柏村民間工商人士)……
　　　所瓜分……／據這些官員及立院內部消息來源指出，
　　　……有工程界『鹽城派』之稱，與軍方關係密切的長
　　　Ｘ、泰Ｘ……等公司，已透過壟斷該項預算，轉包……
　　　而牟取相當暴利／

裁決：以影射報導方式(如長Ｘ)，使讀者混淆認知，消息來源不明確，
　　　令讀者疑竇叢生，違反「報業道德規範」。

25.期別：216期／81. 12. 10.㈠

事件：中國青年軍協會陳訴《自立早報》，刊載社外投稿「二二八平臺
　　　部隊青年軍」一文 (81. 8. 28)，指稱民國三十六年發生二二八
　　　事件時，鎮壓部隊廿一師是僞撰的番號，實際是青年軍二〇一、
　　　二〇五、二〇七、及二〇八師，是不實之報導」。

問題語句摘舉：……有人曾言，從福建派了兩個師前來，經過我的查
　　　證，應是駐閩的青年軍二〇七與二〇八兩個師。不見
　　　其中，暗示了一個「八」字嗎？前云臺中有個第八部
　　　隊。與臺灣的傳聞也不謀而合／……一定是先派二〇
　　　一師去，後來見不行，……又加派……還是難以解決
　　　……派師太多……有損軍威……故報告中，特含含糊
　　　糊的……／……因此軍方不敢解密，只想予以掩護
　　　……／

裁決：該文以特大標題處理，強化報導，對重大歷史事件文稿，未先
　　　予應有之審詳查證，有違「報業道德規範」。(按：據國防部答
　　　覆，前述諸軍，皆未至臺灣。)

26. 期別：216期／81. 12. 10.(二)

事件：嘉義市市長陳訴《中央日報》，報導「嘉義市預算遲未審查　有違市民期望」一文（81. 8. 6,〈雲林嘉義版〉），偏頗失實。

問題語句摘舉：……只是市長……，在拙於言辭，又不能接納屬下意見下，首先關閉了溝通大門，而且陷預算於萬劫不復的地步／……可惜……在閱歷及歷練不足下，至今仍不起與……協調，導致預算審查的死結，一直無法打開／

裁決：討論責任歸屬問題時，涉及陳訴人之處，悖離事實，未能秉持客觀公正立場，違反「報業道德規範」。

27. 期別：217期／82. 1. 10.

事件：教育部陳訴《自立晚報》，報導「正規柏靑哥(小鋼珠, Pachin-ko)業者組公會教育部扯腿」一文（81. 9. 20, 第9版），與事實不符。

問題語句摘舉：籌備處人士表示，利益團體要求每月「進貢七億餘元，並指是教育部要的」／……「權利金」條件，同時此項條件竟獲得教育部的默許／遊藝場公會的幹部對他明確的表示，「這筆錢是教育部要的」／……全省的柏靑哥業者，每月必須「進貢」給遊藝場公會七、八億元，……社教司……默許公會從中牟取暴利／

裁決：對仍在研議中之事，逕下具有負面評價之用語，未多方查證，僅憑一方之說法，即予報導，違反「報業道德規範」。

附錄二：　客觀性觀點零練

△《奧馬哈世界前鋒報》(*Omaha World-Hearald*)：我們的理論是，
　讀者付錢買的新聞，因此有權利得到盡可能正確、並且公正不偏又
　能反映全貌的新聞。

△《紐約時報》：由於新聞由人所寫，因此完全客觀很難做到，記者和
　編輯的職責是盡人力，努力成客觀……個人的意見，應不要做在新
　聞內……呈現事實的兩面，是負責新聞事業的精隨。

　〔——Associated Press Managing Editor Association, 1970,
　Supplement-APME Guidelines (N. Y.). 羅文輝，民81。〕

△資深電視評論家席佛雷 (Eric Sevareid)：報紙與廣播界的年輕好
　戰男女爭辯說，連追求客觀都是一種神話。在他們的觀念中，新聞
　界的主要功能不是報導，而是告知世界。我們都讀過一些學養深厚
　的文章告訴我們，客觀報導欺騙讀者或聽衆，使記者認知的內在眞
　實，含混不清。因此，他必須把新聞個人化，把個人的眞實注入新
　聞中。他們不把這些工作留給專欄作家或評論作家，……他們相信
　這樣做，才能使新聞版面或新聞廣播，具有眞正的尊嚴。我相信它
　會毀滅新聞版面或廣播。

　〔——Eric Sevareid, The Quest for Objectivity, *Nieman*
　Reiports,Vol. 24. No4 (Dec. , 1970). 羅文輝，民81。〕

△新聞從業人員應提供誠懇、眞實與正確的新聞報導；報導應周全、
　平衡與完整。

△新聞從業人員，必需不偏不倚；他們應作爲大衆的代表，而非黨派
　團體或特別利益的代言人。

△新聞從業人員必須公正；他們必須把版面或廣播時間，提供給爭議

中的各界人士; 私人的權利不可侵犯; 錯誤應全部誠懇地更正。

〔Hulteng, *The Messenger's Motives*, 1985; 羅文輝, 民81。〕

△新聞報導應公正, 不偏, 並依據事實。

〔NAB Television Code, 1978; 羅文輝, 民81。〕

△⋯⋯評論與主觀的內容應適當的指明⋯⋯。

〔RTNDA, 「廣播新聞倫理規範」; 羅文輝, 民81。〕

△眞實與正確。⋯⋯新聞內容應盡力保持正確, 並避免偏向。所有的
論點都公正地呈現。

△不偏。不偏並不是要求新聞界不加質問, 或是節制意見表達。然而,
健全的作法是在新聞報導與意見之間, 爲讀者明確劃分界限。包含
意見及個人主觀解釋的文章, 應清楚指明。

△公正的作風。⋯⋯並在新聞報導的公正與正確方面, 對大衆負責。
⋯⋯。

〔「美國報紙編輯人協會」原則聲明; 羅文輝, 民81。〕

△我們相信那些責任使新聞從業人員, 有義務表現得睿智、客觀、正
確與公正。

△客觀報導新聞是另外一個目標, 也是有經驗的專業人員的象徵, 這
是我們所有的人, 應該努力達到的工作標準。我們尊敬能做到的人。
眞實是我們的最高目標。

△不正確或不完整是沒有理由的。

△妥善的作法, 是把新聞報導與意見表達, 做明顯區分。新聞報導應
無意見, 並避免偏頗, 以代表一個問題的所有論點。

△討論中採黨派立場, 故意偏眞實, 即違反美國新聞業的精神。

△特別的文章, 鼓吹性的內容及作者自己的結論與解釋, 應明白標示。

△當損害個人名譽或道德性的非正式指控, 新聞媒介未給被控訴者回
應前, 不應刊登。

〔「專業記者協會」倫理規範之正確與客觀／公正處理條摘錄；羅文輝，民81。〕

△徐佳士：電視不但是臺灣地區民眾最主要的資訊來源，也是受信賴度最高的大眾傳播體，因此電視新聞能否善盡客觀報導之責，更益重要。

△客觀原則的值得提出有下列四個原因：

・這是新聞記者自許爲專業所廣受珍視的一個中心價值。

・客觀也是超越媒體之外的較大領域，廣受珍視的一個價值，因爲它與科學理理性精神相聯。

・它與獨立原則相關。

・特別在媒體市場由少數單位壟斷的現行情況下，客觀的重要性尤難忽視。

〔〈客觀與新聞品質〉，《傳播八講》，徐佳士，民81〕

△曾連榮：電視客觀報導就是使模擬結果和事件的「原形」愈接近愈好。新聞工作者對客觀報導的專業信念，應該是絕不受假象迷惑。

△黃新生：客觀在不同情境因素下，有其彈性的考量，所以，有絕對的客觀，且有比較的客觀。／客觀報導是一種保護記者的方式。／電視新聞雜誌節目，可允許加入主播的主觀意見，但電視新聞則要求客觀呈現。

△潘家慶：……，所謂「意見容有立場，報導力求客觀」，應是所有媒介最基本行爲準則。／客觀儘難求，但若設法凸顯具體「新聞來源」，即可強化新聞與報紙信度。〔〈客觀難求，仍然值得尋覓──衝突與極化聲中，媒介何去何從?〉，《媒介理論與現實》，潘家慶，民80。〕

△陳月卿：主播較易維持客觀立場，但在拍攝新聞畫面及剪輯時，就很難做到絕對的客觀，不過形式上的客觀，仍是可以辦到的。／希望能做到沒有預存立場，讓主觀介入報導的程度減至最低，以求盡量

達到客觀。

△翟　翬：記者在採訪報導時，應克制一下自己的價值判斷，以免影響到客觀性。　〔曾連榮、陳月卿、翟翬，見《新聞鏡》，第 240 期（民82. 6. 14-20），頁36-7。〕

附錄三：　問卷

1.請問您認為新聞報導最應該注重的是什麼?
　　□ 公正　　　　□ 快速
　　□ 正確　　　　□ 完整
　　□ 客觀　　　　□ 深入
　　□ 其他＿＿＿＿＿＿＿＿＿＿＿＿＿＿＿＿

2.請問您心目中，客觀性的意涵是什麼?
　＿＿＿＿＿＿＿＿＿＿＿＿＿＿＿＿＿＿＿＿＿

　＿＿＿＿＿＿＿＿＿＿＿＿＿＿＿＿＿＿＿＿＿

3.關於新聞報導應該客觀這個原則，您認為是否可能作到?
　　□ 可能　(請答第三題)
　　□ 不可能　(請跳答第八題)

4.請問您自己在處理與報導新聞時，是否可以作到客觀的要求?
　　都可以　　　　　　　　　　　　十分困難
　　　1　　　　2　　　　3　　　　4　　　　5

5.您認為通常是甚麼原因使得新聞報導難以客觀?
　a　＿＿＿＿＿＿＿＿＿＿＿＿＿＿＿＿＿＿
　b　＿＿＿＿＿＿＿＿＿＿＿＿＿＿＿＿＿＿
　c　＿＿＿＿＿＿＿＿＿＿＿＿＿＿＿＿＿＿

6.和解嚴之前相比，您認為現在一般的新聞報導
　　更客觀　　　　　　　　　　　　更偏頗
　　　2　　　　2　　　　3　　　　4　　　　5

7.您認為造成上述情況的原因是:
　a　＿＿＿＿＿＿＿＿＿＿＿＿＿＿＿＿＿＿

b _____

c _____

8.請問您所熟知的同業中，在報導新聞時都注重客觀性的原則嗎？

很注重　　　　　　　　　　　　　　　　不理會

　　1　　　　2　　　　3　　　　4　　　　5

9.請問您是否同意記者的任務應該包括以下的幾項？

	非常同意			非常不同意
秉持中立報導事件	1	2 3	4	5
民主的擁護者	1	2 3	4	5
新理念的推動者	1	2 3	4	5
弱勢團體的代言人	1	2 3	4	5
提供意見，幫助別人	1	2 3	4	5
娛樂公眾	1	2 3	4	5
反映民意	1	2 3	4	5
教育民眾	1	2 3	4	5
發揮影響力	1	2 3	4	5

10.請問您認爲客觀性新聞報導是否會與以下事項相互矛盾、衝突？

	有矛盾			沒矛盾
新聞的詮釋與分析	1	2 3	4	5
調查報導	1	2 3	4	5
負責任的新聞報導	1	2 3	4	5

11.現在有人對什麼才算「公平報導」有疑問。假定您必須報導兩個團體的衝突事件，但甲團體享有70%的社會資源，乙團體只有20%，您認爲要做到公平，應該將篇幅或播出時間作如何的調配？

　　□ 兩個團體各50%

　　□ 甲團體70%，乙團體20%

□ 甲團體20%，乙團體70%

□ 篇幅與播出時間的分配與公平與否無關

□ 其他＿＿＿＿＿＿＿＿＿＿＿＿＿＿＿＿

12. 有人認爲新聞記者涉及與他們工作相關的政治、投資或社會活動會影響他們報導新聞的公正與客觀。以一名政治記者爲例，您是否同意下列說法：

	同意				不同意
政治記者積極從事政治活動，如替他人競選，可能引發利益衝突，應予禁止。	1	2	3	4	5
政治記者在政治上所作的消極承諾，例如支持某一位候選人，會使他們的關係複雜化，妨礙他們正確及公平的新聞報導。	1	2	3	4	5
政治記者的政治認同，例如加入某政黨，表示他具有強烈的信念，不適合擔任政治記者。	1	2	3	4	5
政治記者不應對有爭議的政治事件持有特定看法，應設法保持中立。	1	2	3	4	5

13. 如果新聞機構不干涉編輯涉入與他們工作相關的政治、投資或社會活動，有人認爲會影響他們處理新聞的公正與客觀。如果以政治版編輯爲例，您是否同意下列說法：

	同意				不同意
政治版編輯積極從事政治活動，如替他人競選，可能引發利益衝突，應予禁止。	1	2	3	4	5

政治版編輯在政治上所作的消極承
諾，例如支持某一位候選人，會使他
們的關係複雜化，妨礙他們公平的報　　1　　2　　3　　4　　　5
導新聞。

政治版編輯的政治認同，例如加入某
政黨，表示他具有強烈的信念，不適　　1　　2　　3　　4　　　5
合擔任政治版編輯。

政治版編輯不應對有爭議的政治事件
持有特定看法，應該設法保持中立。　　1　　2　　3　　4　　　5

14.您對目前臺灣地區達成新聞專業理想的滿意程度是：

　　很滿意　　　　　　　　　　　　　　很不滿意

　　　　1　　　　2　　　　3　　　　4　　　　5

15.您認為新聞教育是否應該強調新聞報導客觀性原則？

　　很同意　　　　　　　　　　　　　　很不同意

　　　　1　　　　2　　　　3　　　　4　　　　5

以下請您填寫您的一些個人資料：

16.年齡：民國＿＿＿＿＿＿年生

17.性別：□ 男　　□ 女

18.籍貫：□ 臺灣閩南　　□ 臺灣客家　　□ 大陸各省　　□ 其他

19.您畢業於：＿＿＿＿＿＿＿＿＿＿＿＿＿學校

　　　　　　＿＿＿＿＿＿＿＿＿＿＿＿＿系／所

20.在新聞界工作年資：＿＿＿＿年＿＿＿＿月

21.目前的職務是：□ 記者，目前主跑的新聞路線：＿＿＿＿＿

＿＿＿

　　　　　　　　□ 編輯，目前主編的版面：＿＿＿＿＿

　　　　　問卷到此結束，謝謝您的合作！

附錄四：問卷調查結果

　　問卷調查的主要目的在了解解嚴與報禁解除之後，國內報業新聞工作人員對客觀性的理解與態度。

　　由於國內廣播及電視新聞工作人員較少，上下班時間較不固定，因此問卷調查對象以報社工作人員為主。問卷由訪員、或委由報社人員在記者及編輯上班時發出，填妥後回收，總計回收有效問卷469份。

　　所調查的新聞工作人員涵蓋了臺灣地區南、北部，以及公、民營的主要報紙，其中有七家日報、三家晚報，包括中央日報、聯合報、聯合晚報、中國時報、中時晚報、中華日報（臺北、臺南）、自由時報、自立早報、自立晚報、與民眾日報。

受訪者背景

　　受訪者當中，除了未回答職務類別者的18人外，總計有272名（58%）記者、179名（38%）編輯。年齡雖然由28至60都有，但45至55歲的受訪者卻占了66.4%，且平均年齡為50歲，他們在報社工作的年資也有三分之二已超過四年。以性別論，受訪者當中以男性為多數（表一），教育程度則頗為整齊，有四分之三以上具有大學以上學歷（表二）。省籍以外省及閩南居多數（45.0%，44.6%）（表三）。如果將年齡與省籍交叉分析，則可發現年齡愈高的受訪者當中，外省籍所占比例越大（表四）。

表一　受訪者性別

性別	記者	%	編輯	%	總計	%
男	165	35.1	95	20.2	260	55.4
女	107	22.8	84	17.9	191	40.0

＊未答: 17 (3.6%)

表二　受訪者教育程度

學位	記者	%	編輯	%	總計	%
高中、高職	3	0.6	0	0	3	0.6
專科	63	13.4	39	8.3	102	21.7
大學	180	38.4	118	25.2	298	63.5
碩士	13	2.7	13	2.8	26	5.5

＊未答: 40 (8.5%)

表三　受訪者省籍

省籍	記者	%	編輯	%	總計	%
臺灣閩南	118	25.1	88	18.8	206	43.9
臺灣客家	15	3.2	9	1.9	24	5.1
大陸各省	132	28.1	79	16.4	211	47.1

＊其他及未答: 28 (5.9%)

表四　受訪者年齡與籍貫交叉分析

	臺灣閩南	%＊	臺灣客家	%	大陸各省	%
29以下	85	61.2	5	42.9	49	35.3
30-39	105	42.9	14	5.7	126	51.4
40-49	17	34.7	5	10.2	27	55.1
50以上	1	16.7	0		5	83.3

＊該省籍受訪者占該年齡層受訪者比例

Chi-square: 20. 2;　p 〈.01

客觀性是否重要

　　許多新聞學者認為客觀性為新聞寫作的重要原則之一，但是與其他的原則相比，它在新聞工作者心目中究竟有多麼重要？結果發現，在公正、客觀、完整、正確、快速、以及深入等六個新聞寫作原則當中，為最大多數受訪者重視的是報導的正確性，次為公正與客觀，兩者相差無幾（表五）。

表五　新聞報導最應該注重的原則

原則	人數	%	原則	人數	%
公正	97	20.7	完整	23	4.9
正確	218	46.5	深入	12	2.6
客觀	95	20.3	其他	8	1.7
快速	5	1.1	未答	11	2.3

　　客觀性雖然並沒有成為最大多數受訪者最重視的報導原則，但是當受訪者被詢及「客觀報導」的意涵時，我們發現許多人將「客觀」作了較為廣義的解釋，將上述一些其他的新聞寫作原則也納入了「客觀」的定義（表六）。因此如果我們將客觀性作廣義的解釋，客觀性無疑是受訪者認為最重要的原則。

表六　受訪者對客觀報導意涵的解釋

	回答人數	%
無預設立場、不涉及個人主觀	124	26.4
不用批判性文字、不加評論	26	5.5
公正、平衡報導正、負面意見的陳述	159	33.9
查證屬實	40	8.5

完整的報導、呈現事件全貌	42	9.0
其他（言所當言、不左右受訪者意見、讓受訪者心服）	3	0.8

＊未答：74（15.8％）

　　對於客觀性的意涵，受訪者似乎沒有高度的共識。在回答這項開放式問題時，沒有一種意涵有超過三分之一的受訪者提到。除了少數無法歸類的幾個項目，為最多受訪者提及的客觀性意涵是公正、平衡的報導，另有四分之一強的人提到無預設立場、不涉及個人主觀的新聞處理方式。查證屬實、完整的報導則各有不到十分之一的受訪者提及。

　　受訪者對於客觀性的意涵可能欠缺共識，然而當受訪者被詢及是否同意客觀報導應該是新聞人員努力的目標時，有九成（90.4％）的受訪者表示同意；不贊同這個看法的只有7.7％。與人口變項分析的結果顯示，性別、工作年資與專業訓練背景不同的受訪者在這方面並沒有明顯不同的意見；反倒是年紀愈輕的受訪者較傾向於不同意客觀性應該是努力的目標（r=-.11，　p〈.05）。

　　要使客觀性受到重視，一個根本的作法是加強這方面的專業教育。在此次調查當中，有81％的受訪者同意客觀報導應該是新聞教育的一個重點，不贊成的只有4.7％。與人口變項交叉分析的結果顯示，無論是籍貫、教育程度、工作年資、專業訓練背景不同的受訪者，都沒有明顯不同的看法。而男性受訪者雖然較女性受訪者更支持專業教育應強調客觀性的說法，且其差異亦已達到統計的顯著水準，但是兩者基本上也都傾向贊成。

　　在理想上，新聞人員在面對工作時所依恃的是專業理念，但是實際上卻難免受到「新聞室社會化」的影響，其中同業的態度反映了受

訪者對此一現象的觀察，也可能影響其本身所持的態度。對於問卷中有關同業在報導和處理新聞時對客觀性態度的問題，有15%的受訪者認爲是不注重客觀性原則。雖然仍占少數，比例卻較前面幾個答案爲高；但是回答「注重」、或「很注重」的也有42%。

相關分析同時發現，同業對客觀性是否重視，與受訪者對客觀性是否應該成爲努力的目標呈現正相關(r＝.21，　p〈.01)。換言之，愈是認爲客觀性應該成爲一個努力目標的受訪者，愈感到同業對此一報導原則的重視。

客觀報導的原則或許十分重要，但是究竟在實際的新聞工作中充分達成這個原則的可能性又如何呢？在這個問題上，有三分之二的受訪者之 (N＝311) 持肯定的態度，但是持否定態度的也有近三分之一 (N＝147)，顯示有相當多的受訪者不認爲在現實環境中能做到客觀性的要求。不過，在持肯定態度的受訪者當中，只有5% (N＝28) 認爲他們自己在處理新聞時難以達到客觀的要求，認爲可以、或大致可以做到客觀性要求的則有44%(N＝209)。性別、年齡、省籍與學歷不同的受訪者對於實踐客觀原則的可能性方面並沒有顯著的歧異。

值得注意的是，在客觀性是否可能做到的問題上，受過新聞或大衆傳播專業訓練、與沒有受過專業訓練的受訪者有明顯的差別；有更大比例受過專業訓練的受訪者在這個問題上持肯定的態度(表七)。同時，年資深的也比年資淺的更傾向於肯定的態度(t＝2.01，　p〈.05)。另方面，認爲客觀性可能做到的受訪者當中，主張新聞專業教育應該強調客觀性原則的比例，也較認爲不可能的比例爲高 (表八)。但是，在認爲客觀性不可能實現的受訪者中，仍然占有相當高的比例同意新聞教育應該強調客觀性原則，這是值得注意的現象。

表七　新聞客觀性是否可能與專業訓練之關聯

	非新聞、大傳科系	新聞、大傳科系
客觀性可能	(61%)	(70%)
客觀性不可能	(39%)	(30%)

Chi-square: 3.8；p〈.05

表八　新聞客觀性是否可能與教育是否應該強調客觀性原則

	同意強調客觀性		不同意強調客觀性
	1	2	3
客觀性可能	267(89.9%)	21(7.1%)	9(3.0%)
客觀性不可能	102(71.3%)	28(19.6%)	13(9.1%)

Chi-square: 24.6；p〈.001

　　新聞無法客觀，往往牽涉複雜的因素。在問卷中所列舉的七個因素當中，各有七成以上受訪者認爲報社立場與新聞人員意識形態爲主要的原因，此外也有一半以上認爲專業素養是主要原因（表九）。

表九　新聞難以客觀的原因

原因	人數	百分比＊
報社立場	358	76
新聞人員的意識形態	334	71
新聞人員的人格類型	211	45
新聞人員的專業素養	264	56
新聞人員的文化背景	186	40
同業競爭	106	23

＊因爲此題爲複選，因此百分比總和超過100%。

　　民國七十七年解除戒嚴，報禁開放之後，臺灣的新聞媒介得到了更爲自由的發展空間，但是新聞導是否也更爲客觀了呢？受訪者當中有接近一半的人（N＝234）認爲現在一般的新聞報導是更客觀了，但是也有五分之一的人（N＝96）持相反的意見，認爲新聞較以前更偏頗。

　　根據過去研究發現，新聞人員對於客觀性報導原則的看法，往往與他們對於本身任務的看法有關。表十爲受訪者對於記者任務的看法。

表十　記者的任務

	同意				不同意
秉持中立報導事件	399(85%)＊	46(10%)	9(2%)	3(1%)	0
擁護民主	253(54%)	83(18%)	61(13%)	16(3%)	6(1%)
推動記者認爲重要的理念	81(17%)	69(15%)	114(24%)	57(12%)	74(16%)
做弱勢團體的代言人	128(27%)	86(18%)	145(31%)	30(6%)	22(5%)
提供意見，幫助別人	131(28%)	101(22%)	110(24%)	40(9%)	24(5%)
娛樂公衆	67(14%)	45(10%)	100(21%)	71(15%)	96(21%)
反映民意	312(67%)	98(21%)	33(7%)	4(1%)	3(1%)
教育民衆	233(50%)	104(22%)	70(15%)	15(3%)	12(3%)
發揮影響力	162(35%)	101(22%)	104(22%)	26(6%)	22(5%)

＊此處百分比均以受訪者總數，而非回答問題者總數爲分母。

　　根據表八的結果，受到最大多數受訪者認同的記者任務是「秉持中立報導事件」，次爲「反映民意」、「教育民衆」、與「擁護民主」。相對的，一些帶有積極參與理念的角色，包括「推動記者認爲重要的理念」與「做弱勢團體的代言人」受支持的程度並不高。

　　爲了解這九項記者任務在受訪者心目中，是否代表了少數幾個基本上不同性質的工作目標，作者以因素分析法作了進一步解析。結果發現，根據九項記者任務的相關程度（correlation）可以得出兩個因素解釋一半的變異量（variance）。其中一個因素包括了強調記者主動參與的五個項目，包括提供意見、推動理念、做弱勢團體的代言人、發揮影響力等；也屬於這一因素，但是唯一性質較爲不同的，是娛樂民眾（表十一）。這個因素可以稱之爲鼓吹型（advocate）的記者任務。另一個因素則包括爲最多受訪者認同的四種任務：秉持中立報導事件、反映民意、教育民眾與擁護民主。這些任務明顯強調記者客觀、中立、不涉入事件、只報導事實的工作，因此這個因素可以稱之爲反映事實型的記者任務。

　　由因素分析的結果，我們可以得知受訪者對於同一因素中的不同任務，有較爲一致的反應。換言之，認同記者應該主動出擊、伸張社會正義、實踐理念的受訪者，傾向於認同推動理念、作弱勢團體代言人、與發揮影響力等任務，對於中立、客觀的記者任務則較不贊同；反之亦然。由此我們可以進一步得知國內報紙的新聞工作者，對於記者角色與使命有兩種頗爲不同的看法：認爲記者應該主動參與社會、或是客觀反映事實與意見。由贊同各種任務的比例來看，大部分的受訪者傾向認同的是客觀反應事實及意見的角色。

表十一　記者任務因素分析結果 *

項目	因素係數	
	因素一	因素二
提供意見、幫助別人	.74	.24
推動記者認爲重要的理念	.69	.09

娛樂公衆	.65	-.04
做弱勢團體的代言人	.64	.19
發揮影響力	.64	.32
秉持中立報導事件	-.18	.80
反映民意	.20	.69
教育民衆	.39	.58
擁護民主	.30	.53

＊決定因素數目的標準爲eigen value＝1

　　過去客觀性原則受到批評的原因之一，是容易導致表面上、而非實際上公正、平衡的報導，而「公正、平衡」這兩造並陳的寫作原則之下究竟是什麼，也有頗多爭議。問卷中因此假設了一個狀況，即享有百分之七十社會資源的甲團體與享有百分之二十的乙團體發生衝突，這時如果新聞工作人員如果要做公正的處理，則他在報導時間與篇幅上的分配比例應該如何？

　　結果有44.1％的受訪者認爲應該各分配一半媒介資源給兩各社會團體，也有少數認爲應該給予和其享有社會資源相當、或相反的時間或篇幅，另有41.6％受訪者則認爲公平與否與報導的篇幅、或時間無關。

　　客觀性原則或許受到重視，然而在實際工作中，新聞工作者亦同時扮演著親人、朋友、同學等角色，有著與別人同樣錯綜複雜的人際關係網路；在不同的議題上，會有自己的意見，對政治、投資、與社會活動，可能也無法完全置身事外。身處在這樣的環境當中，新聞工作人員究竟應該如何拿捏分寸，維護本身立場的客觀？

　　問卷以政治記者與編輯爲例，假設四種不同的情況，由受訪者決定是否適合從事。這四種情況牽涉不同程度的涉入：涉入程度最深的

是積極從事政治活動，例如替他人競選；其次爲消極的政治承諾。涉入程度較輕的則是加入政黨，以及對爭議性的政治事件持特定看法。

表十二　記者涉入與工作相關活動的分際

	同意				不同意
	1	2	3	4	5
積極從事政治活動應予禁止	345(74%)*	60(13%)	21(5%)	14(3%)	13(3%)
作消極性政治承諾妨礙公平報導	291(62%)	87(19%)	39(8%)	18(4%)	18(4%)
以行動表達政治認同(例如加入政黨)不適合當記者	85(18%)	58(12%)	77(16%)	77(16%)	154(33%)
不應對政治事件有定見	267(57%)	61(13%)	68(15%)	29(6%)	27(6%)

＊以樣本總數爲計算基礎。

　　由以上結果看，大多數受訪者認爲作爲一名政治記者，積極從事政治活動、消極的政治承諾、甚至於對有爭議性的政治事件，持有特定看法，都是不妥當的，應當盡量保持中立，只有對政治認同的宣示性行爲，例如加入政黨，則是比較可以接受的方向。在這方面，職務不同的受訪者（記者或編輯）並沒有不同的看法。

　　與記者相比，編輯的工作較爲靜態，是否也應該受到同等的約束呢？如以政治版編輯爲例，同樣的情況之下，受訪者的看法並沒有太大不同。不同職務的受訪者也沒有明顯不同的意見。

表十三　編輯涉入與工作相關活動的分際

	同意				不同意
積極從事政治活動應予禁止	316(67%)	72(15%)	27(6%)	17(4%)	14(3%)
作消極性政治承諾妨礙公平處理新聞	258(55%)	95(20%)	44(9%)	23(5%)	21(5%)
以行動表達政治認同(例如加入政黨)不適合當編輯	93(20%)	58(12%)	77(16%)	71(15%)	139(30%)
不應對政治事件有定見	280(60%)	60(13%)	45(10%)	26(6%)	30(6%)

　　過去關於客觀性原則的討論中，有學者認爲強調客觀性往往使報導無法深入，與新聞的詮釋、分析格格不入，有時甚至成爲不負責任報導的藉口。對於這些矛盾，大多數受訪者並不認爲存在。

表十四 客觀性報導是否與新聞分析、調查報導、和負責認報導相互矛盾

	有矛盾				無矛盾
新聞的詮釋與分析	61(13%)	66(14%)	75(16%)	62(13%)	164(35%)
調查報導	45(10%)	44(9%)	79(17%)	79(17%)	176(38%)
負責任的新聞報導	23(5%)	32(7%)	65(14%)	73(16%)	229(49%)

　　根據表十四的結果，雖然大多數受訪者都不認爲有矛盾存在，但是比較三個項目，較多（27%）人認爲有矛盾的是客觀性與新聞的詮釋與分析，次爲調查報導。至於客觀性與負責任的新聞報導，則六成

以上的受訪者認爲並無矛盾存在。

最後，對於目前臺灣地區達成新聞專業理想的滿意程度，認爲不滿意的占二分之一強；認爲滿意的則僅有8%，顯示大多數受訪者認爲新聞界實際表現仍未能達到專業的理想。在這個問題上，客籍受訪者當中表示不滿意的比例較閩南與外省籍的爲低，卡方檢驗也達顯著標準（p〈.01）。此外大專與研究所學歷的受訪者也較高中、高職與專科學歷者的滿意度低（p〈.05）（表十五）。受訪者無論是性別、年齡、專業訓練、或工作年資不同的受訪者都沒有顯著不同的看法。

表十五　對臺灣地區新聞界達成專業理想的滿意程度

	滿意		不滿意
	1	2	3
高中／專科	8(8.1%)	46(46.5)	45(45.5%)
大學／研究所	24(7.4%)	105(32.7%)	192(59.8%)

本書（研究）其他參考書目

㈠中文書目

〈人性與新聞孰重?〉，《新聞評議》，第102期（民72.6.1.）。臺北：
　　中華民國新聞評議會。

于衡(民59)：《新聞採訪學》。臺北：臺北市新聞記者公會。

也魯(民66)：〈傳播事業的明天——兼論新派新聞報導〉，《報學》，第
　　5卷第9期。臺北：中華民國新聞編輯人協會。

王世正(民48)：《人情味故事的研究》。臺北：國立政治大學新聞所碩
　　士論文。

中安譯（民65）：〈新新聞事業〉，《報學》，第5卷6期（6月號）。臺北：
　　中華民國新聞編輯人協會。（原著：Paul H. Weaver: *The
　　New News Industry.*）

《中華日報》，民73.10.9.　法新社電。

王洪鈞(民64)：《大眾傳播與現代社會》。臺北：臺北市新聞記者公會。

王洪鈞（民75）：《新聞採訪學》，15版。臺北：正中書局。

臺灣商務印書館編審部編纂（民73）：《哲學辭典》，臺5版。臺北：編
　　著者。

李瞻（民66）：《世界新聞史》。臺北：國立政治大學新聞所。

李金銓（民72）：《大眾傳播理論》，修訂初版。臺北：三民書局。

李茂政（民75）：〈新聞報導之客觀性研究〉，《報學》，第7卷第7期（12
　　月）。臺北：中華民國新聞編輯人協會。

李月華(民75):《我國報社編採工作者對新聞客觀性認知之研究》。臺
　　北:國立政治大學新聞所碩士論文。

林大椿 (民59):採訪寫作,再版。臺北:這一代出版社。

林麗雲 (民79):《報社主筆人員的個人特質及其與組織類型關係之研
　　究》。臺北:國立政治大學新聞所碩士論文。

英漢大衆傳播辭典編輯委員會編著(民72):《英漢大衆傳播辭典》。臺
　　北:臺北市新聞記者公會。

徐佳士(民76a):《大衆傳播理論》。臺北:正中書局。(據民55,臺北
　　新聞記者公會排印本重印)

孫以繡(民47):《解釋性新聞之研究》。臺北:國立政治大學新聞所碩
　　士論文。

翁秀琪(民78):〈大衆傳播如何建構社會眞實〉,《中國論壇》(學術廣
　　場),第324期 (3月25日)。臺北:中國論壇社 (已停刊)。

黃少芳(民77):《我國電視新聞報導方式之研究》。臺北:國立政治大
　　學新聞所碩士論文。

荆溪人 (民65):〈新聞文學及其形成〉,《報學》,第5卷第6期。臺北:
　　中華民國新聞編輯人協會。

馬驥伸 (民72):〈報導性新聞文學創作的分析探討〉,《報學》,第6卷
　　第8期。臺北:中華民國新聞編輯人協會。

程國強 (民77):《美國史》,上 (1607～1900)、下 (1901～1985) 冊。
　　臺北:華欣文化事業中心。

張崇仁(民68):《新聞報導者的預存立場與其報導新聞之關係》。臺北:
　　國立政治大學新聞所碩士論文。

張作錦:〈李瑞環怎麼說? 我們怎麼想? ——兼說「李案」衍生的「退
　　報救臺灣」問題〉,《第四勢力》。臺北:天下文化出版公司。頁
　　141～55。

張錦華（民83）：〈新聞的眞實與再現：以李瑞環事件相關報導爲例〉，
　　　《新聞學與術的對話》。臺北：國立政治大學新聞所。第一章。

陳一香（民77）：《電視爭議性新聞之消息來源特性及其處理方式與訊
　　　息導向之分析》。臺北：國立政治大學新聞所碩士論文。

陳世敏（民70）：《省政新聞發佈和報導之研究》。臺北：臺灣省政府研
　　　究發展考核委員會。

陳世敏（民77）：《公共電視收視行爲及收視意見調查》。臺北：廣電基
　　　金公共電視小組。

陳勤（民52）：〈新聞小說研究〉，《報學》，第3卷第1期。臺北：中華民
　　　國新聞編輯人協會。

陳諤（民60）：《新聞寫作學》。臺北：著者。

陳麗香譯（民64）：〈美國新聞事業新趨勢〉，《報學》，第5卷4期（6月
　　　號）。臺北：中華民國新聞編輯人協會。（原著：Dennis, Ever-
　　　ett B. & William L. Rivers: *Other Voices: The New
　　　Journalism in American.*）

孫曼蘋（民65）：《我國報紙科學新聞正確性之研究》。臺北：國立政治
　　　大學新聞所碩士論文。

郭俊良（民69）：《編輯部門的守門行爲——一個「組織」觀點的個案
　　　研究》。臺北：國立政治大學新聞所碩士論文。

〈新聞人員應小心用字遣詞〉，《新聞評議》，第204期（80年12月）。臺
　　　北：新聞評議雜誌社。

華英惠（民81）：《臺灣地區新聞從業人員工作滿意程度研究》。臺北：
　　　國立政治大學新聞所碩士論文。

程之行譯著（民55）：〈新聞寫作的演進〉，《報學》，第3卷第6期。臺北：
　　　中華民國新聞編輯人協會。

楊秋蘋（民77）：《電視新聞來源人物之處理方式及其客觀事實之比較

——以立法院七十九會期之電視新聞爲例》。臺北：國立政治大學新聞所碩士論文。

楊憲宏(1987)：〈社會公義在那裏——環山事件背後透露的悲哀怒息〉，《當代雜誌》，第13期（5月號）。臺北：當代雜誌社。頁130～140。

樓榕嬌（民68）：《新聞文學概論》，校正再版。臺北：臺灣學生書局。

鄭貞銘（民66）：《新聞採訪的理論與實際》，4版。臺北：臺灣商務印書館。

盧鴻毅(民81)：《新聞媒介可信度之研究》。臺北：國立政治大學新聞所碩士論文。

皇甫河旺（民64）：〈甚麼是新聞文學〉，《報學》，第6卷第5期。臺北：中華民國新聞編輯人協會。

歐陽醇（民66）：《採訪寫作》。臺北：三民書局。

潘家慶(民77)：〈加強媒介信度以奠定參與式民主〉，錄於政大新聞系主編，《媒介批評》。臺北：臺灣商務印書館。頁74～80。

薛承雄(1988)：《媒介支配——解讀臺灣的電視新聞》。臺北：國立臺灣大學社會學研究所碩士論文。

㈡英文參考書目

"A Bonze's Self Immolation and Photo Judgment," *Bulletin of the American Society of Newspaper Editors,* No. 467 (Sept., 1, 1963). pp. 11-3.

Adoni, Hanna & Mane, Sherrill

1984 "Media and the Social Constraction of Reality: Toward An Integration of Theory and Research," *Communication Research,* pp. 323-340

Altheide, David L.

1976　*Creating Reality: How TV News Distorts Events.* Beverly Hills: Sage Publication, Inc.

1984　"Media Hegemony: A Failure of Perspective," *Public Opinion Quarterly,* Vol. 48, No2 (Summer). pp. 476-493.

Ames, William E, & L. Dwight

1971　"Politics, Economics and the Mass Media," in Ronald T. Farrar & John D. Stevens, eds., *Mass Media and the Notional Experience.* N.Y.: Harper & Row.

Anderson, David & Peter Benjaminson

1976　*Investigative Reporting.* Bloomington: Indiana University Press.

Angus, I., & P.G. Cook

1984　*The Media, Cold War and the Disarmament Movement: Reflections on the Canadian Situation* (Working Paper 84-3). Ontario: Project Ploughshares.

Antunes, George E, & Patricia A. Hurley

1977　"The Representation of Criminal Events in Hounston's Two Daily Newspapers," *Journalism Quarterly*, Vol. 54, No. 4 (Winter). pp. 756-60.

Atwan, Robert

1979　"Newspapers and the Foundations of Modern Advertising," in John W. Wright, ed., *Commerical Connection.* N.Y.: Dalta.

Atwood, L. E.

1977　"The Effects of Incongruity Between Source and Message Credibility," *Journalism Quarterly,* Vol. 54, No. 1(Spring) pp. 120-25.

1982 *International Perspective on News*, Ill.: SIU-C Press.

Babb, Laura Longley ed.,

1974 *Of the Press, By the Press, For the Press (And Other, too)*. Washington: The Washington Post Co.

Baily, George A. & Lawrence W. Lichty

1972 "Rough Justic on a Saigon Street: A Gatekeeper Study of NBC'S Tet Execution in Film," *Journalism Quarterly,* Vol. 48, No. 2 (Summer). pp. 221-9, 238.

Barney, Ralph

1986 "The Journalist and a Pluralistic Society: An Ethical Approach," in Deni Elliott, ed., *Responsible Journalism.* Calif.: Sage Publications, Inc.

Baudrillard, Jean

1980 "The Implosion of Meaning in the Media and the Implosion of Social in the Masses. Technology & Post Industical Culture," in Kathlun Woodward ed., *The Myths of Information*. Madison: University of Wisconsin Press.

Bauer, R.

1964 "The Communication and the Audience," in L.A. Dexter and D.M. White eds., *People, Society and Mass Communication*. N.Y. Free Press.

Bayley, Edwin R.

1982 *Joe McCarthy and the Press*. N.Y.: Partheon.

Berg, H. van der & Veer, C.G. van der

1989　"Ideological Characteristic of News Reports," *Gazette,*
　　　No. 14, pp. 159-194.

Berger, Meyer

1951　*The Story of The New York Times, 1861-1951.* N.Y.:
　　　Simon & Schuster.
　　　〔何毓衡譯（1965）：《紐約時報100年》。香港：新聞天地社。〕

Berger, Peter L. & Thomas Luckamnn

1966　*The Social Construction of Reality.* N.Y.: Doubleday.

Berery Jr., F.C.

1967　"A Study of Accuracy in Local News Sotries of Three
　　　Dailies," *Journalism Quarterly,* Vol. 44, No. 2 (Sum-
　　　mer). pp. 482-90.

Bethell, Tom

1977　"The Myth of An Adversary Press: Journalist as Bureau-
　　　crat," *Harper's Magazine* (Jan.).

Birkhead, Douglas

1986　"News Media's Ethics and the Management of Profes-
　　　sionals," *Journal of Mass Media Ethics.* (Spring/Sum-
　　　mer).

Blankenburg, William B. & Richard Allen

1974　"The Journalism Contests Thicket: Is It Time for Some
　　　Guidelines?" *APME News,* No.76 (Sept.). p. 1, 8-9.

Blankenlurg, William B. & Ruth Walden.

1977　"Objectivity, Interpretation and Economy in Report-
　　　ing," *Journalims Quarterly,* Vol. 54, No. 3 (Autumn).

pp. 591-95.

Bolch, Judith

1978 *Investigative and In-depth Reporting.* N.Y.: Hastings House.

Bond, F. Fraser

1954 *Introduction to Journalism.* N.Y.: The Macmillan Co. 〔陳諤、黃養志合譯(民53):《新聞學概論》。臺北:正中書局。〕

Boorstin, Daniel

1965 *The American: The National Experience.* N.Y.: Vintage Books.

1980 *The Image: A Guide to Pseudo-events.* N.Y.: Atheneum.

Braybrooke, David

1987 *Philosophy of Social Science.* N.J.: Prentice-Hall.

Brown, C.H.

1965 "Majority of Readers Paper: an A for Accuracy," *Editor & Publisher* (Feb.). pp. 13, 63.

Brown, J.D. et al.

1987 "Invisible Power: Newspaper News Sources and the Limits of Diversity." *Journalism Quarterly,* Vol. 64, No. 2 (Spring). pp. 45-54.

Bruck, P.

1989 "Strategies for Peace, Strategies for News Research," *Journal of Communication,* Vol. 39, No. 1. pp. 108-129.

Bucher, M. Rue & Anselm Strauss

1961 "Professions in Process," *American Journal of Sociology,* Vol. 66. pp. 325-35.

Brundage, G.S.

1972 "Rationale for the Application of the Fairness Doctrine in Broadcast News," *Journalism Quarterly,* Vol. 49, No. 2 (Summer). pp. 531-7.

Burgelin, O.

1972 "Structural Analysis and Mass Communication," in D. McQuail, ed., *Sociology of Mass Communications.* English: Penguin Books.

"The Carmera's Cold Eye," *Newsweek,* Vol. 51, No.12 (March, 21, 1983). p.53.

Charnley. M.V.

1936 "Preliminary Notes on a Study of Newspaper Accuracy," *Journalism Quarterly,* Vol. 13, No. 2 (Summer). pp. 394-400.

The China News, Sept., 27, 1990.

The China News, Feb., 12, 1991, p. 4.

The China News, Oct., 26, 1993. p. 4.

Carragee, Kevin M.

1991 "News and Ideology: An Analysis of Coverage of the West German Green Party by the New York Times," *Journalism Monographs,* No. 128 (August).

Carey, James

1969 "The Communication Revolution and the Professional Communication," *Sociological Review,* No. 13, pp. 23-38.

1976 "How Media Shape Campaigns," *Journal of Communition,* Vol. 26, pp. 50-57

1986 "The Dark Continent of American Journalism," in Rebert Manoff & Michael Schudson, eds., *Reading the News.* N.Y.: Patheon Books.

Chalmer, David M.

1964 *The Social and Political Ideas of the Muckrakers.* N.Y.: Citadel Press.

Charles, Taylon

1985 *Philosophy and the Human Sciences: Philosophical Papers 2.* Cambridge: Cambridge University Press.

Charnley, M.V.

1936 "Preliminary Notes on a Newspaper Accuracy," *Journalism Quarterly,* Vol. 13, No. 2 (Summer). pp. 394-401.

Chong, Lim Kim & Jin Hwan Oh

1974 "Perceptions of Profession Efficacy Amony Journalists in a Developing Country," *Journalism Quarterly,* Vol. 51, No. 1 (Spring), pp. 73-8.

Cirino, Robert

1974 *Power to Persuade: Mass Media and the News.* N.Y.: Bantam.

Cipolla, Carlo M.

1969 *Literacy and Development in the West.* Harmondsworth, England: Penguin Books.

Coffey, Philip

1975 "A Quantitative Measure of Bias in Reporting of Political News." *Journalism Quarterly*, Vol. 52, No. 3 (Autumn). pp. 551-556.

Cohen, Stanler, & Jock Young (eds.)

1973　*The Manufacture of News: Social Problems, Deviance and the Mass Media.* London: Constable.

Cohen, S. & J. Young.

1981　"Part Two: Models of the Presentation," in S. Cohen, eds., *The Manufacture of News: Social Problems, Deviance & the Mass Media, Rivised ed.* Beverly Hills: Sage Publications, Inc.

Compaine, Benjamin M.

1980　*The Newspaper Industry in the 1980's: An Assessment of Economics and Technology.* N.Y.: Knowledge Industry Publication.

Copple, Neale

1964　*Depth Reporting: An Approach to Journalism.* N.J.: Prentice-Hall Inc.

Curran, James, Michael Gurevitch & Janet Woollacott

1977　*Mass Communication and Society.* London: Edward Anrold.

1982　"The Study of the Media: Theoretical Approaches," in Michael Gurevitch et al, eds, *Culture, Society and the Media.* London: Methuen and Co.

Dalay, Patrick J. & Beverlyt James

1986　"Framing the News: Socialism as Deviance," *Journal of Mass Media Ethics* (Spring).

Dall, H. D. & B.E. Bradly

1974　"A Study of the Objective of Television News Reporting

of The 1972 Presidential Campaign," *Central States Speech Journal,* Vol. 25. pp. 254-63.

Danielson W.A. & J.B. Adams

1961 "Completeness of Press Coverage of 1960 Campaign," *Journalism Quarterly,* Vol. 38, No. 2 (Summer). pp. 441-452.

Davis, Dennis K. & S.J. Baran

1981 *Mass Communication & Everyday Life: a Perspective on Theory and Effects.* Calif.: Wadsworth Publications. Co. 〔蘇衡譯(民82):《大眾傳播與日常生活：理論和效果的透視》。臺北：遠流出版事業公司。〕

Davis, E.J.

1952 "Crime News in Colorado Newspapers," *American Journal of Sociology,* Vol. 46. pp. 325-30.

Davis, Junetta

1982 "Sexist Bias in Eight Newspaper," *Journalism Quarterly,* Vol. 59, No. 3 (Autumn). pp. 457-60.

Davison, W. Phillips, James Boylan, & Frederick T.C. Yu.

1974 *Mass Communication Research: Major Issues and Future Directions.* N.Y.: Praeger Publishers.

1976 *Mass Media System and Effects.* N.Y.: Praeger Publishers.

DeFleur, Melvin L and Everette E. Dennis

1991 *Understanding Mass Communication,* 4th ed. Boston: Honghton-Miffin.

Dennis, E.E., D.M. Gillmor & A.H. Ismach

1978 *Enduring Issues in Mass Communication.* Minn.: West

Publishing.

〔藤淑芬譯，民81。〕

Dennis, Everette E.

1988 "American Media and American Values," *Vital Speeches,* Vol. 54, No. 11. pp. 349-52.

Dennis, Everette. E., Donald Gillmor & Ted Glasser

1989 *Media Freedom and Accountabilily.* N.Y.: Greenwood Press.

Dennis, Everette. E. & William L. Rivers.

1974 *Other Voices: The New Journalism in America.* San Franciso: Canfield.

Diamond, Edwin

1982 *Sign Off: The Last Days of Television.* Mass.: MIT Press.

van Dijk, T.A.

1983 "Discourse Analysis: Its Development and Application to the Structure of News," *Journal of Communication* (Spring). pp. 20-43.

Donohew, Lewis

1967 "Newspaper Gatekeepers and Forces in the News Channel," *Public Opinion Quarterly* (Spring).

Donsbach, Wolfgang

1983 "Journalists' Conceptions of Their Audience: Comparative Indicators for the Way British and German Journalists Define Their Relations to the Public," *Gazette,* No. 32.

Downie, Leonard

1976 *The New Muckrakers.* Washington: New Republic Book Co.

Dreiser, Theodore

1991 *Newspaper Days.* Philadelphia: University of Pennsylvania Press.

Drew, D.G.

1975 "Reporters' Attitudes Expected Meeting With Source and Journalism Objectivity," *Journalism Quarterly,* Vol. 52, No. 2 (Summer) pp. 219-24, 271.

Dudek, Louis

1961 *Literature and the Press.* Toronto: Ryerson and Contact Press.

Dygert, J.H.

1976a *The Investigative Journalist.* N.J.: Prentice-Hall.

Eason, D.L.

1986 "On Journalistic Authority: The Janet Cook Scandal," *Critical Studies in Mass Communication,* No. 3. pp. 429-47.

Efron, E.

1979 "The Media and the Omniscient Class," in C.E. Arnold, ed., *Business and the Media.* Calif.: Goodyear.

Efron, Edith & Clytia Chambers

1972 *How CBS Tried to Kill a Book.* Los Angeles: Nash.

Eliasoph, N.

1988 "Routines and the Making of Oppositional News," *Criti-*

cal Studies in Mass Communication, Vol. 5. pp. 313-334.

Elliott, Philip

1980　"Press Performance as Political Ritual," In H. Christian, ed., *The Sociology of Joumalism & the Press.* Great Britian: J.H. Brookes (Printer) Ltd.

Elliott. P.& P. Golding

1974　"Mass Communication and Social Change," in E. de Kadt and G. Williams, eds, *Sociology and Development.* London: Tavistock.

Emerson, Thomas I.

1970　*The System of Freedom of Expression.* N.Y.: Vintage Books.

Emery, Edwin

1972　*The Press and America: History of the American Newspaper Publishes Associations,* 3 ed. N.J.: Prentice-Hall.

Emery, Edwin & Michael Emery

1978　*The Press and America.* 4th ed. N.J.: Prentice-Hall.

Engwall, Lars

1978　*Newspaper as Organization.* England: Teakfield Ltd.

Entman, Robert M.

1989　*Democracy Without Citizens: Media and the Decay of American Politics.* Oxford: Oxford University Press.

Epstein, Edward J.

1974　"Journalism and Truth," *Commentary*, April. pp. 36-40.

1981　"The Selection of Reality," in Elie Abel ed., *What's News.* San Francisco, Calif: Institute for Contemporary

Studies.

Evarts, D. & G.H. Stempel III

1974 "Coverage of the 1972 campaign by TV, News Magazines and Major Newspaper," *Journalism Quarterly,* Vol. 51, No. 3 (Autumn). pp. 645-8, 676.

Ettema. J.S., & Glasser, T.L.

1987 "On the Epistemology of Investigative Journalism," in M. Gurevitch & M.R. Levy, eds., *Mass Communication Review Book 6.* Calif.: Sage Publication, Inc.

1988 "Narrative Form and Moral Force: The Realization of Innocence and Guilt Through Investigative Journalism," *Journal of Communication,* Vol. 38, No. 3. pp. 8-26.

van Every, Edward

1931 *Sins of New York as 'Exposed' by the Police Gazette.* New York: Frederick A. Stokes.

Fico, Fedrick and Tony Atwater

1986 "Source Reliance and Use in Reporting State Government: A Study of Print and Broadcast Pratices," *Newspaper Research Journal,* Vol. 8, No.1 (Fall). pp. 53-66.

Filler, Louis

1976 *The Muckrakers.* University Park: Pennsylvania State University Press.

Fishman, Mark

1980 *Manufacturing the News.* Austin: The University of Texas Press.

Fiske, John

1992　*Introduction to Communication Studies.* N.Y.: Routhledge.

Fiske, J., & J. Harley

1978　*Reading Television.* London: Methuen.
　　　〔鄭明椿（譯）:《解讀電視》。臺北: 遠流出版事業公司。〕

Flachsenhaar, James & Jonathan Friendly

1989　"What Editors Want: Writers and Skeptics," Report of the APME Journalism Education Commuttee (Oct 10).

Flegel, Ruth C. & Steven H. Chaffee

1971　"Influences of Editors, Readers and Personal Opinions on Reporters," *Journalism Quarterly,* Vol. 49, No. 4 (Fall). pp. 645-651.

Folkerts, Jean & Dwight L.Teeter, Jr.,

1989　*Voices of a Nation: A History of Media in the United States.* N.Y.: Macmillan.

Fowler, G.L.

1979　"Predicting Political News Coverage by Newspaper Characteristics," *Journalism Quarterly,* Vol. 56, No. 1 (Spring). pp. 172-175.

Francois, William E.

1990　*Mass Media Law and Regulation.* Ames: Iowa State University Press.

Galtung, John & Mail Ruge

1970　"The Structare of Foreign News." In Jeremy Tunstall, ed., *Media Sociology.* Urbana: University of Illinois

Press.

Gerald, J. Edward

1963　*The Social Responsibility of the Press.* Minneapolis: University of Minnesota Press.

Gerbner, George

1964　"Ideological Perspectives and Political Tendencies in News Reporting," *Journalism Quarterly,* Vol. 41. No. 3 (Autumn). pp. 495-508, 516

Gerbner, George et al eds.

1973　*Communication Technology and Social Policy: Understanding the New 'Cultural Revolution'.* N.Y.: Wiley.

Gerbner, George & Larry Gross

1976　"Living with Television: The Violence Profile," *Journal of Communication.* Vol. 26. pp. 173-199.

Gilbnor, Donald M

1992　*Power, Publicity and the Abuse of Libel Law.* N.Y.: Oxford University Press.

Gitlin, Todd

1978　"Media Sociology: The Dominant Paradigm," *Theory of Society,* Vol. 6, No. 2. pp. 205-253.

Glessing, Robert J.

1970　*The Underground Press in America.* Bloomington: Indiana University Press.

Golding, P.

1974a　"Electronic News," *Intermedia,* Vol. 2, No. 2. pp. 1-3.

1974b　"Media Role in National Development," *Journal of*

Communication, Vol. 24, No. 3. pp. 39-53.

Goldstein, Tom

1987 *The News at Any Cost: How Journalist Compromise Their Ethics to Shape the News.* N.Y.: Simon & Schusten.

Gouldner, A.W.

1976 *The Dialectic of Ideology and Technology.* N.Y.: Seabury Press.

Goody, Jack & Jan Watt

1968 "The Consequences of Literacy," in Jack Goody ed., *Literacy in Traditional Societies.* Cambridge: Cambridge University Press.

Goulden, Joseph C.

1988 *Fit to Print: A.M. Rosenthal and His Times.* N.J.: Lyle Stuart.

Gramling, Olier

1940 *AP: The Story of News.* N.Y.: Farrar & Rinehart.

Greenberg, B. & P. Tannenbaun

1962 "Communicator Performance Under Cognitive Stress," *Journalism Quarterly,* Vol. 39, No. 1 (Spring). pp. 169-78.

Green M.

1969 *Television News: Anotomy and Process.* Calif.: Wadsworth.

Griffith, T.

1974a "A Few Frank Words About Bias," *Atlantic Monthly,*

Vol. 233, pp. 47-9.

1974b *How True: A Skeptic's Guide to Believing the News.* Boston: Atlantic-Little, Brown.

Hackett, Robert A.

1984 "Decline of A Paradigm ? Bias and Objectivity in News Media Studies," *Critical Studies in Mass Communication,* Vol. 1, No. 3, pp. 220-59.

1985 "Hierachy of Access: Aspects of Sources Bias in Canadian TV News," *Journalism Quarterly,* Vol. 62, No. 2 (Summer), pp. 256-267, 277.

Habermas, J.

1971 *Knowledge and Human Interest.* Boston: Beacon Press.

1975 *Legitimation Crisis.* Boston: Beacon Press.

Hage, Georges, et al

1983 *New Strategies for Public Affairs Reporting.* N.J.: Prentice-Hall, Inc.

Hall, S.

1974 "Media Power: The Double Bind," *Journal of Communication,* Vol. 24, No. 4. pp. 19~26.

1977 Culture, the Mass Media and the 'Ideological' effect," in J. Curran, M. Gurevitch, & J. Woollacott, eds, *Mass Communication and Society.* London: Edward Arnold.

1982 "The Rediscovery of 'Ideology': Return of the Repressed in Media Studies," In M. Gurevitch, T. Bennett, J. Curran & J. Woollacott, eds., *Culture, Society and the Media.* London: Methuen. pp. 56-90.

Hall, S., Critcher, C., Jefferson, T., Clarke, J., & Robertss, B.

1981　"The Social Production of News: Mugging in the Media," in S. Cohen & J. Young eds., *The Manufacture of News: Social Porblems, Deviance and the Mass Media,* revised ed., Beverly Hills: Sage Publications, Inc.

Hallin, D.C.

1984　"The Media, The War in Vietam, and Political Support: A Critique of the Thesis of an Oppositional Media," *Journal of Politics,* No. 46, pp. 2-24.

1985　"The American News Media: A Critical Theory Perspective," in J. Forester ed., *Critical Theory and Public Life.* Cambridge: MIT Press.

Hartley, J.

1982　*Understanding News.* London: Methuen.

Harrison, Martin

1985　*TV News: Whose Bias*? London: Policy Journals.

Hartmann, Paul and Charles Husband

1973　"The Mass Media and Racial Conflict," in S. Cohen and J. Young eds., *The Manufacture of News.* Bevely Hills: Sage Publications, Inc.

Haselden, Kyle

1968　*Morality and the Mass Media.* Tenn.: Broadman Press.

Hayakawa, S.I.

1964　*Language in Thought and Action,* 2nd ed. N.Y.: Harcourt Brace Joranovich.

　　〔柳之元譯（民64）：《語言與人生》。臺北：臺灣時代書局。〕

Hays, Samuel P.

1957 *The Reponse to Industrialism.* Chicago: University of Chicago Press.

Hofstetter, C.R. & T.F. Buss

1978 "Bias in Television News Coverage of Political Events: A Methodological Analysis," *Journal of Broadcasting,* Vol. 22. pp. 517-30.

Hulteng, John J.

1985 *The Messenger's Motives: Ethical Problems of the News Media.* N.J.: Prentice-Hall.

〔羅文輝譯（民81）：《信差的動機：新聞媒介的倫理問題》。臺北：遠流出版事業公司。〕

Head. S.W.

1963 "Can a Journalist be a Professional in a Developing Country?" *Journalism Quarterly,* Vol. 40, No. 4 (Winter). pp. 594-98.

Hohenburg, John

1978 *The Professional Journalist,* 4th ed. N.Y.: Holt, Rinehart & Winston Inc.

Hertsgard, Mark

1989 *On Bended Knee: The Press and the Reagan Prisidency.* N.Y.: Schorken Books.

Hirsch, Paul M., Peter V. Miller & F. Gerald Kline, eds.

1977 *Strategies for Communication Research.* Calif: Sage Publications, Inc. (Sage Annual Reviews of Communication Research. Vol. 6.)

Hocking, W.E.

1947 *Freedom of the Press: a Framwork of Principle.*
Chicago: University of Chicago Press.

Hofstetter, C. Richard

1976 *Bias in the News Network Television News Coverage of
the 1972 Election Campaign.* Columbus: Ohio State Uni-
versity Press. p.206..

Hugles, Helen MacGill

1980 *News and the Human Insterest Story.* N.J.: Transaction
Inc. 1st Printing, Chicago: University of Chicago Press.

Hugins, Walter

1960 *Jocksonian Democracy and the Working Class.* Stanfor-
d: Stanford University Press.

Hulteng, John L.

1968 *The News Media: A Journalist Looks at His Profession.*
N.Y.: Holt, Rinehart and Winston.

1980 *The News Media: What Makes Them Tick?* N.J.:
Prentice-Hall.

1981 *Playing it Straight.* Conn.: Globe Pequot Press.

1984 *The Fourth Estate.* N.J.: Prentice-Hall, Inc

Innis, Harold A.

1951 *The Bais of Communication.* Toronto: University of
Toronto Press.

Isaacs, Norman

1986 *Untended Gates: The Mismanaged Press.* N.Y.: Colum-
bia University Press.

Izard, Ralph S.

1985 "Public Confidence in the News Media," *Journalism Quarterly,* Vol. 62, No. 2 (Summer), pp. 247-55.

James, Benet

1970 "Interpretation and Objectivity in Journalism," in Arlenek Daniels & Rachel Kahn Hut, eds., *Academics on the Line.* San Franciso: Jossey-Bass.

Janowitz, Morris

1969 "Content Analysis and the Study of the Symbolic Enviornment," in Arnold A. Rogow, ed., *Politics, Personality, and Social Science in the Twentieth Century.* Chicago: University of Chicago Press.

Jaroslovsky, Rich

1983 "Should a Newsman Be Active Participant in Partisan," *The Wall Street Journal,* July, 8, pp. 1, 9.

Johnson, T.

1973 "Imperialism and the Professions," *Sociological Reveiw Monograph,* No. 20. pp. 218-309.

Johnstone, John W.C., Edward J. Slawski, & William W. Bowman

1972 "The Professional Values of American Newsmen," *Public Opinion Quarterly,* No. 36. pp. 522-40.

1976 *The News People.* Chicago: University of Illinois Press.

Jones, Robert W.

1947 *Journalism in the United States.* N.Y.: E.P. Dutton & Co.

Kauper, Paul G.

1974　"The Role of the Press in a Democratic Society," *Editor & Publisher,* Vol. 57, No. 7 (Feb., 16).

Keir, Gerry, Maxwell McCombs, & Donald L. Shaw

1986　*Advanced Reporting: Beyond News Events.* N.Y.: Longman, Inc

Kernan, J.B. & L.B. Herman

1972　"Information Distortion and Personality," *Journalism Quarterly,* Vol. 49, No. 3 (Autumn). pp. 698-701.

Kerick, J.S., T.E. Anderson, & L.B. Swales

1964　"Balance and the Writer's Attitude in News Stories and Editorials," *Journalism Quarterly,* Vol. 41, No. 2 (Summer). pp. 207-15.

Killenberg, George M. & Rob Anderson

1989　*Before the Story: Interviewing and Communication Skills for Journalists.* N.Y.: St. Martin's Press.

〔李子新譯(民81)：《報導之前：新聞工作者採訪與傳播技巧》。臺北：遠流出版事業公司。〕

Kimball, Penn

1963　"Journalism: Art, Craft or Profession?" in K.S. Lynn. ed., *The Prefessions in America.* Boston: Beacon.

Klapper, Joseph

1960　*The Effects of Mass communication,* N.Y.: Free Press.

Klein, M.W. & N. Maccoby

1954　"Newspaper Objectivity in the 1952 Campaign," *Journalism Quarterly,* Vol. 31, No. 2 (Summer). pp. 285-293.

Kocher Renate

1986 "Bloodhounds or Missionaries: Role Definitions of German and British Journalists," *European Journal of Communication,* Vol. 1. pp. 43-64

Kolko, Gabriel

1963 *The Triumph of Conservation.* Ill.: The Free Press.

Kowet, Don & Sally Bedell

1982 "Anotomy of a Smear: How CBS Broke the Rules and 'Cot' General Westmoreland," *TV Guide.* Vol. 30, No. 22 (May, 29). pp. 3-15.

Krieghbaum, Hillien

1972 *Pressures on the Press.* N.Y.: Thomas Y. Crowell Co., Inc.

Lambeth, Edmund B.

1986 *Committeed Journalism: An Ethic for the Press.* Bloominton: Indiana University Press.

1988 "Marsh, Mesa and Mountain: Evolution of the Contemporary Study of Ethics in Journalism and Mass Communication in North America," *Journal of Mass Media Ethics* (Spring). pp. 20-5.

Larson, Gerald & Mitchell Stephens.

1982 "Trust Me Journalism," *Washington Journalism Review* (November). pp. 43-7.

Larson, Magali Sarfati

1977 *The Rise of Professionalism: A Sociological Analysis.* Berkeley and Los Angeles: University of California

Press.

Lawrence, Gary C. & David L. Grey

1969　"Subjective Inaccuracies in Local News Reporting," *Journalism Quarterly,* Vol. 46, No. 4 (Winter), pp. 753-7.

Lefever, Ernest W.

1974　*TV and National Defense: An Analysis of CBS News, 1972-1973.* Boston: Institute for American Strategy.

Leonard, T.C.

1986　*The Power of the Press.* N.Y.: Oxford University Press.

Leroy, David J., & Christophen H.Sterling (eds.)

1973　*Mass News: Practices, Controversies, and Alternatives.* N.J.: Prentice-Hall.

LeRoy, David J. & Christopher H. Sterling ed.

1979　*Mass News: Practices, Controversies and Alternatives.* N.J.: Prentice-Hall, Inc.

Levy, Phillip H.

1967　*The Press Conncil: History, Procedure and Case.* London: Macmillan.

Lichter S.R., S. Rothman, & L.S. Lichter

1986　*The Media Elite.* MD: Adler and Adler.

Lindstrom, Carl E.

1960　*The Fading American Newspaper.* N.Y.: Doubleday.

Linsky, Martin

1986　*Impact: How the Press Affects on Style Federal Policy Making.* N.Y.: W.W. Norton & Co.

Lippman, Thomas W.

1989　*The Washington Post Deskbook*. N.Y.: McGaraw-Hill.

Little, Daniel

1991　*Varieties of Social Explanation: An Introduction to the Philosophy of Social Science*. Colo.: Westview.

1993　"Evidence and Objectivity in the Social Science," *Social Research*, Vol. 60, No. 2 (Summer). pp. 361-413.

Lubars, Walter & John Wicklein eds.

1975　*Investigative Reporting: The Lessons of Watergate*. Boston: Boston University School of Public Communication.

Long, Charles

1973　"Games Newspeople Play," The *Quill* (August).

Lower, E.

1970　"Fairness, Balance and Equal Time," *Television Quarterly*, Vol. 9. pp. 46-53.

Lowry, D.T.

1971　"Agnew and the Network TV News: A Before-After Content analysis," *Journalism Quarterly*, Vol. 48, No. 2 (Summer). pp. 205-210.

Lukacs, Georg

1962　*The Historical Novel*. Harmondsworth: Penguin Books.

Lyle, J.

1967　*The News in Megalopolis*. San Francisco: Chandler.

Mandelbaum, Seymour J.

1965　*Boss Tweed's New York*. N.Y.: John Wiley.

McComls, Maxwell E., Donadd Lewis Shaw, & David Grey

1976　*Handbook of Reporting Methods.* Boston: Houghton Miffin.

McCombs. M.E. & D. Shaw

1976　"Structuring the 'Unseen Environment'," *Journal of Communication.* Vol. 26, No. 2. pp. 18-22.

MacDonald D.

1975　"Is Objectivity Posible?" in John C. Merrill & Barney Ralph, eds., *Ethics and the Press.* N.Y.: Hastings House.

MacDougall, Curtis D.

1964　The *Press and Its Problems.* Iowa: William C. Brown Co., Publisher.

MacDougall, A. Kent

1972　*The Press: A Critical Look From the Inside.* Princeton: Dow James Books.

MacLean, E.

1981　*Between the Lines.* Montreal: Black Rose Books.

McLeod, J. & R. Rush

1969a "Professionalization of Latin American and US Journalists--I," *Journalism Quarterly,* Vol. 46, No. 3 (Autumn). pp. 583-90.

1969b "Professonalization of Latin American and US Journalists--II," *Journalism Quarterly,* Vol. 46, No. 4 (Winter), pp. 784-9.

MacNeil, Robert

1968　*The People Machine: The Influence of Television on*

American Politics. N.Y.: Harper & Row.

Macpherson, C.P.

1962 *The Political Theory of Possessive Individualism.* London: Oxford University Press.

Manoff, Robert Karl, & Michael Schudson

1986 *Reading The News.* N.Y.: Pantheon Books.

"Man Sets Self A fire for TV," *San Franciso Chronicle,* March, 10, 1983, p. 23.

Markham, James W.

1968 "Journalism, Educators and the Presss Council Idea: A Symposium," *Journalism Quarterly,* Vol. 49, No. 1 (Spring).

Matthews. T.S.

1960 *Name and Address.* N.Y.: Simon and Schuster.

McLeod, J. & S. Hawley

1964 "Professionalisation Among Newsmen," *Jornalism Quarterly,* Vol. 41, No. 3 (Autumn). pp. 529-39.

McMahon, Helen

1973 *Criticism of Fiction in the Atlantic Monthly 1857--1898.* New York: Bookman Associates.

McQuail, Denis

1983 *Mass Communication Theory: An Introduction.* N.Y.: Sage Publications, Inc.

Meadow, R.G.

1973 "Cross-Media Comparison of Coverage of the 1972 Presidential Campaign," *Journalism Quarterly,* Vol. 50, No. 2

(Summer). pp. 482-8.

Merrill, John C.

1974　*The Imperative of Freedom: A Philosophy of Journalistic Autonomy.* N.Y.: Hastings House.

Merrill, John C. & Ralph D. Barney ed.

1975　*Ethics and the Press.* N.Y.: Hastings.

Merrill, John C. & Ralph L. Lowenstein

1971　*Media, Message and Men.* N.Y.: David McKay Co., Inc.

Merton, R.

1972　"Insiders and Outsiders: A Chapter in the Sociology of Knowledge," *American Journal of Sociology,* Vol. 78, No.1 (July). pp. 9-47.

Meyer, Philip

1987　*Ethical Journalism.* N.Y.: Longman.

Miller, Richard W.

1987　*Fact and Method.* Princeton: Princeton University Press.

Molotch, Harvey, & Lester Marilyn.

1974　"News as Purposive Behavior: On the Strategic Use of Routine Events, Accidents, and Scandals," *American Sociological Review*, Vol. 39. pp. 101-12.

Mott, George Fox, and Associated Authors

1957　*A Survey of Journalism.* N.Y.: barnes Noble.

Murdock, Graham

1981　"Political Deviance: The Press Presentation of a Militant Mass Demonstration," in S. Cohen & J. Young eds., *The Manufacture of News: Social Problems. Deviance and* the Mass Media, revised ed. Beverly Hills: Sage Publicatons, Inc.

Murphy, David

1976　The Silent Watchdog: The Press in Local Politics. London: Constable.

Murphy, James E.

1974　"The New Journalism: A Critical Perspective," Journalism Monographs, No. 34.

Nagel, Thomas

1986　The View from Nowhere. N.Y.: Oxford University Press.

Nayman, O. et al.

1973　"Journalism as a Profession in a Developing Society," Journalism Quarterly, Vol. 50, No. 1 (Spring), pp. 68-76.

Neal, James M. & Suzoanne S. Bronn

1976　Newswriting and Reporting. Ames: The Iowa State University Press.

Nelson, William

1973　Fact or Fiction: The Dilemma of the Renaissance Storyteller. Cambridge, Mass: Harvard University Press.

"Newsmen and Their Perks," Newsweek, May, 9, 1983.

"Newroom Ethics: How Tough is Enforcement," ASNE Ethics Committee Report, 1987. pp.11-3.

Nochlin, LInda

1971　Realism. Harmondsworth: Penguin. Books

Nordin, Kenneth D.

1977　"The Entertaining Press: Sensationalism in Eighteenth-

Century Boston Newspapers." Paper Submitted to the History Division, Association for Education in Journalism Meeting at Madison, Wisconsin (August).

Novick, Peter

1988　*The "Objectivity Question" and the American Historical Profession.* Cambridge: Cambridge University Press.

O'Boyle, Lenore

1968　"The Image of the Journalist in France, Germany, and England, 1815-1848." *Comparative Studies in Society and History,* Vol. 10, No. 4: pp. 290-319.

Olson, Ken. E. ed.

1961　*How to Report and Write the News.* N.J.: Prentice-Hall Inc.

Patterson, Benton Rain

1986　*Write to be Read: A Practical Guide to Feature Writing.* Ames: The Iowa State University Press.

Peterson, Ted

1945　"British Crime Pamphleteers: Forgotten Journalists," *Journalism Quarterly,* Vol. 22, No. 2 (Summer). pp. 305-16.

1950　"James Catnach: Master of Street Literature," *Journalism Quarterly,* Vol. 27, No. 4(Winter)., pp. 157-63.

1972　*Political Power and the Press.* N.Y.: Hastings House.

Phillips, E. Barbara

1976　"Novelty Without Change," *Journal of Communication,* Vol. 26, No. 4 (Autumn). pp. 87-92.

Powell, J.

1984 *The Other Side of the Sotry.* N.Y.: William Morrow & Co. Inc.

Pred, Allan R.

1973 *Urban Growth and the Circulation of Information.* Mass: Harvard University Press.

Price, Vincent & John Zalien

1993 "Who Gets the News! Alternative Measures of News Reception and Their Implications for Research," *Public Opinion Quarterly,* Vol.57, No. 2 (Summer), pp. 165-190.

Pride, Richard A., & Gary L. Walmsley

1972 "Symbol Analysis of Network Coverage of Laos Incursion," *Journalism Quarterly,* Vol. 49, No. 3 (Autumn). pp. 635-40.

The Quill, Septembe, 1985.

Rauches, Alan R.

1968 *Public Relations and Business 1900-1929.* Baltimore: Johns Hopkins Press.

Reese, Stephen D.

1990 "The News Paradigm and the Ideology of Objectivity: A Socialist at the Wall Street Journal," *Critical Studies in Mass Communication,* Vol. 7. pp. 390-409.

Rivers, William

1967 *The Opinion Makers.* Boston: Beacon.

Rivers, William L. & Michael J. Nyhan eds.

1973 *Aspen Notebook on Government and the Media.* N.Y.:

Praeger Publishers.

Roscho, Bernard

1975　*Newsmaking*. Chicago: University of Chicago Press.

1984　"The Evolution of News Content in the American Press," in Doris A. Graber eds., *Media Power in Politics*. N.W., Washington, D.C.: Congressional Quarterly Inc.

Rosenberg, Alexander

1988　*Philosophy of Social Science*. Colo.: Westview.

Ross, Lillian

1981　*Reporting*. N.Y.: Dodd, Mead & Co.

Rook, P.

1981　"News as Eternal Recurrence," in S. Cohen & J. Young eds., *The Manufacture of News: Social Problems, Deviance and the Mass Media*. Revised ed. Beverly Hills: Sage Publications, Inc.

Rothchild, John

1971　"The Stories Reporters Don't Write," *Washington Monthly* (June). pp. 1-8.

Rovere, Richard

1960　*Senator Joc McCarty*. N.Y.: Meridian.

Rowse, Arthur E.

1957　*Slanted News*. Boston: Beacon Press.

Rubin, Bernard, ed.

1978　*Questioning Media Ethics*. N.Y.: Praeger Publishers (Special Studies).

Russo, F.D.

1971/72 "A Study of Bias in TV Coverage of the Vietnam War: 1969 and 1970," *Public Opinion Quarterly,* Vol. 35. pp. 539-43.

Russonello, J. M. & Wolf, F.

1979 "Newspaper Coverage of the 1976 and 1968 Presidential Campaigns," *Journalism Quarterly,* Vol. 56, No. 3 (Autumn). pp. 360-364,432.

Ruth, Jacobs,

1970 "The Journalistic and Sociological Enterprises as Ideal Types," *American Sociologist,* No. 5. pp. 348-50.

Ruud, Charles A.

1979 "Limits on the 'Freed' Press of 18th and 19th-Century Europe," *Journalism Quarterl,* Vol. 56, No. 3 (Autumn), pp. 521-530.

Ryan, M. & D. Owen

1977 "An Accuracy Study of Metropoliton Newspaper Coverage of Social Change," *Journalism Quarterly,* Vol. 54, No. 1 (Spring). pp. 27-32.

Sandman, Peter M., David M. Rubin & David B. Sachsman

1976 *Media,* 2nd ed. N.J.: Prentice-Hall, Inc.

Sasser, E.L. & Russell, J.T.

1972 "The Fallacy of News Judgment," *Journalism Quarterly,* Vol. 49, No. 3 (Summer), pp. 280-4.

Schefflen, Israel

1967 *Science and Subjectivity.* Indeanapolis: Bobb-Merrill.

Schiller, Danial

1977 "Realism, Photography and Journalistic Objectivity in 19th-Century America," *Studies in the Anthropology of Visual Communication,* Vol. 4, No. 2. pp. 86-98.

Schiller, Herbert I

1973 *The Mind Managers.* Boston: Beacon Press.

Schmidt Jr., Benno C.,

1976 *Freedom of the Press Vs. Public Access.* N.Y.: Praeger Publishers.

Schudson, Michael

1992 *Watergate in American Memory: How We Remember, Forget and Reconstruct the Past.* N.Y.: Basic Book.

Seller, Leonard L., & William L. Rivers (eds.)

1977 *Mass Media Issues: Articles and Commentaries.* N.J.: Prentice-Hall.

Semple, Jr., Robert B.

1974 The Necessity of Conventional Journalism: A Blend of the Old and the New," in Charles C. Flippen ed., *Liberating the Media: The New Journalism.* Washington: Acropolis Books.

Shaw, Donald L.

1967 "News Bias and the Telegraph: A Study of Historical Change," *Journalism Quarterly,* Vol. 44, No.1 (Spring), pp. 3-12.

1981 "At the Crossroad: Change and Continunity in American Press News 1820--1860," *Journalism History,* Vol. 1, No. 2 (Summer).

Shibutani, Tamotsu

1966 *Improvised News.* N.Y.: Bobbs-Merrill.

Shoemaker, Pamla J.

1984 "Media Treatment of Deviant Political Groups," *Journalism Quarterly,* Vol. 61, No. 1 (Spring). pp. 66-75.

1991 *Gatekeeping.* Newbury Park, Calif: Sage Publications, Inc.

Shoquist, Joe

1974 *When Not to Print the News,"* 1974 Report of APME Professional Standards Committee.

Siebert, Frederick Seaton

1965 *Freedom of the Press in England 1476-1776,* 2nd ed. Ill.: University of Illinois Press. (1st edition, 1952).

Sigman, Stuart J. & Donald L. Fry

1985 "Differential Ideology and Language Use: Reader's Reconstructions and Descriptions of News Events," *Critical Studies in Mass Communication,* Vol. 2, No. 4. pp. 307-322.

Singletary, Michael W.

1976 "Components of Credibility of a Favorable News Source," *Journalism Quarterly,* Vol. 53, No. 2 (Summer). pp. 316-9.

Sloan, W.D.

1989 "Purse and Pen: Party Press Relationship 1789-1816," *American Journalism,* No.6. PP.103-27.

Small, William

1970 *To Kill A Messenger: Television News and the Real World.* N.Y.: Hastings House.

Smith, Anthony D.

1978 "The Long Road to Objectivity and Back Again: The Kinds of Truth We Get in Journalism," in James Curran, George Boyce & Pouline Wingate, eds., *Newspaper History: From The Seventeenth Century to the Present Day.* London: Constable.

1979 *Nationalism in the Twentieth Century.* N.Y.: New York University Press.

1980 "Is Objectivity Obsolete?" *Columbia Journalism Review* (May/June). pp. 61-5.

Smith, Culver H.

1977 *The Press, Politics, and Patronage.* Athens: University of Georgia Press.

Smith, Robert Rutherford

1979 "Mythic Elements in TV News," *Journal of Communication,* Vol. 29. No. 1 (Winter), pp. 75-82.

Snobby, Raymond

1992 *The Good, The Bad and The Unacceptable.* London: Faleer & Faber.

Stanley, Rothman

1979 "The Mass Media in Post-Industrial Society," in Seymour Martin Lipset, ed., *The Third Century: America as a Post-Industrial Society.* Stanford: Hoover Institute Press.

Stark, & J. Soloski

1976 "Effect of Reporter Predisposition in covering Contro-versial Stories." *Journalism Quarterly,* Vol. 54, No. 1 (Spring). pp. 120-25.

Stein, Harry H.

1979 "American Muckrakers and Muckraking: The 50-years Scholarship," *Journalism Quarterly,* Vol. 56, No. 1 (Spring). pp. 9-17.

Stensaas, Harlan

1987 *The Objective News Report: A Content Analysis of Selected U.S. Daily Newspaper from 1865 to 1954.* Mich.: University Microfilms International.

Stewart, Donald H.

1969 *The Opposition Press of the Federalist Period.* Albany: State University of New York.

Stinnett, Lee ed.

1989 *The Changing Face of the Newsroom: A Human Resources Report.* Washington D.C.: The American Society of Newspaper Editors.

Streckfuss, Richard

1990 "Objectivity in Journalism: A Search and a Reassess-ment," *Journalism Quarterly,* Vol. 67, No. 4 (Winter). pp. 973-983.

Swain, Bruce M.

1978 *Reporters' Ethics.* Ames: The Iowa State University Press.

Tebbel, John

1974　*The Media in America.* New York: New American Library.

Thomson, Hunter S.

1973　*Fear and Loathing: On the Campaign Trail '72.* N.Y.: Pourlar Library.

Tichenor, Phillip J. et al.

1970　"Mass Communication Systems and Communication Accuracy in Science News Reporting," *Journalism Quarterly*, Vol. 47, No. 2 (Summer). pp. 637-83

Tillinghast, William A.

1982　"Newspaper Errors: Reporters Dispute Most Source Claims," *Newspaper Research Journal,* Vol. 3, No. 3. pp. 15-23.

1983　"Source Control and Evaluation of Newspaper Inaccuracies," *Newspaper Research Journal,* Vol. 5, No.1. pp. 13-31.

Tunstall, Jeremy

1971　*Journalists at Work: Specialist, Correspondents, the News Organizations, News Sources and Competitors-Colleagues.* London: Constable.

Viall, Elizabeth Y.

1992　"Measuring Journalistic Values: A Cosmopolitan/Community Continuun," *Journal of Mass Media Ethics* (Winter), pp. 41-53.

Villard, Oswald Gaison

1946   "Editorial Power of the Chains," in George L. Bird & E. Frederic, eds., *The Newspaper and Society.* N.Y.: Prentice-Hall.

Wadee, E

1985   "The Miners of the Media: Themes of Newspaper Reporting," *Journal of Low and Society,* Vol. 12, No. 3. pp. 273-84.

Wale, John

1972   *Journalism and Government.* London: Macmillan.

Weaver, David H., Dan Drew & G. Cleveland Wilhoit

1986   "U.S. Television, Radio and Daily Newspaper Journalist," *Journalism Quarterly,* Vol. 63. No. 4 (Winter), pp. 683-92.

Weaver, David H. & G. Cleveland Wilhoit

1986   *The American Journalist.* Bloomington: Indiana University Press.

Weaver, Paul H.

1972   "Is Television Biased," *The Public Interest,* (Winter).

1974a "The New Journalism and the Old Thoughs after Waterage," *The Public Insterest* (Spring).

1974b "The Politics of a News Story," in Harry M. Clor, ed., *The Mass Media and Modern Democracy.* Chicago: Rand McNally.

Webster's New Twentieth Century Dictionary of the English Languahe, 2nd ed., 1977. William Collins E. World Publishing Co.,Inc.

Weisberger, B.A.

1961　*The American Newspaper.* Chicago: University of Chigcago Press.

Westerstahl, Jorger

1983　"Objective News Reporting: General Premises," *Communication Research,* Vol. 10, No. 3 (July). pp. 403-24.

"When 'News' Is Almost a Crime," *Time,* Vol.121, No.12

(March 21, 1983). p. 84.

Whisnant, David E.

1972　"Selling the Gospel News; or, The Strange Career of Jimmy Brown the Newsboy," *Journal of Social History.* Vol. 5, No. 3, pp. 269-309.

Wiggins, James Russell

1969　"The Press in an Age of Controversy," *The Quill*, Vol. 57, No.4 (April). pp. 8-14.

Wilson, C. Edward & Howard, Douglas M.

1978　"Public Perception of Media Accuracy," *Journalism Quarterly,* Vol. 55, No. 1 (Spring), pp. 73-7.

William, Paul N.

1978　*Investigative Reporting and Editing.* N.J.: Prentice-Hall Inc.

Willis, Jim

1988　*Surviving in the Newspaper Business: Newspaper Management in Turburlent Times.* N.Y.: Praeger Publishers.

1990　*Journalism: State of the Art.* N.Y.: Praeger Publishers.

Wolf, Frank

1972 *Television Programming for News and Public Affairs: A Quantitative Analysis of Networks and Stations.* N. Y.: Praeger Publishers.

Wolfe, Tom

1973 *The New Journalism.* N.Y.: Harper & Row, Publishers.

Zhu, Jian-Hua & David Weaver

1989 "Newspaper Subscribing: A Dynamic Analysis," *Journalism Quarterly,* Vol. 66, No. 3 (Summer). pp. 285-6.

Ziff, Howard

1986 "Practicing Responsible Journalism: Cosmopolitan versus Provincial Models," in Deni Elliott, ed., *Responsible Journalism*, Calif.: Sage Publication, Inc.

三民大專用書書目——新聞

書名	著（編）者	服務機關
基礎新聞學	彭家發　著	政治大學
新聞論	彭家發　著	政治大學
傳播研究方法總論	楊孝濴　著	東吳大學
傳播研究調查法	蘇　蘅　著	輔仁大學
傳播原理	方蘭生　著	文化大學
行銷傳播學	羅文坤　著	政治大學
國際傳播	李　瞻　著	政治大學
國際傳播與科技	彭　芸　著	政治大學
廣播與電視	何貽謀　著	輔仁大學
廣播原理與製作	于洪海　著	中　廣
電影原理與製作	梅長齡　著	前文化大學
新聞學與大眾傳播學	鄭貞銘　著	文化大學
新聞採訪與編輯	鄭貞銘　著	文化大學
新聞編輯學	徐　旭　著	新生報
採訪寫作	歐陽醇　著	臺灣師大
評論寫作	程之行　著	紐約日報
新聞英文寫作	朱耀龍　著	前文化大學
小型報刊實務	彭家發　著	政治大學
媒介實務	趙俊邁　著	東吳大學
中國新聞傳播史	賴光臨　著	政治大學
中國新聞史	曾虛白　主編	前國策顧問
世界新聞史	李　瞻　著	政治大學
新聞學	李　瞻　著	政治大學
新聞採訪學	李　瞻　著	政治大學
新聞道德	李　瞻　著	政治大學
電視制度	李　瞻　著	政治大學
電視新聞	張　勤　著	中視文化公司
電視與觀眾	曠湘霞　著	政治大學
大眾傳播理論	李金銓　著	明尼蘇達大學
大眾傳播新論	李茂政　著	政治大學
大眾傳播理論與實證	翁秀琪　著	政治大學

三民大專用書書目——政治・外交

三民大專用書書目——社會

書名	著者	服務機關
實用國際禮儀	黃貴美 編著	文化大學
勞工問題	陳國鈞 著	前中興大學
勞工政策與勞工行政	陳國鈞 著	前中興大學
少年犯罪心理學	張華葆 著	東海大學
少年犯罪預防及矯治	張華葆 著	東海大學
公民（上）（下）	薩孟武 著	前臺灣大學
中國文化概論（上）（下）（合）	邱燮友 編著	師範大學
	李鍌	師範大學
	周何	師範大學
	應裕康	師範大學
公民（上）（下）	呂亞力 著	臺灣大學
歷史社會學	張華葆 著	東海大

三民大專用書書目——行政・管理

書名	著者		學校
行政學	張潤書	著	政治大學
行政學	左潞生	著	前中興大學
行政學新論	張金鑑	著	前政治大學
行政學概要	左潞生	著	前中興大學
行政管理學	傅肅良	著	前中興大學
行政生態學	彭文賢	著	中興大學
人事行政學	張金鑑	著	前政治大學
各國人事制度	傅肅良	著	前中興大學
人事行政的守與變	傅肅良	著	前中興大學
各國人事制度概要	張金鑑	著	前政治大學
現行考銓制度	陳鑑波	著	
考銓制度	傅肅良	著	前中興大學
員工考選學	傅肅良	著	前中興大學
員工訓練學	傅肅良	著	前中興大學
員工激勵學	傅肅良	著	前中興大學
交通行政	劉承漢	著	成功大學
陸空運輸法概要	劉承漢	著	成功大學
運輸學概要（增訂版）	程振粵	著	臺灣大學
兵役理論與實務	顧傳型	著	
行為管理論	林安弘	著	德明商專
組織行為管理	龔平邦	著	前逢甲大學
行為科學概論	龔平邦	著	前逢甲大學
行為科學概論	徐道鄰	著	
行為科學與管理	徐木蘭	著	臺灣大學
組織行為學	高尚仁、伍錫康	著	香港大學
組織原理	彭文賢	著	中興大學
實用企業管理學（增訂版）	解宏賓	著	中興大學
企業管理	蔣靜一	著	逢甲大學
企業管理	陳定國	著	前臺灣大學
國際企業論	李蘭甫	著	香港中文大學
企業政策	陳光華	著	交通大學

三民大專用書書目——美術・廣告